Né en 1977, Valentin Musso est l'auteur de nombreux succès traduits dans plusieurs langues. Agrégé de lettres, il enseigne la littérature et les langues anciennes dans les Alpes-Maritimes. En quelques années, il a su s'imposer comme l'une des voix les plus originales du thriller français, notamment avec *Le Murmure de l'ogre*, *Une vraie famille*, *Dernier été pour Lisa* et *Un autre jour*, tous disponibles chez Points.

DU MÊME AUTEUR

La Ronde des innocents
Les Nouveaux Auteurs, 2010
et « Points », n° P2627

Les Cendres froides
Les Nouveaux Auteurs, 2011
et « Points », n° P2830

Le Murmure de l'ogre
Seuil, 2012
et « Points », n° P3143

Une vraie famille
Seuil, 2015
et « Points », n° P4333

La Femme à droite sur la photo
Seuil, 2017
et « Points », n° P4817

Dernier été pour Lisa
Seuil, 2018
et « Points », n° P5025

Un autre jour
Seuil, 2019
et « Points », n° P5288

Valentin Musso

SANS FAILLE

ROMAN

Éditions du Seuil

TEXTE INTÉGRAL

ISBN 978-2-7578-4954-5
(ISBN 978-2-02-114188-7, 1re édition)

© Éditions du Seuil, 2014

Le Code de la propriété intellectuelle interdit les copies ou reproductions destinées à une utilisation collective. Toute représentation ou reproduction intégrale ou partielle faite par quelque procédé que ce soit, sans le consentement de l'auteur ou de ses ayants cause, est illicite et constitue une contrefaçon sanctionnée par les articles L. 335-2 et suivants du Code de la propriété intellectuelle.

Dans moins de trente secondes, elle sera morte.

Son corps sera tellement méconnaissable que ses parents, à la morgue, parviendront à peine à l'identifier. Seul un petit tatouage sur sa cheville droite ne leur laissera aucun doute. Un papillon tribal qu'elle s'était fait tatouer à 18 ans.

« Elle ne méritait pas ça… », « À son âge… », « Elle avait tout pour elle… ». Voilà le genre de banalités que l'on entendra à l'annonce de sa mort, parce qu'il faut bien dire quelque chose dans de pareilles circonstances.

C'est une belle journée pourtant. Personne ne devrait mourir par un temps pareil. Une douce lumière d'automne traverse la vitre du véhicule. Les arbres qui défilent en bordure de la route sont maquillés d'or et de roux. Un de ces paysages qui pourraient vous donner l'envie de devenir poète. Peut-être les regarderait-elle avec plus d'émerveillement, ces arbres, si elle savait qu'ils sont la dernière belle chose qu'elle verra dans sa vie.

Elle n'aurait pas dû détacher sa ceinture. Facile à dire après coup. Pourquoi n'a-t-elle pas placé son sac à main entre ses pieds, comme elle le fait d'habitude ? Un moment de distraction. Un geste machinal quand elle a déposé sa veste à l'arrière. Puis, au fil de la route, le sac a glissé et s'est retrouvé par terre, la bretelle coincée sous son siège.

Elle cherche son portable. Cette connerie de portable. Il y a une chanson de Bowie reprise par Kurt Cobain, « The Man Who Sold the World », qui lui trotte dans la tête. Elle a eu envie de l'écouter, tout simplement. Son sac n'était accessible qu'au prix de contorsions acrobatiques. Alors elle a détaché sa ceinture.

Elle ne le sait pas, mais, chaque seconde, deux personnes meurent sur terre, tandis que quatre autres naissent. Deux âmes s'envolant ensemble. Deux esprits quittant leur corps. C'est presque rassurant de se dire qu'on ne part pas seul... Qui sera celui ou celle qui l'accompagnera dans le dernier voyage ? Pas le conducteur à côté d'elle en tout cas. Lui survivra, et, tout compte fait, il aurait mieux valu qu'il y passe aussi.

Si au moins il y avait une raison objective à cet accident. Un virage mal négocié. Une vitesse excessive. Un camion arrivant en face et qui perd le contrôle. Rien de tel...

Ça y est, elle le tient enfin, son smartphone.

Plus que vingt secondes.

Elle branche le fil et place le casque sur ses oreilles. Menu. Classement par albums. La pochette bariolée du CD de Nirvana apparaît sur son écran. Qu'est-ce qu'elle a pu l'écouter, ce disque ! Piste 4. Petit riff entêtant sur un accord en *fa*. « *We passed upon the stair, we spoke of was and when...* »

Dix secondes.

Elle se tourne vers l'homme assis à ses côtés. Il la regarde brièvement en lui souriant. Mais ce sourire disparaît de ses lèvres en un éclair.

Ses yeux papillonnent et se révulsent.

Sa tête s'affaisse brutalement sur le côté.

Ses mains lâchent le volant.

Un étourdissement ? Un malaise ? Une attaque cardiaque ?

Elle n'aura pas le temps de se poser la question. Poussée d'adrénaline… Augmentation de la pression sanguine… Corps en éveil…

Tout juste peut-elle hurler et se jeter sur le volant pour tenter de maintenir la voiture dans la bonne direction.

Cinq secondes.

Trop tard.

Le véhicule fait un écart brutal sur la voie opposée – personne dans l'autre sens, ça ne la sauvera pas pour autant. Il pourrait bien aller se planter dans le décor, directement contre un arbre, mais sous la violence de l'embardée ses pneus décollent et il est projeté dans les airs. Plus d'une tonne lancée à quatre-vingt-dix kilomètres à l'heure.

À quoi pense-t-on dans un tel moment ? A-t-on le temps de voir venir sa propre fin ? Pour elle, en tout cas, pas d'images de sa vie qui défilent. Rien que la peur qui lui tenaille le ventre.

Premier tonneau.

Le pavillon de la voiture s'écrase sur l'asphalte dans un fracas de tôle broyée.

Le pare-brise en verre feuilleté se fissure en une toile d'araignée géante.

Son corps est malmené, projeté contre la portière. Sur une balance, elle pèserait soixante kilos. Avec la décélération brutale, elle est désormais aussi lourde que la voiture.

Sa tête heurte avec une violence inouïe le plafonnier. Traumatisme crânien. Perte de connaissance immédiate. Elle ne verra pas la suite.

La voiture fait un deuxième tonneau.

Sa cage thoracique s'enfonce contre le tableau de bord. Côtes pulvérisées. Pneumo-hémothorax. Lésions abdominales irréversibles.

Un centième de seconde plus tard, son visage se fracasse contre le pare-brise. Fracture des maxillaires et de la cavité orbitaire. Dents brisées.

Sa beauté : envolée. Vanité des vanités.

Les traits si fins de son visage : effacés, barbouillés, dilués comme sur une toile de Bacon.

À bien y réfléchir, même la ceinture ne l'aurait peut-être pas sauvée.

Le véhicule finit sa course hors de la route, heurtant un mélèze à un mètre du sol et le sectionnant presque en deux. Sous le choc final, le pare-brise est délogé de son support et son corps est propulsé à travers le trou béant laissé dans l'habitacle.

Une épaisse fumée se dégage de la carcasse écrasée.

Plus un bruit.

Plus un mouvement.

Dans deux minutes, un motard passera sur les lieux de l'accident et avertira les secours. Il ne comptera plus les nuits où la même image viendra le hanter : celle de ce corps ensanglanté, désarticulé, gisant sur le capot de la voiture dans une position défiant les lois de l'anatomie.

Il ne connaîtra jamais son nom.

Dans les statistiques, elle rejoindra les quatre mille personnes tuées chaque année sur les routes de France.

Pour elle, c'est une fin.

Mais en réalité sa mort n'est qu'un début, un prologue. Car elle en entraînera d'autres, bien d'autres.

Vous voulez que je vous raconte ?

PREMIÈRE PARTIE

Vendredi : premier jour

1

« Et qu'est-ce qu'il fait exactement ? » avait-elle d'abord demandé.
Mais pour Théo la question avait sonné comme : « Combien il gagne exactement ? »
« Un boulot dans le genre du mien. »
Ça ne l'avait pas éclairée pour autant. Modélisation, formalisation des problèmes financiers, codes de calcul… L'analyse quantitative, elle n'y comprenait rien. Elle savait que Théo travaillait pour les banques, les sociétés financières et tout le toutim… qu'on les avait accusés des pires maux après la crise, et que ça le mettait dans une rogne noire qu'on fasse d'eux des boucs émissaires. Il valait d'ailleurs mieux éviter de le lancer sur le sujet, parce qu'il faisait alors les questions et les réponses. « L'il-lu-sion-du-con-trô-le, disait-il en égrenant chaque syllabe. Tu parles ! Quelle illusion ? Je me suis bouffé des probabilités et des calculs différentiels toute ma vie, et ce que je peux dire, c'est qu'on ne se creuserait pas la tête pendant des mois à élaborer des modèles si on n'était pas sûrs de faire une juste évaluation des valorisations des options. » Gérer les risques, voilà ce qu'il faisait. Elle était déjà perdue, mais peu importait, lui continuait de plus belle : il parlait de transformation d'actifs, liquidités, modèles stochastiques et,

pour finir, se dédouanait en vitupérant les traders et les banques qui refourguaient en obligations des créances risquées.

Alors oui : « Un boulot dans le genre du mien », mais aussitôt après il avait ajouté une vacherie dont il avait le secret, pour le dévaloriser, bien sûr, et faire comprendre qu'il n'avait probablement pas la même situation, le même « standing » de vie que lui. Il l'aimait bien, d'ailleurs, ce mot : *standing*.

Quand il y songeait, Théo se disait qu'il n'était vraiment pas un « mauvais type » – c'était l'expression précise qu'il utilisait dans ses dialogues intérieurs –, mais il avouait volontiers devant son tribunal mental qu'il avait tendance à écraser les autres. Il le faisait sans méchanceté, comme on l'aurait dit d'un chat qui torture des rongeurs par instinct. Oui, il y avait quelque chose d'atavique dans les rebuffades et les petites humiliations qu'il faisait parfois subir aux autres. Son père était comme ça. « La pomme ne tombe jamais loin de l'arbre », comme on dit. Ce n'était pas une excuse mais...

Même lorsque, adolescent, il se montrait exemplaire, qu'il accumulait les notes brillantes, qu'il réussissait ses examens, qu'il ramenait à la maison la parfaite fille BCBG répondant à tous les critères établis par la famille Delcourt, son père arrivait toujours à lui mettre le moral à zéro par des paroles blessantes. Ce n'était jamais frontal. Le paternel avait au contraire l'art de vous fixer de son regard de velours – qu'il tirait d'une habile panoplie de prévenances destinées à vous amadouer –, qu'un étrange rictus au coin des lèvres annihilait déjà. Le compliment finissait toujours par se dégonfler comme un ballon ramolli. Dans la queue, le venin... Théo avait pris l'habitude de guetter dans la louange le fameux « mais » qui surgirait au moment où le non-initié s'y attendait le moins.

Dans son genre, Théo était plus franc du collier. Il sortait des vacheries pour les regretter aussitôt... du moins lorsqu'il s'en souvenait. C'était un autre trait de son caractère que d'arriver à occulter les épisodes gênants, ses propres manquements ou ses mesquineries.

Cette conversation avec Dorothée, par exemple, Théo l'a presque complètement oubliée. Et il préférerait qu'elle ne lui rafraîchisse pas la mémoire.

Il conduit, les mains crispées sur le volant. La route a été pénible. Disputes pour des broutilles, tension tout au long du voyage. Rien d'inhabituel, en somme.

La vie avec Dorothée n'a plus rien d'un fleuve tranquille. L'amour dure trois ans, mais eux n'en sont qu'à deux. Et pour la fameuse démangeaison, c'est sept ans, non ? Ils en sont loin... Si au moins ce week-end pouvait leur servir à se rabibocher. Après tout, c'est surtout dans ce but qu'il a insisté pour qu'elle vienne. Qu'est-ce qu'ils traversent au juste ? Une crise passagère ? La fin de la période d'euphorie amoureuse qui met à mal la solidité d'un couple ?

Il n'en sait vraiment rien. Il n'a jamais été doué pour les analyses psychologiques à deux balles. Il sait simplement qu'il était temps qu'ils arrivent.

Le 4 × 4 s'engage sur le chemin cabossé et pierreux, entre les châtaigniers et les hêtres, puis ralentit à l'approche d'une barrière largement ouverte. « CHALET DE LA RAILLÈRE », indiquent, sur une pancarte abîmée, des caractères à l'empâtement maladroit.

Au début, il est plutôt rassuré par l'entrée de la propriété : modeste, quelconque, pas très bien entretenue. Mais ça ne dure qu'une seconde : il distingue un peu plus loin, encore en partie caché par les arbres, un élégant chalet à deux étages en lattes de bois blanches et au toit recouvert d'ardoise fine, avec les montagnes pour toile de fond. Un truc trop beau pour être vrai. Un décor de carte postale qui les laisse un moment indécis.

– C'est là ? demande Dorothée en remontant d'un geste machinal sa paire de Ray-Ban sur ses cheveux blonds.

Comme un animal flairant un territoire inconnu, Théo avance la tête au-dessus du volant et esquisse une grimace.

– J'imagine.

– Pas mal pour un « petit chalet de montagne » ! remarque-t-elle avec un sourire moqueur. Tu m'avais dit que c'était un « naze »…

Il hausse les épaules dans un mouvement grandiloquent et lui lance un regard agacé.

– Je n'ai jamais employé ce mot !

– Ah bon ! Parce que tu crois que j'ai l'habitude d'utiliser des termes aussi débiles que « naze » ?

Ton de reproche, plutôt condescendant, qui le pique au vif, Théo, quoiqu'il n'en laisse rien paraître. Il a pourtant bien dû le lâcher, ce mot de « naze ». Et du coup, pour changer, il commence à s'en mordre les doigts. Franchement, il ne s'attendait pas à une baraque aussi imposante. Comme Dorothée vient de le lui rappeler, Romuald lui avait parlé d'un « petit chalet, un truc de trois fois rien perdu dans les Pyrénées ». Il s'est drôlement foutu de lui.

Lors de leur dernière rencontre, il avait cru comprendre que les choses marchaient plutôt bien pour lui, mais à ce point… Surtout, il ne supporte pas de passer pour un con aux yeux de Dorothée ou de se sentir rabaissé devant elle. Elle aime le luxe et l'argent, comment pourrait-il l'ignorer ? Parfois, il a même l'impression qu'elle est équipée d'un radar : dès qu'elle sent le pognon et la réussite, quelque chose s'anime dans son œil, sa pupille se dilate, sa voix monte dans les aigus comme à une soprano attaquant l'air de la Reine de la Nuit. C'en serait presque comique si ça n'était pas aussi gonflant. En fait, à l'époque, ça ne le gonflait pas tant que ça, quand c'était sa réussite à lui l'objet de son attention.

– Bon, allons-y, se contente-t-il de marmonner en enclenchant la vitesse, comme pour se débarrasser d'une corvée.

Manque de bol, de près, le chalet en jette encore plus. Il est immense, bien plus grand qu'il ne l'a supposé tout à l'heure. Lattes repeintes à neuf, bandes de rives ouvragées, balcons garnis de fleurs tellement pétantes qu'on les croirait factices... Le tout rénové récemment, et avec goût. Chic, qui fleure l'argent, mais pas trop ostentatoire non plus.

Sur le chemin, ils ont passé des granges à moitié délabrées. En comparaison, le chalet n'en est que plus impressionnant.

Théo avise les deux véhicules garés côte à côte. Il reconnaît aussitôt l'Audi TT de David, mais la BMW X6 tout-terrain aux vitres fumées, il ne l'a jamais vue. Si c'est la caisse de Romuald !...

Lui-même a failli un jour craquer pour ce modèle, avant que les prix ne le refroidissent. C'était une période où il avait beaucoup trop dépensé et où ses comptes commençaient à être dans le rouge. Prêt démentiel pour leur nouvelle baraque, voyages, loisirs... Il sait que la BM va chercher dans les quatre-vingt-dix-mille, peut-être plus avec les options. Autrement dit, c'est Romuald qui a la caisse la plus chère.

Ils descendent du véhicule. C'est bon de respirer un peu d'air frais. L'atmosphère électrique de l'habitacle devenait pesante. Théo fait quelques pas pour se dégourdir les membres tandis que, du coin de l'œil, il observe Dorothée, qui se pâme devant le chalet telle une fidèle devant la Madone.

Sur le perron apparaît David, comme d'habitude engoncé dans des fringues trop serrées. Toujours à choisir une taille ou deux en dessous – à moins qu'il n'ait encore pris du poids. Soi-disant, les habits près du corps lui donnent « un côté métrosexuel, gay friendly, qui attire les femmes ». Authentique ! Il a osé sortir cette connerie un jour. Et il n'en est pas à une près.

David s'est approché du 4 × 4.

– Tu as vu la piaule ? demande-t-il avec un signe du menton, l'air tout excité.

Irrité, Théo balaie l'air d'un geste de la main comme si un insecte nuisible lui rôdait autour. David, la mouche du coche.

– C'est bon, pas la peine d'en rajouter ! Bonjour quand même...

– Ouais, excuse-moi. Salut. Vous avez fait bonne route ?

Théo baisse la voix et jette un regard furtif vers Dorothée pour s'assurer qu'elle n'est pas en train de les épier. Courageux, mais pas téméraire.

– Trop long, je suis crevé. Elle n'a pas arrêté de me les casser. Tu sais comment elle est...

David rit sous cape et son cou trop gras se met à onduler comme un *trifle* dans une boutique de *cupcakes*.

– Tu es arrivé quand ? ajoute Théo.

– Il y a deux heures. On a failli se paumer, le GPS n'arrêtait pas de nous faire tourner en rond. On a dû demander notre chemin. Justement, j'en ai appris une bonne tout à l'heure…

Théo lorgne vers l'entrée du chalet.

– Hein ?

– Je te raconterai ça plus tard.

– Il est où ?

– Derrière. Il récupère du bois pour faire un feu.

– C'est vrai qu'on se gèle ici !

– C'est la montagne, fait David, fataliste. On est à… quoi ? Huit cents… mille mètres ?

– Aucune idée, j'ai oublié mon altimètre.

David rigole, il lui en faut peu. Théo sort de la poche de sa chemise un paquet de clopes pas encore entamé. La promesse qu'il s'est faite de ne pas y toucher ne fait pas le poids face au besoin qu'il ressent soudain.

– Je croyais que tu avais arrêté.

– Je le croyais aussi.

– J'en ai une marrante à ce sujet. Un type demande à un ami : « Ça ne te pèse pas d'avoir arrêté la clope ? » « Pas du tout, répond l'autre. Je n'y pense jamais. » « Et depuis combien de temps tu n'en as pas allumé une ? » « Un an, six mois, deux semaines, une heure et vingt-six minutes. »

Théo reste impassible, hiératique comme un marbre grec.

– C'est censé être amusant ?

– Moi, elle m'a plutôt fait marrer…

– Alors, tu l'as trouvé changé ? s'enquiert Théo entre deux bouffées.

David a un petit rire agaçant.

– Moins que nous…

– Que toi, tu veux dire ?

– En fait, ça fait drôle d'être ici ! Je ne sais pas trop pourquoi j'ai accepté de te suivre. Je me demande si c'était vraiment une bonne idée. Enfin, tu comprends...

À qui le dis-tu ! Théo se demande lui aussi ce qu'il fait dans ce trou. Comment s'est-il laissé embringuer dans ce week-end à la montagne ? Il n'avait pas revu Romuald depuis... quoi ? Douze ou treize ans ? À quoi ces « retrouvailles » riment-elles ? Il a suffi d'une rencontre hasardeuse pour qu'ils reprennent contact, et de fil en aiguille...

En réalité, il sait parfaitement pourquoi il a accepté cette invitation. Il ne pouvait pas faire autrement. Et David le sait aussi bien que lui.

Romuald... Il l'avait totalement chassé de sa vie, rayé, relégué dans les abîmes de son inconscient. Encore cette capacité étonnante à occulter des parties entières de son existence. Il s'était toujours cru du genre à regarder droit devant soi, à ne pas se laisser bouffer par le passé et les sentiments. Et pourtant, il est là. Prêt à lui faire face, à ce maudit passé.

Théo ouvre le coffre de son véhicule et essaie d'échapper à ses pensées.

– Tu es venu seul en fin de compte ?

– Non non, Juliette est avec moi. Elle a réussi à avoir quelques jours. Tout s'est décidé à la dernière minute.

Théo lui jette un drôle de regard. Juliette n'était pas prévue au programme. Mauvais point.

David feint de ne pas remarquer le visage soucieux de son ami.

– Elle est partie tout à l'heure acheter deux bricoles au village.

Théo désigne son coupé.

– À pied ?
– Elle a pris un vélo dans la remise là-bas.
– Ça m'aurait étonné que tu la laisses conduire l'Audi.

La vie sentimentale de David s'est toujours résumée à un mot : *fiasco*. Il est un aimant pour filles à problèmes. Dans les soirées ou quand ils sortent prendre un verre, Théo les repère à dix lieues à la ronde : elles semblent porter une pancarte autour du cou. Immanquables. Sauf pour David.

Avec Juliette, il a fait fort. En conflit perpétuel avec sa mère depuis l'adolescence et atteinte d'anorexie mentale, elle a enchaîné les thérapies les plus hasardeuses pendant près de dix ans, et guérit tous les six mois avant de retomber dans le cycle boulimie-vomissements et de sombrer dans la dépression.

D'après David, elle est entrée en phase de guérison et se nourrit désormais presque normalement. C'est le « presque » qui inquiète Théo. Personnellement, il ne lui trouve pas vraiment meilleure mine et elle semble toujours dangereusement en dessous d'un poids normal. Et pour partir en montagne pendant trois jours, mieux vaudrait ne pas avoir à jouer les infirmiers.

Théo sort les bagages du coffre. Dorothée les a chargés comme s'ils allaient dans un Relais et Châteaux. Il a eu beau lui répéter qu'il s'agissait d'une excursion en montagne, qu'il allait falloir marcher, oui, beaucoup marcher, que ses robes et ses survêts de salle de sport ne lui serviraient à rien, elle est comme ça. Elle acquiesce de la tête sans écouter un traître mot de ce que vous racontez.

David lui donne un coup de main, puis ils pénètrent dans le chalet, où les a déjà précédés Dorothée. L'intérieur est à l'image de la façade : tout en bois, impeccable, plein de meubles rustiques – le genre qu'on chine dans les brocantes mais ici restaurés par des professionnels. Un peu impersonnel quand même. Pas de photos, pas de livres, peu d'objets qui sentent le vécu. Bref, une résidence secondaire qui doit être assez rarement habitée.

Théo remarque des sacs de montagne entassés près de l'entrée et du matériel en vrac. À l'exception des habits et des chaussures, Romuald leur a dit qu'il s'occupait de tout. Heureusement, car il n'avait aucune envie d'aller au Vieux Campeur acheter le kit complet du parfait randonneur pour une sortie en montagne qui serait pour lui une première et sans doute une dernière.

Et bientôt, le voilà, les bras chargés de bûches qu'il dépose près de la cheminée avant de se tourner vers eux.

– Salut, Romuald !
– Ah ! On se demandait si vous finiriez par arriver.
– C'est plutôt paumé ici. On a un peu cherché, remarque Théo avec mauvaise foi.

On s'embrasse comme de vieux copains, mais sans trop d'effusions. On fait les présentations. Romuald n'a jamais rencontré Dorothée. Il lui sort deux trois banalités qui font mouche. Théo les observe avec méfiance. Dorothée affiche à peu près la même tête béate que quand elle a découvert le chalet. Elle doit le trouver beau gosse, Romuald, et c'est vrai qu'il est à son avantage. Théo essaie d'être objectif. Pas loin d'un mètre quatre-vingt-dix – il était déjà si grand à l'époque ? –, plutôt baraqué, un sourire enjôleur au coin des lèvres. La peau, légèrement mate, trahit ses origines. Enfin, pour qui est au courant.

L'autre fois, dans le café, il lui avait semblé inquiet, un voile pas net flottant sur le visage, quelque chose d'indéfinissable. Mais là, il a l'air à son aise, reposé, dans son élément.

– Vous voulez un verre ? Le frigo est plein.

– Je ne dis pas non, répond Dorothée avec l'empressement d'une assoiffée perdue en plein désert. C'est sympa de nous avoir invités, mais j'ai un peu l'impression de m'incruster. C'est vrai, après tout, on ne se connaît même pas.

– Tu rigoles ? s'insurge Romuald. Ce sera justement l'occasion de faire connaissance.

Le tutoiement exagérément familier, le ton trop décontracté. Théo n'aime pas la manière dont il s'adresse à elle.

– Tu as vu le piano ? fait remarquer Romuald. Tu pourras nous jouer quelque chose tout à l'heure.

Théo opine rapidement de la tête sans s'attarder devant l'instrument. Dorothée le dévisage avec étonnement.

– Quoi ? Tu sais jouer du piano ?

– Un peu, répond-il, gêné.

– « Un peu » ? répète Romuald. C'est un virtuose.

Dorothée explose de rire.

– Toi, un virtuose du piano ? C'est une plaisanterie ? Ça fait plus de deux ans qu'on se connaît et tu ne m'as jamais dit que tu savais jouer d'un instrument !

– Je n'ai jamais eu l'occasion de t'en parler, c'est tout. De toute façon, ça fait des années que je ne joue plus. Je n'arriverais même pas à déchiffrer une partition.

La cuisine est ultramoderne et jure un peu dans cet ensemble rustique. Ils s'asseyent sur des tabourets de bar en inox pas vraiment confortables.

– Vous voulez quoi ? Eau ? Jus de fruits ? Je peux aussi vous préparer un cocktail.

– Un cocktail ? répète Dorothée avec enthousiasme. Même si ça n'est pas vraiment l'heure, c'est pas de refus.

– Théo ?

– Non merci, trop tôt pour moi. Je vais prendre de l'eau. Vas-y quand même mollo sur l'alcool…

Dorothée le fusille du regard.

– Quel rabat-joie ! Ce chalet est génial en tout cas, très impressionnant. Il a dû te coûter une fortune !

– Dorothée bosse dans une agence immobilière, précise Théo, alors attends-toi à ce qu'elle te harcèle jusqu'à ce que tu lui dises combien tu l'as payé.

Romuald sourit.

– En réalité, c'était une affaire. Il appartenait à un couple d'Anglais, des retraités qui ont dépensé une montagne de fric pour le restaurer. Mais avec la baisse de la livre, leur retraite a fondu. Du coup, ils ont bradé la maison. Trop chère pour les gens du coin, trop perdue pour une résidence secondaire.

Romuald s'agite au milieu de ses bouteilles derrière le bar, à croire qu'il se prend pour Tom Cruise dans *Cocktail*.

– Ça a été un coup de foudre. J'ai tout de suite su qu'elle était faite pour moi.

Il prononce ces paroles en décochant un regard à Dorothée. Théo fait mine de ne rien remarquer.

– Tenez, goûtez-moi ça !

Dorothée porte la coupe à ses lèvres.

– Hum, un délice ! Qu'est-ce qu'il y a dedans ?

– Tout ce qui est devant toi, mais le secret réside dans les proportions. Tu es sûr que tu n'en veux pas, Théo ?

– Non merci.
– Et toi, David ?
– Je ne carbure qu'au Coca light.
Théo ricane intérieurement.
– Ce qu'il ne faut pas entendre !
Romuald se tourne vers Dorothée.
– Alors comme ça tu travailles dans l'immobilier ?
– Oui. Enfin, je fais ça à mi-temps, c'est l'agence de mon père.
– L'une des multiples agences de ton père, note Théo d'un ton appuyé.
– C'est bien de pouvoir reprendre les affaires de ses parents, de continuer la tradition.

On ne sait pas trop si le propos de Romuald est sincère ou ironique, destiné à critiquer les filles à papa. *Tout ce que tu n'as pas eu*, songe Théo.

– Et toi, tu viens souvent ici ?
– Quand je peux, c'est-à-dire rarement ces derniers temps, à cause du boulot. Vous allez voir, le coin est magnifique. Vous ne regretterez pas d'être venus.

Dorothée sirote son verre. Elle reprendrait bien la même chose, mais préfère s'abstenir vu les regards réprobateurs que lui jette Théo. Romuald se met à parler de la région, des habitants, du parc naturel. Théo écoute à moitié et cherche à abréger la conversation. Comment peut-on changer autant en quelques années ? Il n'a pas l'impression d'avoir le véritable Romuald en face de lui. Le garçon plutôt timide, effacé, taiseux, est devenu sûr de lui, intarissable. Théo trépigne et tourne nerveusement son verre entre ses doigts. Il n'a qu'une envie : poser ses affaires dans sa chambre et se changer.

– Mais je vous embête avec toutes mes histoires !

C'est à croire que Romuald vient de lire dans ses pensées.

Dorothée s'insurge.

– Bien sûr que non ! On n'est pas à la minute, de toute façon !

– Je vais vous montrer votre chambre. Vous devez être crevés.

Théo se lève avec trop de précipitation.

– Tiens, bonne idée !

– Il y a quatre chambres à l'étage.

– J'ai déjà choisi la mienne, s'exclame David, goguenard. Avec vue sur les montagnes. On voit encore la neige sur les sommets, en plein mois de juin !

– En plein mois d'août elle y sera encore. Ce sont des neiges éternelles.

Et Romuald recommence tout en montant les escaliers. Il parle de la fonte des glaciers dans les Pyrénées. Le Vignemale, les glaciers d'Ossoue, de la Maladeta. Rendez-vous compte : les trois quarts de leur surface ont disparu en moins de deux siècles ! Tout juste s'il ne se met pas à disserter sur les causes du réchauffement climatique.

La chambre est plutôt spacieuse, bien décorée. Un grand lit, des meubles simples, des rideaux en lin écru. Théo jette un coup d'œil par la fenêtre : elle donne sur les sapins, qui forment un mur impénétrable et sombre. C'est sûr, la vue les change de leur quotidien en ville. Le soleil est déjà bas et les arbres projettent une ombre froide sur la propriété.

– Tiens, voilà Juliette.

Sur le chemin de terre, la jeune femme tire sa bicyclette jusqu'à la remise, à petits pas de souris. Une silhouette d'une maigreur effrayante. Théo ne la trouve absolument pas changée depuis la dernière fois qu'il l'a vue. David est vraiment aveuglé par cette fille au point d'en perdre tout sens critique.

— Bon, je descends, je vais la rejoindre, signale-t-il justement en franchissant le seuil de la chambre.

Romuald lui emboîte le pas sans attendre.

— J'y vais aussi. Cette porte donne sur votre salle de bains. Je vous laisse vous débrouiller, il y a tout ce qu'il faut. On se retrouve en bas pour le dîner ?

Dorothée commence à vider ses valises de son impressionnante garde-robe. Des gestes ordonnés, une organisation sophistiquée. Tous les habits sont étalés sur le lit avant d'être repliés, mis sur des cintres, classés par types et coloris. Telle qu'il la connaît, elle doit regretter qu'il n'y ait pas de dressing. Elle entreprend ensuite de remplir l'armoire de chêne au fond de la pièce, comme si elle s'installait là pour les trois prochains mois.

Théo furète un moment dans la chambre. Entre eux, pas une parole. Puis il s'isole sur le balcon en fermant la porte-fenêtre derrière lui et sort une nouvelle clope.

— « On va griller une cigarette, l'amour ça s'prend et puis ça s'jette… », chantonne-t-il sans entrain.

Un oiseau peu farouche vient se poser sur la rambarde et le regarde fixement. Théo agite la main.

— Barre-toi !

L'oiseau décampe à tire-d'aile et va se perdre parmi les sapins.

*

La nuit est tombée depuis près de deux heures. Romuald ajoute une bûche dans l'âtre et le feu jette aussitôt une clarté ambrée dans la pièce. Il fait bon. Les lambris aux murs et les tapis en peaux de vache renforcent l'ambiance chaleureuse. Il fixe un moment les flammes qui dévorent le bois avant de se tourner vers le petit groupe rassemblé autour de la table basse chargée de verres et de bouteilles.

Dorothée a déjà trop bu – c'est qu'il est bon, ce jurançon ! – et elle se sent un peu partie. À côté d'elle, Juliette s'enfonce dans le canapé comme si elle voulait disparaître. Personne ne fait trop attention à elle et ça lui va très bien comme ça.

David s'est lancé dans un marathon d'histoires drôles. Les filles rient de bon cœur. Théo les connaît par cœur, ses blagues. Il se souvient même de l'époque où David les notait dans un carnet et se les répétait en boucle, comme un comique avant un one-man-show. Il a toujours eu besoin de se rassurer et de s'attirer la sympathie des autres.

Accoudé à la cheminée, Romuald l'écoute, silencieux. Un sourire aux lèvres. Politesse ou réel intérêt ?

– Demain, lever à 6 heures, dit-il enfin. Il faut qu'on soit au parking de départ pour 7 heures maximum.

Dorothée avale une énième gorgée de vin.

– C'est tôt !

– D'habitude, pour ce genre d'excursion, je pars à 5 heures.

Romuald se dirige vers un bahut massif sur lequel s'entassent un monceau de paperasse et des guides de montagne. Il les étale ensuite sur la table basse.

– Vous voulez voir la carte ?

Ils n'y jettent qu'un coup d'œil distrait, comme si la carte de l'IGN avec ses taches grises et vertes, ses cercles concentriques et ses méandres n'était pour eux que langue morte – à l'exception de Théo, quand même, qui se penche au-dessus et manifeste un peu d'intérêt.

David se carre dans son fauteuil.

– Du moment que tu sais où on va... Essaie de ne pas nous perdre, c'est tout ce qu'on te demande.

Il se rend presque aussitôt compte du ton méprisant qu'il a employé et baisse piteusement les yeux.

– On ne peut pas vraiment se perdre longtemps dans les montagnes françaises, répond sèchement Romuald. Même en altitude, l'homme a laissé des traces de son passage... pour peu qu'on sache les repérer, naturellement.

Dorothée se redresse, comme si la conversation la captivait soudain.

– Attendez, j'ai lu un article il n'y a pas long-temps... un type qui s'est perdu en montagne pendant quatre jours. Mais je ne sais plus où c'était.

– C'était dans les Pyrénées. Il est resté bloqué au fond d'un ravin, dans le Canigou.

– Alors, on peut se perdre ou pas ? s'impatiente David.

– Ce randonneur était seul, il a été victime de malaise et de crampes. Et puis la section montagne des CRS a fini par le récupérer, non ? On est cinq, que voulez-vous qu'il nous arrive ?

– Nous voilà rassurés !

– Dis-moi, à quoi va servir la corde que j'ai vue dans l'entrée ? demande Théo. On ne va quand même pas faire de l'escalade ?

– De l'escalade ? répète benoîtement David. Qui a parlé d'escalade ?

Romuald prend place dans un fauteuil et saisit sa tasse de café, qu'il a laissé refroidir.

– C'est une corde de trente mètres. Il se peut qu'on ait à franchir quelques passages verticaux ou à suivre des crêtes aériennes. Mais surtout on en aura besoin quand on arrivera au glacier. J'ai aussi prévu des crampons. Souvent, dans le coin, les gens ne s'embarrassent pas de corde, mais ils ont tort. Simple mesure de précaution. Je préfère qu'on ne prenne pas de risques.

— Moi, l'escalade, ça ne me fait pas peur ! s'exclame Dorothée avec excitation. J'en ai déjà fait en salle.

— J'ai déjà fait du vélo d'appartement, rétorque David. Ça ne veut pas dire pour autant que je sois capable de faire la Grande Boucle.

— Oh, la ferme !

David jette à Dorothée un regard courroucé, mais préfère ne pas envenimer les choses. Romuald ne prête pas attention à leur manège et continue.

— On passera la première nuit en refuge…

— Il y a des douches ? demande Dorothée avec un peu d'anxiété.

— Des douches… non. Et ce n'est pas un refuge gardé. Il y a un point d'eau, mais c'est un peu… rudimentaire.

— Tu crois qu'on va croiser beaucoup de monde dans le refuge ? Je ne suis pas folle de la promiscuité avec des inconnus.

— À mon avis, on a peu de chances de rencontrer qui que ce soit en ce moment. La saison n'a pas vraiment commencé. Comme je disais, ce sera rudimentaire, mais moins en tout cas que ce qui nous attend la seconde nuit, où ce sera bivouac. Pas de tente, le matériel est trop lourd à porter.

— Génial ! commente David. Il y a un truc que je ne pige pas : on va mettre deux jours pour monter et un seul pour redescendre ?

— On ne prendra pas le même chemin. C'est pour ça que je voulais vous montrer la carte, pour que vous compreniez notre itinéraire. Il nous faudra deux jours de marche pour arriver au glacier des Oules. C'est un tout petit glacier, pas de quoi s'affoler. Ensuite, on redescendra jusqu'à la vallée de l'Arralhos. Là, on prendra des taxis pour récupérer les voitures au point de départ et rentrer au chalet.

– Bon, ça n'a pas l'air trop difficile, présenté comme ça, se rassure Dorothée.

Romuald replie la carte.

– Il n'y a sur ce parcours aucune réelle difficulté technique. Et si quelqu'un ne se sent pas de continuer, on pourra toujours changer de trajet, voire renoncer. Il faut simplement se montrer prudents. Les accidents ont rarement lieu dans des passages difficiles. Le plus souvent, c'est quand l'attention se relâche qu'on prend des risques.

Théo soupire. Romuald est exaspérant. Il parle comme un guide chevronné, joue à l'homme de la situation. Qu'est-ce qu'il y connaît, après tout, à la montagne ? S'il suffisait d'acheter un chalet perdu dans les hauteurs pour devenir Maurice Herzog !

– Chacun doit aller à son allure, on se cale sur le plus lent. C'est la règle d'or des montagnards. On n'est pas là pour faire une compétition.

À ce mot de « compétition », Théo lève les yeux, persuadé qu'il a été prononcé à son adresse.

*

Dorothée s'enfonce mollement dans son bain brûlant. Elle y a versé la moitié d'une boîte de sels qu'elle a trouvée après avoir farfouillé dans l'armoire. « Stimule le métabolisme général et accroît l'énergie vitale de votre organisme », baratine l'étiquette. Si on ne peut pas se doucher pendant trois jours, autant en profiter un maximum.

Elle se verrait bien rester dans le chalet tout le week-end. Au sous-sol, tout à l'heure, elle a même repéré un petit sauna suréquipé aux parois de verre qu'elle compte bien utiliser quand ils seront de retour. Le rêve !

Marcher en montagne, elle n'a rien contre, une heure ou deux, mais là… Elle se demande si elle n'a pas un peu exagéré sa condition physique. Elle fréquente assidûment les salles de fitness – tapis de marche, rameur, step –, et quand elle sort éreintée de la salle de sport elle a la sensation de tenir une forme olympique, mais elle sait pertinemment qu'elle n'est pas endurante. Du temps du lycée, elle se ridiculisait en course de fond. Elle a toujours préféré les efforts brefs.

Malgré elle, Dorothée ne peut s'empêcher de ruminer sa dispute avec Théo dans la voiture. Des enfantillages, trois fois rien… C'est du moins ce qu'elle se dit chaque fois. Mais les altercations entre eux sont devenues fréquentes ces derniers mois et elle a l'impression désagréable de ne rien avoir construit avec lui. La maison qu'ils habitent appartient à Théo. Chacun sa voiture, chacun son compte en banque. Entre eux, il n'a jamais été question de mariage ni d'enfants. Enfin, ce n'est pas tant qu'elle y tient, aux gosses. Elle aime trop sa liberté et n'est pas de ces femmes qui ne pensent qu'à pouponner. En prendre pour vingt ans alors qu'elle n'a pas encore pleinement vécu ses années de jeunesse, non merci ! Mais pour savoir ce que Théo en pense, c'est une autre paire de manches.

Les disputes démarrent toujours au quart de tour pour des broutilles. Des affaires qui traînent, les pièces en bordel, de la vaisselle en vrac dans l'évier. Théo a pour principe de ne jamais rien faire dans la maison. « La femme de ménage est là pour ça », répéte-t-il. En deux ans de vie commune, elle ne l'a jamais vu mettre une paire de chaussettes sales dans le panier à linge ou passer un coup d'aspirateur. Sa mère est un clone de Bree Van de Kamp et la maison des Delcourt semble toujours prête à être photographiée par un magazine de déco intérieure. Théo a été élevé dans la croyance que les hommes n'ont à s'occuper ni du ménage ni de la cuisine et que leur liberté d'esprit, jamais négociable, vaut bien le sacrifice de la gent féminine sur l'autel domestique.

Pour le faire râler, elle a feint de s'extasier devant le chalet en arrivant. Elle le trouvait classe, bien sûr, mais elle savait qu'il tirerait la tronche si elle forçait le trait. Il est tellement prévisible. L'orgueil masculin ! À celui qui pissera le plus loin. Ce qui l'exaspère le plus, c'est son arrogance et le mépris mal dissimulé qu'il se croit obligé d'adopter envers les autres. Elle se dit parfois qu'il a changé, qu'il était différent au début, mais, à bien y penser, elle comprend que c'est plutôt son regard à elle qui a changé. Elle n'a pas clairement entendu leurs messes basses, à Théo et à David, à leur descente de voiture. Pourtant, elle est presque sûre qu'il parlait d'elle... en mal.

David, elle l'a toujours trouvé un peu lourd, mais en comparaison des autres amis de Théo, c'est encore celui qu'elle préfère. Ses amis ! Des types coulés dans le même moule, ennuyeux comme la pluie, travaillant tous dans la banque ou la finance, fiers d'eux et de leur réussite. Elle les déteste, ces soirées matchs de foot interminables, devant l'écran plasma géant qui tapisse la moitié du mur de leur salon. Encore une de ses idées à lui. Dans le magasin, il ne trouvait pas d'écran à sa mesure. Quand le vendeur parlait résolution et contraste d'image, lui n'était intéressé que par la taille. Et dire qu'elle est obligée de les écouter commenter pendant des heures des matchs soporifiques ou de faire la conversation à leurs copines, avec qui elle ne se sent aucune affinité ! Elle est d'ailleurs à peu près sûre que Théo se fout éperdument de ce sport. Elle ne l'a jamais vu regarder un match lorsqu'il est seul. C'est comme s'il se contraignait à adopter les hobbies de ses copains pour ne pas détonner.

Romuald, lui, c'est autre chose. Un garçon étrange, vraiment. Une assurance qui n'a rien d'inné, qu'elle sent construite patiemment pour lutter contre une timidité naturelle, de celle qu'on trouve plus souvent chez des femmes qui en ont bavé et veulent prendre leur revanche sur la vie. Même son physique l'intrigue : ses yeux en amande, la couleur de sa peau, une origine difficilement identifiable. À sa connaissance, Théo n'a jamais parlé de lui, alors qu'il n'est pas avare d'anecdotes quand il s'agit de ses « potes ». Aussi trouve-t-elle bizarre ce week-end avec un vieil ami qu'il a soi-disant perdu de vue…

La porte s'ouvre. Dorothée est tirée de ses pensées. Théo vient d'entrer. Il ne porte qu'un caleçon noir moulant et avance en exhibant crânement son corps – ses pectoraux développés, son ventre plat, fruit de longues heures passées en salle. Une autre que celle qu'elle fréquente, bien sûr ! Elle est certaine qu'il pérore devant les filles et flirte sans ménagement quand il s'y rend, deux fois par semaine. Elle a lu un jour dans un magazine que soixante pour cent des hommes qui fréquentent les salles de sport le font pour draguer… Charmant !

– Je peux venir ?

Elle ne répond pas et s'enfonce un peu plus profondément dans l'eau en boudant. Théo enlève son caleçon. Son sexe est déjà à moitié en érection. Elle s'en serait doutée. Quand il la rejoint dans le bain ou sous la douche, il a toujours une idée en tête. Les hormones…

Théo enjambe la baignoire et, à le voir bander en entrant dans l'eau, elle doit réprimer un fou rire pour ne pas le vexer. Un véritable paon exhibant sa queue. Il s'installe face à elle et du bout des doigts fait onduler l'eau en surface. De petites vagues, un léger remous qui vient caresser ses seins, et qui doit tenir lieu pour lui de préliminaires. De quoi briser la glace qui s'est installée entre eux aujourd'hui. Réconciliation sur l'oreiller, au plutôt dans la baignoire.

– On fait la paix ? murmure-t-il.

Qu'est-ce que je disais ?…

*

Le bruit de leurs ébats traverse la cloison. Il perçoit des râles caverneux ponctués de pointes plus aiguës. Il n'aurait pas dû choisir la chambre contiguë à la leur. Soudain, le hululement d'une chouette fend la nuit et se mêle un instant à leur concert, un cri acéré et douloureux capable de vous donner des frissons.

Il n'a pas allumé le lustre. Seule une petite lampe pyramidale sur la table de chevet diffuse une lumière avare et souffreteuse. Il est assis sur le rebord du lit, laisse une cigarette se consumer entre ses doigts. Quelques cendres ont flotté comme des flocons avant de venir salir le tapis à ses pieds.

Malgré la pénombre, ses yeux se promènent sur la carte qu'il a déjà étudiée dans les moindres détails. Du bout de son index qui glisse sur le papier glacé, il retrace le chemin qu'ils devront emprunter le lendemain. Les images du parcours défilent dans son esprit comme de vieilles diapositives sur un écran perlé.

De l'autre côté du mur, les halètements de plaisir se sont enfin tus. Romuald jette la carte au sol sans la replier. Il ouvre le tiroir de la table de chevet et en extrait un minuscule flacon au verre opaque qu'il pose près de la lampe. Puis il attrape une boîte de pilules déjà bien entamée. Il fait glisser deux cachets dans le creux de sa main et les avale sans eau.

Il s'allonge ensuite sur son lit en chien de fusil, demeure plusieurs minutes le regard fixé sur le mur lambrissé, immobile.

Soudain, sa brûlure à l'aine se réveille. Il passe une main dans son caleçon. Ses doigts courent près des poils pubiens sur les lettres cicatrisées, aujourd'hui presque invisibles, symbole perdu du palimpseste de sa peau. Une brûlure qui se rappelle à lui comme un membre amputé que l'on sent encore.

Il ferme les yeux et pense.

Inanité. Inanité. Inanité…

Samedi : deuxième jour

2

Après avoir laissé les véhicules devant une ancienne hôtellerie abandonnée, sur une aire de terre battue servant de parking, ils ont traversé de vastes étendues de pâturages en longeant le gave. La rivière se scindait régulièrement en une multitude de ruisseaux qui finissaient par se rejoindre au milieu des rochers polis.

Il faisait frais. Une fraîcheur revigorante capable de vous faire oublier une nuit trop courte ou agitée. Le réveil avait été difficile. Un petit déjeuner consistant mais rapide, une ultime vérification des sacs avant de se rendre au point de départ à une quinzaine de minutes en voiture du chalet.

Lorsque le soleil a péniblement émergé derrière la montagne, les prairies se sont couvertes d'un vert étincelant et la vallée s'est éveillée, captant goulûment la lumière. De temps à autre, une cascade argentine surgissait entre les sapins et brisait le silence de la vallée. Le parcours, d'abord presque plat, s'est élevé au fur et à mesure de leur marche. La température a grimpé aussi vite que le chemin et les sweats ont rapidement fait place aux T-shirts.

Régulièrement, Romuald faisait l'inventaire des fleurs qu'ils croisaient sur le bord du chemin : orpins blancs, piloselles, achillées… Théo secouait la tête.

C'était à croire que Romuald avait potassé des guides toute la nuit. Il ne cessait de lancer des regards exaspérés à David, qui le voyait à peine, trop concentré sur ses pas et visiblement déjà mal en point. Les filles, elles, écoutaient avec une attention exagérée, en sachant très bien qu'il ne faudrait pas dix minutes pour qu'elles oublient toutes ces explications.

*

10 h 15.
Ils marchent depuis bientôt trois heures.
Le ciel est plutôt clair et dégagé. Romuald va en tête, d'un pas sûr mais mesuré, pour ne décourager personne.
Théo le suit avec désinvolture. Il n'est pas très à l'aise dans ces chemins de montagne. Pas de fatigue encore, mais ses chaussures lui meurtrissent les pieds depuis qu'ils ont quitté le parking. Il n'aurait pas dû mettre cette paire neuve – le vendeur lui a refourgué le modèle prétendument le plus confortable, « semelle Vibram, montante et semi-rigide, le rempart le plus efficace contre le risque d'entorses, avec ça vous ne risquez rien, vous m'en direz des nouvelles ! ». Foutaises ! Une erreur de débutant. Ce qu'il est, en fait…
Juliette et Dorothée ont beaucoup papoté durant la première heure, puis elles ont fini par se lasser, comme si elles étaient venues à bout de tous les sujets de conversation. Juliette a mauvaise mine, c'est-à-dire sa mine de tous les jours. Comparée aux autres, elle paraît rachitique. Le couple qu'elle forme avec David est des plus improbables. Dorothée lui fait des remarques gentilles mais un peu forcées : sa coupe de cheveux, un bijou à son poignet, la tenue sympa qu'elle portait la veille… Elle sait qu'elle a besoin d'être rassurée.

Quand elle était ado, Dorothée se trouvait toujours trop grosse : elle avait 16 ans – période Mylène Farmer. Pour elle, la chanteuse est restée synonyme de kilos en trop : quand elle dansait devant sa glace sur «XXL» ou «California», seule bien sûr – encore qu'un jour elle avait remarqué qu'un voisin vicieux, un étage au-dessus de l'autre côté de la rue, la matait discrètement chaque fois qu'elle se déhanchait dans sa chambre –, quand elle dansait, donc, elle déplorait sa silhouette trop ronde et peu gracieuse. Du coup, elle enchaînait des régimes grotesques, le plus souvent à l'insu de sa mère – «Cesse tes enfantillages, tu es parfaite, ma chériiieee…» –, et ça n'avait pas été une sinécure : régimes de soupes, de bananes, d'ananas, hypocaloriques, hyperprotéinés… Elle avait même essayé la méthode Kabat-Zinn, fondée sur la «méditation de la pleine conscience». C'était chaque fois un ratage complet, mais elle ne pouvait pas se raisonner. Avec le temps, elle a appris à vivre avec quelques rondeurs. En fait, elle s'est rendu compte qu'elle attirait plus les mecs avec ses trois ou quatre kilos en trop que bien des filles qui singent les mannequins maigriots des podiums.

Pour le moment en tout cas, Juliette s'en tire plutôt mieux qu'elle. Dorothée se sent déjà épuisée. Elle grommelle quelques jurons incompréhensibles et se déhanche bizarrement en rajustant tous les trois mètres le sac sur son dos. Quel fardeau, ce sac ! Les vêtements, la nourriture, le matelas mousse, les crampons… Elle n'avait pas pensé une seconde qu'ils seraient harnachés comme ça.

Elle ferme la marche depuis qu'ils ont quitté le chemin principal pour emprunter sur le flanc de la montagne un sentier pourtant bien dessiné et peu difficile, dans une petite forêt de sapins encore jeunes. «Un sentier peu fréquenté», comme Romuald le leur a fait remarquer. Ils n'ont encore croisé personne. À l'en croire, les touristes, peu nombreux à cette époque de l'année, préfèrent poursuivre tout droit sur le chemin qui mène au lac à moins d'une heure du parking. Balade courte et peu éreintante qui assure un panorama bluffant et permet de faire le plein de clichés idylliques. Exactement ce qu'il lui aurait fallu.

Le petit groupe s'est enfoncé dans une forêt plus dense et surplombe la vallée où le gave, qui émerge parfois au loin entre les arbres, ne semble plus qu'un fil tors et cristallin.

– Des chocards à bec jaune, indique Romuald en désignant deux oiseaux accomplissant des cercles dans le ciel.

Après la flore, la faune ! soupire Théo intérieurement. *Qu'est-ce qu'on en a à faire ? Ça pourrait tout aussi bien être des choucas, personne ne verrait la différence.*

Ils débouchent rapidement sur une petite prairie d'herbes folles au fond de laquelle ils aperçoivent un refuge en pierre aux volets rouge vif, surmonté d'un toit en tôle. Un abreuvoir asséché équipé d'un robinet rudimentaire trône devant le seuil.

Romuald explique que ce refuge a été créé au XIXe siècle par Henry Russell, l'un des pionniers de la conquête des Pyrénées.

– On va faire une pause, ajoute-t-il en laissant choir son sac à l'ombre d'un pin.

– Pas trop tôt, commente David, qui sue à grosses gouttes comme un goret.

– C'est ouvert ? demande Théo.

– Normalement oui, ce refuge n'est pas gardé.

Dorothée s'effondre contre un arbre, au bord de l'inanition, et commence à se masser les chevilles avant de défaire ses lacets.

– N'enlève pas tes chaussures, lui crie Théo d'un ton exagérément agressif, tu ne pourras plus les remettre ! On ne va pas passer la nuit ici !

Dorothée ne répond rien, mais elle saisit à ses pieds une pomme de pin qu'elle expédie sans force dans sa direction. Théo fait mine de n'avoir rien vu et lui tourne le dos en se dirigeant vers le refuge. Quelle idiote elle a été de céder à ses avances la veille. Maintenant qu'il a eu ce qu'il voulait, il recommence à se montrer désagréable, et devant les autres qui plus est !

– Il y a de l'eau dans le gaz, murmure David en saisissant sa gourde dans son sac.

Romuald s'approche de Dorothée.

– Fatiguée ?

La jeune femme chasse d'une main lasse une mèche rebelle sur son front humide de sueur, en essayant d'oublier les paroles désobligeantes de Théo.

– Oui. Franchement, je ne sais pas si je serai capable d'aller au bout.

Romuald fait écran devant les rayons du soleil.

– Rassure-toi : les premiers kilomètres sont toujours les plus durs. Ensuite, ton corps va trouver son rythme. Tu t'habitueras, tu verras.

Il s'agenouille et, contre toute attente, la relaie dans son massage maladroit. Leurs doigts s'effleurent une seconde. Elle est surprise mais ne dit rien. Elle sent ses doigts délicats sur ses orteils et se laisse aller contre l'écorce de l'arbre, rugueuse mais rassurante. Elle ne peut s'empêcher malgré tout de vérifier que Théo n'est plus dans les parages. Il serait capable de piquer une de ses crises s'il les voyait. D'un autre côté, elle n'aurait rien contre attiser un peu sa jalousie et lui donner une bonne leçon.

– Le secret, c'est de marcher de façon efficace : bien déployer le pied, du talon à la pointe, pour que tous les muscles participent à…

Romuald s'arrête net, comme s'il sentait que son ton est trop doctoral. Dorothée, elle, rit.

– C'est bête ! J'ai même besoin d'explications pour seulement arriver à marcher correctement !

– On n'est pas en ville, il faut s'adapter au terrain.

Elle sort la gourde de son sac et boit une généreuse rasade.

– Tu en veux ?

– Non, ça va. Je bois peu en marchant. Je dépasse rarement le litre dans la journée.

– Ce n'est pas toi qui disais qu'il fallait toujours s'hydrater ?

– Cordonnier mal chaussé… Tu as raison.

Depuis la veille, elle a remarqué qu'il employait des expressions un peu surannées ou des proverbes qu'on n'entend plus dans la bouche de personne. Elle trouve ça marrant.

Romuald interrompt son massage et se relève. À cause du soleil, Dorothée ne voit plus qu'une grande silhouette athlétique, sans distinguer clairement son visage. Elle plisse les yeux puis baisse un peu la voix, même si les autres sont trop loin pour les entendre.

– Pourquoi Théo ne parle-t-il jamais de toi ?

La question est abrupte. Romuald passe une main dans ses cheveux ras. Elle lit dans ce geste de l'embarras.

– Depuis combien de temps vous êtes ensemble ? questionne-t-il en retour.

– Un peu plus de deux ans. Pourquoi ?

– Nous, on ne s'est pas vus pendant plus de dix ans. Ce n'est pas étonnant qu'il n'ait jamais parlé de moi. Tout ça remonte à loin, très loin.

– À l'époque de la fac, c'est ça ?
– Plus ou moins. En fait, on s'est rencontrés en prépa, après le lycée. Mais je n'ai même pas fait une année complète…

Romuald tourne la tête comme s'il cherchait une échappatoire.

– Pourquoi ? Qu'est-ce qui s'est passé ?
– Théo ne t'a pas raconté ?
– Oh ! Pour lui arracher des informations sur sa vie d'avant…
– J'ai eu des problèmes, rien de bien passionnant. Je n'étais pas fait pour ce genre d'études.

Quand Théo lui a proposé de partir en week-end à la montagne avec un ancien ami, elle a fouillé dans ses vieilles photos de classe. Elle a déniché deux clichés de cette époque et essayé de trouver Romuald parmi cette foule d'adolescents, en se fondant sur la description sommaire que son compagnon avait faite de lui. Intriguée, elle a scruté avec attention chaque visage, en vain.

– Mais vous étiez amis, n'est-ce pas ?
– Je suppose…

Dorothée se redresse un peu et s'assied en tailleur. Elle sent les aiguilles de pin marquer la paume de ses mains.

– Comment ça, tu « supposes » ? On arrive quand même à savoir si on est ami avec quelqu'un !
– Alors oui, on était amis. Si on est ici, c'en est la preuve, non ?
– Et vous ne vous êtes plus jamais revus ensuite ?
– Non. Nos routes se sont séparées. On s'est recroisés le mois dernier dans la rue.
– Théo m'a dit que c'était dans un café.
– Oui, dans un café. Je voulais simplement dire qu'on s'était revus par hasard, comme on croise quelqu'un dans la rue.

Romuald rajuste son T-shirt dans son pantalon de marche. Il ne cache même plus son désir de mettre un terme à la conversation. Mais Dorothée n'est pas encore prête à baisser les armes.

– Pourquoi tu es venu seul ? Tu n'as pas de copine ?
– Pas en ce moment.
– Ça veut dire que tu as eu quelqu'un récemment ?
– Je suis resté un certain temps avec une femme. C'est elle qui m'a fait découvrir les Pyrénées. Mais ça n'a pas marché.
– Ta faute ou la sienne ?
– Pourquoi faudrait-il toujours que ce soit la faute de quelqu'un ? Dans un couple, on est deux : alors j'imagine que personne n'est totalement exempt de reproches.

Dorothée ne peut s'empêcher de penser à sa propre situation. Elle rejette toujours les fautes sur Théo, mais elle doit bien être parfois pénible à vivre elle aussi. Difficile de se projeter dans le regard de l'autre, d'oublier la brindille pour regarder la poutre. D'autant que Théo peut être délicat et attentionné quand il le veut, c'est-à-dire rarement. Il y a chez lui une sensibilité touchante qu'il essaie de camoufler derrière une apparence de cynisme et de dureté.

– À mon avis, tu ne resteras pas longtemps libre sur le marché.
– Le « marché » ?

Dorothée sent ses joues s'empourprer. *Mais qu'est-ce que tu racontes ? Arrête ton délire, ma pauvre fille !*

– Non, ce que je veux dire, c'est que tu es plutôt beau mec. Tu ne devrais pas avoir de mal à te recaser...

Ordonne à tes lèvres de la boucler ! Pour qui est-ce qu'il va te prendre ?

Romuald reste inexpressif, comme si ses propos lui passaient totalement au-dessus de la tête.

– Bon, encore deux minutes et on repart, se contente-t-il de répondre.

– Mais on vient à peine de s'arrêter !

– Il vaut mieux faire des pauses fréquentes mais pas trop longues. Tu devrais manger quelque chose. Il y a des barres énergisantes dans les sacs.

Romuald retourne vers son barda. Il n'a l'air ni froissé ni gêné, seulement absent.

David a sorti son appareil photo : un reflex compact hors de prix et trop perfectionné qu'il se limite à mettre en mode automatique. Cette lubie pour la photo, ça l'a pris après la visite d'une expo néo-objective et post-plasticienne – enfin, c'est ce qui était écrit sur la brochure. Il a trouvé les photos tellement moches et mal foutues qu'il s'est senti capable de faire mieux.

Il prend quelques clichés des montagnes sur le versant opposé puis se tourne vers le groupe. Personne ne lui prête attention. C'est le moment qu'il préfère : lorsqu'il peut capter les émotions des gens à leur insu. Il imagine que ce doit être une sorte de banalité que se disent tous les photographes amateurs.

Dorothée et Romuald papotent sous un arbre. Il n'en croit pas ses yeux. Romuald est bien en train de lui faire un massage des pieds ! Il s'empresse d'appuyer sur le déclencheur. Une photo qu'il pourra montrer à Théo pour le faire râler. Non, tout compte fait, mieux vaut ne pas le chercher sur ce terrain.

Son appareil accomplit un panoramique jusqu'à le trouver. Théo est appuyé contre un mur du refuge, une cigarette entre les lèvres. Il regarde droit devant lui. On dirait qu'il préférerait être ailleurs. Une expression qu'il a souvent, comme si les gens qui l'entourent n'étaient jamais à sa hauteur, pas assez intéressants pour lui. Sans vergogne, il jette son mégot devant l'abreuvoir.

Non loin de lui, Juliette paraît amorphe. Elle est assise sur un rocher. Son teint blême lui donne une allure de statue sur son socle. Elle lui fait de la peine. Il se reproche d'éprouver ce sentiment : la pitié n'est pas une base solide pour une relation amoureuse. Il n'a pourtant jamais été capable de rien d'autre avec les femmes. Il aime protéger, couver, avoir l'impression que les autres dépendent de lui. Une manière de se croire indispensable mais qui ne le rend pas vraiment heureux au quotidien.

Il repense à l'air soucieux de Théo, la veille, lorsqu'il a su que Juliette était de la partie. Il commence franchement à se demander s'il a bien fait de l'emmener. Un peu tard maintenant... d'autant que c'est lui qui a insisté pour qu'elle prenne l'air.

Théo s'est approché d'elle et ils échangent quelques paroles. David se demande ce qu'il est en train de lui raconter. Théo n'aime pas Juliette, il en est sûr. Ou plutôt, elle le laisse totalement indifférent, comme à peu près toutes les filles avec lesquelles lui-même est sorti. Il ressent ça comme une manière de le rabaisser, lui, le bon copain qui malgré son fric ne peut attirer que des filles sans intérêt ou un peu loufoques.

Il finit par laisser retomber le reflex sur son torse et s'avance vers Juliette.

– Ça va, ma chérie ?

Elle lève des yeux éteints qui font peur à voir. Enfoncés dans leurs orbites, ils semblent avoir rapetissé depuis le matin.

– Pourquoi ça n'irait pas ?

– Je ne sais pas. Je voulais juste savoir si tu tenais le coup.

– Avec toi, j'ai toujours l'impression d'être une convalescente.

David sent sur lui le regard pesant de Théo.

– Je...

– On ne fait pas l'ascension de l'Everest, quand même !

– Non, bien sûr. Si tout va bien, alors...

David s'écarte, contrit, et feint de se plonger dans les réglages de son appareil.

Théo lui adresse désormais un regard vaguement compatissant.

– On va jeter un œil à l'intérieur ?

– Si tu veux, répond David sans enthousiasme.

Ils pénètrent dans le refuge. La salle du bas est équipée d'une cheminée à la hotte noircie, d'une table et de bancs. Le dortoir doit se trouver à l'étage. Théo tapote une urne scellée destinée à recevoir l'écot des voyageurs de passage.

– Quand est-ce que tu arrêteras de te laisser marcher sur les pieds ?

David se retourne, un peu surpris.

– Quoi ?

– Juliette. Tu as vu comment elle te parle ? Tu es trop sympa avec elle.

David fait sa tête de chien battu et soulève les épaules comme pour se justifier.

– Elle est sur la défensive. C'est normal, elle n'est pas bien en ce moment...

Théo vient se planter droit devant lui.

– Ah bon ! Je croyais qu'elle allait mieux... C'est ce que tu n'arrêtes pas de me seriner depuis des semaines, non ?

– Elle va mieux, bégaie David, mais...
– On n'aurait pas dû l'emmener.
– Pourquoi tu dis ça ?
– Tu as vu sa tronche ! On dirait qu'elle va s'effondrer à chaque pas.

Le regard de David se teinte d'une colère noire. Un observateur extérieur pourrait le croire sur le point d'exploser, mais Théo connaît son ami comme sa poche et il sait jusqu'où il peut aller.

– Et toi, tu ferais mieux de garder un œil sur Dorothée !
– De quoi tu parles ?
– De rien. Elle a juste passé son temps à râler depuis qu'on est partis... Alors ce n'est pas la peine de t'en prendre à Juliette.

Théo se rapproche un peu plus de David pour l'intimider, au point que leurs visages sont presque collés l'un à l'autre.

– Qu'est-ce que tu sous-entends, au juste ?

Comme d'habitude, David perd contenance. Regard fuyant. Voix mal assurée.

– Rien, je te dis ! Tu es parano, ma parole ! Je veux juste que tu montres un peu plus de respect envers Juliette, et envers moi aussi par la même occasion. C'est pas difficile à comprendre !

Les lèvres de David tremblent, comme s'il était surpris de l'audace dont il vient de faire preuve. Théo ouvre la bouche, hésite un instant, mais aucune parole ne sort.

Dehors, une voix les avertit qu'il est temps de repartir.

*

11 h 20.
– C'est quoi, ça ?
– Un pierrier.

Devant eux se dresse un amoncellement de blocs formé à la suite d'éboulements successifs. La pente encombrée est barrée au nord, beaucoup plus haut, par une arête découpée et entaillée de plusieurs brèches. Un paysage d'autant plus étrange qu'il a surgi au détour de la sente tortueuse entourée de pins qu'ils ont suivie jusque-là. Des gentianes et des rhododendrons émergent çà et là entre les blocs, végétaux emprisonnés dans un monde minéral froid.

Romuald s'avance sur quelques gradins mousseux qui forment un escalier rassurant avant le chaos de pierres.

– Il n'y a pas moyen de contourner… ce truc ? soupire Dorothée.

Romuald se tourne vers elle et secoue la tête rapidement.

– Non, à moins de rallonger la route d'une bonne heure.

– On pourrait s'arrêter un peu, histoire de se préparer, propose David, mi-figue mi-raisin.

– Je préférerais qu'on s'abstienne. On a déjà fait une pause il y a une demi-heure. C'est moins impressionnant que ça en a l'air.

– Facile à dire.

– Il y a une trace assez nette qui traverse le pierrier, on va la suivre. Essayez de poser le pied à plat durant toute la montée, en vous appuyant sur les blocs les plus volumineux. Faites attention aux glissements de terrain, ces pierres sont vraiment coupantes. Pas la peine de se presser, on prendra le temps qu'il faudra.

David pointe un doigt vers le bord du chemin.

– C'est quoi ces petites pyramides qu'on voit depuis tout à l'heure ?

Théo lève ostensiblement les yeux au ciel. Romuald, lui, semble avoir du mal à réprimer un rire.

– Ce sont des cairns, ils balisent les sentiers. Tant que tu en vois, c'est qu'on ne fait pas fausse route et qu'il n'y a pas à s'inquiéter. On y va ?

Romuald s'engage sur les blocs, avec l'agilité d'un chamois bondissant sur des saillies rocheuses. Théo lui emboîte le pas. Étrangement, sur ce terrain accidenté, ses chaussures lui font moins mal. Il se sent même incroyablement léger, comme un coureur de fond qui trouve un second souffle.

Sur leur gauche, à l'écart de la caillasse, ils distinguent une petite cabane en ruine en partie cachée par les pins. Sur le versant opposé, de l'autre côté de la vallée, la chaîne de montagnes s'est assombrie, voilée de nuages sombres.

Romuald se retourne constamment pour jeter un coup d'œil sur la queue du cortège, qui progresse plus laborieusement. Théo est revenu à sa hauteur. Ils ont échangé peu de paroles depuis leur départ.

– Vous vous êtes engueulés ? demande Romuald sans ralentir le rythme.

Théo est pris au dépourvu.

– Quoi ?

– Avec David. Ça fait presque une heure que vous vous évitez.

– Oh, ça ! C'est rien, louvoie-t-il.

Théo déteste qu'on lise en lui à livre ouvert. Il a maintenant la certitude que, sous ses airs de ne pas y toucher, Romuald les épie en permanence, qu'il observe chacun de leurs faits et gestes. Il n'arrive pas non plus à se débarrasser de cette impression désagréable qu'il a acquis un ascendant sur eux. *Son* chalet. *Sa* montagne. Il est le seul à connaître le parcours, le seul à être habitué à la vie des hauteurs. Sans parler des sous-entendus de David tout à l'heure. « Tu ferais mieux de garder un œil sur Dorothée ! » Qu'est-ce qu'il a voulu dire, exactement ? Est-ce que ça peut avoir un rapport avec Romuald ? Il a bien remarqué que Dorothée n'était pas insensible à ses charmes, mais de là à croire qu'il essaie de la draguer sous son propre nez...

– Tu ne regrettes pas d'être venu, au moins ?
– Pourquoi je regretterais ?
– Je ne sais pas. Les filles ont déjà l'air crevées, David traîne la patte...
– Cette marche ne lui fera pas de mal. Tu as vu le bide qu'il a !

Romuald sourit discrètement.

– Qu'est-ce qu'il fait, au juste, David, dans la vie ? On a un peu discuté hier, mais ce n'était pas très clair.

Théo prend son air mi-narquois, mi-moralisateur.

– Il ne fait rien. Il se contente de gérer son fric. Son père est mort il y a... quoi ?... cinq ans ? Il a hérité de tout : ses appartements, ses avoirs, ses assurances vie... Il a un gros patrimoine. Pour éviter d'avouer qu'il est rentier, il dit qu'il fait de la gestion financière, mais en réalité c'est de ses finances qu'il s'agit.

Les cairns les conduisent à mi-pente vers une petite zone herbeuse. Mais Romuald ne les suit pas et bifurque légèrement sur la droite, le tracé principal ayant été coupé par un éboulement récent qui semble peu stable.

– Je n'avais pas l'impression que c'était lui le plus friqué à l'époque.

– Pas étonnant. Son paternel était pingre comme un pou. Il lui donnait à peine de quoi vivre. Tu te souviens du studio qu'il lui louait près du lycée ?

– Non, je n'y suis jamais allé.

Bien sûr... Vu les rapports superficiels que Romuald entretenait avec David, il était peu probable qu'il ait mis les pieds dans sa garçonnière.

– Une chambre de bonne dans un immeuble pourri... Cela dit, il a un peu hérité de son caractère en plus de son fric. Impossible de trouver dans son mode de vie le moindre signe extérieur de richesse, à part sa bagnole. Et encore, il l'a prise sans options. Juliette et lui logent dans un trois-pièces. Résidence huppée, certes, mais l'appart en lui-même n'a rien d'extraordinaire. On dirait qu'il vit dans la peur de tout perdre. « Contentons-nous de peu. » Le genre épicurien, tu vois ?

Romuald lève le sourcil.

– Stoïcien, tu veux dire ?

– Oui, bien sûr... Je ne suis même pas certain que Juliette sache vraiment qu'elle vit avec un type blindé de thune. D'un autre côté, ça vaut mieux pour David.

– Pourquoi ?

– On peut du coup supposer qu'elle n'est pas avec lui *que* pour l'argent. Je me demande s'il ne lui cache pas sa vraie situation financière pour se rassurer...

Le pierrier en contrebas ressemble désormais à une mer houleuse prise soudainement par la glace, comme dans un film d'anticipation. Le cri d'alerte d'une marmotte retentit, sans qu'on puisse en repérer la provenance. Les deux hommes ont pris un peu d'avance. Le reste du groupe progresse péniblement au milieu des éboulis, en équilibre constant.

– On arrive au pied des parois rocheuses, explique Romuald en dirigeant son doigt vers le nord-est. Dans un quart d'heure, on verra la brèche dont je vous ai parlé.

Théo s'assied sur un rocher en forme de proue de navire. Il fait glisser ses mains de son front vers ses joues.

– Ça va ? demande Romuald.

Son compagnon de marche hoche brièvement la tête.

– Oui, je me sens juste un peu barbouillé. J'ai comme des crampes d'estomac depuis quelques minutes, mais rien de grave.

– On va peut-être trop vite, j'ai du mal à me rendre compte.

Théo tente de se ressaisir pour ne pas afficher sa faiblesse.

– On est à quelle altitude, là ?

– Le parking se situe à mille trois cents mètres. On doit en être à un peu plus de huit cents mètres de dénivelé, je te laisse calculer.

Mais Théo n'écoute pas vraiment sa réponse, tenaillé par la douleur qui lui déchire soudain le ventre.

*

12 heures.

Quelques lacets raides les mènent à un couloir pentu et terreux qui débouche sur une immense échancrure dans la montagne. Le *pourtau*, comme on nomme ces brèches dans la région, est le point de jonction des deux versants. Pour la première fois, ils peuvent apercevoir le bas de la vallée où ils ont laissé leurs véhicules. En toile de fond, une succession de pics grisâtres un peu irréels.

– Quand est-ce qu'on mange ? soupire Dorothée, que le panorama laisse froide.

– Tu m'ôtes les mots de la bouche, renchérit David, heureux de ne pas avoir risqué la question le premier.

Romuald pose les mains sur ses hanches. Il semble aussi frais qu'un gardon, comme si les quatre heures qu'ils ont dans les pattes n'avaient été pour lui qu'une mise en bouche.

– On va d'abord longer une sente de crête aérienne qui demande un peu d'attention. Il nous faut dépasser cette arête, on sera plus à l'aise de l'autre côté. On reste en file indienne et on évite de regarder en bas, d'accord ?

Le groupe acquiesce. L'arête déchiquetée les domine sur leur droite. Sur leur gauche, le vide.

Le chemin de chèvre, que le gouffre impressionnant semble rendre plus étroit encore et où deux personnes ne pourraient avancer côte à côte, commence presque horizontalement sur une vingtaine de mètres.

Romuald prend la tête, suivi de Dorothée et de David. Juliette et Théo ferment la marche. Romuald a demandé à ce dernier de se tenir en serre-file pour la surveiller et l'aider au cas où.

– Appuyez-vous d'une main contre la paroi, pour garder l'équilibre.

Au bout de trois mètres, Dorothée a la trouille. Jusque-là, si la montée était difficile, elle avait au moins du solide sous les pieds. C'est comme si elle avançait désormais sur un fil. Elle ne peut pourtant pas s'empêcher de jeter un coup d'œil rapide sur sa gauche. La paroi plonge à pic, son regard se perd dans le ravin obscur. Aucune chance de survivre à une telle chute ! Elle relève les yeux et agrippe Romuald devant elle pour ne pas flancher.

Au moins, je ne suis pas le seul à avoir les foies, songe David en observant Dorothée. Il maintient son regard bien à l'horizontale, en prenant soin tout de même de zyeuter régulièrement ses pieds pour ne pas trébucher. Il avance avec l'élégance comique d'un pingouin. Mais c'est le cadet de ses soucis. Il imagine que Juliette a autre chose à faire derrière lui que d'admirer sa démarche.

Il n'a jamais eu le vertige. Dans les attractions de fête foraine, il est capable de monter dans les manèges les plus dingues. Il a même essayé le saut à l'élastique depuis un pont, en Dordogne. Il s'est jeté sans appréhension : c'est à peine si son rythme cardiaque s'est accéléré quand il s'est élancé dans le vide.

Mais la montagne change tout. La nature vierge, la solitude, l'immensité autour de soi ! Pas d'élastique au bout des jambes ! Le vertige est capable d'y gagner n'importe qui. Il se rend compte qu'il en a même oublié la faim. Il faut dire aussi que, à l'insu des autres, il a déjà englouti une bonne part de ses barres vitaminées.

Théo a l'impression de faire du surplace. Juliette avance au pas, se déplaçant comme un spectre qui n'a pas encore compris qu'il ne fait plus partie de ce monde et qui s'habitue mal à sa nouvelle condition.

Sois patient. Ne la presse pas, elle serait capable de se foutre dans le décor.

Heureusement, la douleur s'est dissipée. Il se sent encore un peu mal fichu, mais il n'a plus le sentiment d'être une poupée vaudoue qu'on transperce d'aiguilles. Il fallait que ça le prenne aujourd'hui, en pleine montagne…

Mes lacets !

Théo fait halte, s'agenouille et tape du pied pour bien caler son talon dans la chaussure. Il tire sur les cordelettes en coton épais. Premier nœud d'arrêt, lacets dans les crochets... Il lève brièvement les yeux : Juliette a maintenant quatre bons mètres d'avance. Mais au moment précis où il s'apprête à baisser la tête pour finir son nœud, il la voit vaciller.

Son corps penche du côté de la paroi et il croit d'abord qu'elle va simplement prendre appui sur la roche pour se stabiliser. Mais, tel un balancier, le poids de ses membres et de son sac l'entraîne vers la gauche.

Le bord du précipice...

Elle tangue, le corps instable...

Non !

Théo jaillit comme un sprinter, le pied encore mal assuré dans sa chaussure. Il n'essaie même pas de crier, comme si toute son énergie convergeait uniquement vers un but : l'atteindre.

La silhouette de Juliette, flottant un instant entre la sente et le précipice, se fige dans sa rétine.

Puis elle bascule, attirée dans le vide comme un noyé vers les grands fonds.

3

« Bel Azur »… La poésie des noms. Dissimuler sous de beaux atours langagiers les réalités les plus laides.

Coincé entre la voie rapide et une rivière coulant en méandres filandreux, le quartier étalait ses barres de HLM monotones. Cet ensemble géométrique vaste et gris t'a imprégné d'une tristesse qui ne t'a jamais quitté.

Tu as grandi là avec ta mère, dans un appartement sans charme, à la décoration sommaire, où tout semblait réduit au fonctionnel, comme un logement temporaire dans lequel on trouve superflu d'investir.

Ascenseurs en panne. Poubelles défoncées.

Rodéos de quads qui vous empêchent de dormir. Halls d'immeubles couverts de graffitis.

« Viens faire un tour dans mon gamos gamos… »

Ennui qu'on traîne dans la salle des jeunes où l'on joue au baby, en espérant ne pas trop se faire emmerder par les petits caïds du quartier.

Bel Azur.

Prononcer ce nom suffisait à faire naître dans l'œil des gens un mélange d'indécision, de crainte et de compassion. Une « zone sensible de province », comme on disait pudiquement, qui ne faisait même plus la une des journaux locaux pour les rixes et les agressions que quelques bonnes âmes, à l'abri dans leurs quartiers chic, tentaient de minimiser.

Alors, très tôt, tu as appris à enjoliver la réalité et à t'inventer des adresses plus classe : tu as vécu avenue Victor-Hugo – « vous voyez, à deux pas du cinéma » –, rue Lebrun, derrière la vieille bibliothèque du centre ou bien près du théâtre, dans l'un de ces immeubles à la façade bourgeoise ornée d'atlantes et de cariatides que tu admirais tant. Promeneur infatigable, tu as d'ailleurs été très vite incollable sur la géographie de ce centre-ville où tu rêvais d'habiter.

L'été de tes 16 ans, pour obtenir un job chez un glacier, tu as même utilisé l'une de tes fausses adresses. Tu avais dû voir à la télé un reportage sur les discriminations à l'embauche liées au lieu d'habitation. Tu prenais soin de ne jamais être en retard et devais emprunter chaque jour, pendant près de deux heures, des lignes de bus surchargées pour un boulot mal payé, mais qui te permettait de passer tes journées loin du ter-ter. Les touristes commandaient des *gelati*, et on se serait un peu cru à Rome, sur une de ces places ensoleillées que tu ne verrais jamais qu'en carte postale.

Ta mère ne savait rien de tes rêveries ni de tes mensonges, et elle aurait été incapable de les comprendre, habituée qu'elle était, par un réflexe presque atavique, à courber l'échine et à accepter sa condition. Si loin que te menaient tes souvenirs, elle avait toujours eu peur pour toi. Elle s'inquiétait du moindre rhume, du moindre retard, s'alarmait de tes fréquentations et te parlait de ton « avenir » comme d'une chose qui aurait été parfaitement planifiée dans son esprit.

Manman.
La rivière de ses pleurs.
La rivière de ses rires.

Elle parlait souvent de la Martinique. Elle en parlait avec une nostalgie palpable, presque douloureuse, et avec un enthousiasme que tu trouvais forcé.

À La Trinité, entre les champs de canne à sucre et la presqu'île de la Caravelle, elle avait vécu une enfance de crève-la-faim qu'elle cherchait à embellir : tous ses récits étaient peuplés de tulipiers du Gabon, de colibris et de manicous, de baignades interminables dans la rivière, d'excursions vers la mangrove, de senteurs d'icaques et de mombins, de coupeurs de canne et des aventures étonnantes de Dame Kéléman. Mais les galères, elle mettait un point d'honneur à ne jamais les aborder de façon franche. Pour un salaire de misère, de génération en génération, sa famille avait travaillé dans une distillerie qui fabriquait depuis près de cent cinquante ans du vieux rhum cacheté à la cire, dont les bouteilles colorées avaient si longtemps évoqué aux consommateurs des aventures de corsaires et de flibustiers des Caraïbes.

La vie sur l'île n'avait pas été rose, mais elle s'y sentait chez elle comme nulle part. La Martinique avait longtemps été le seul bout de France qu'elle ait connu et, par un renversement saugrenu, elle considérait la métropole comme l'étranger, un territoire plein d'exotisme qu'elle ne réussirait pas à apprivoiser.

Même quand elle n'évoquait pas directement son passé, tout, dans les mots qu'elle employait sans même s'en rendre compte, la ramenait en arrière. Elle disait *bonbon* pour « gâteau », traitait telle femme de *bòbò*, tel homme de *bangoulè*…

La Martinique exerçait sur toi la force d'un aimant auquel tu résistais. Fascination et rancœur pour une terre à laquelle tu devais un peu de ta couleur de peau mais qui, attachée dans ton esprit à la vie misérable de ta famille, était synonyme d'humiliation.

Lorsqu'elle était convoquée à l'école, ta mère s'imaginait toujours qu'on allait lui faire des reproches. Elle te regardait d'un air désespéré et demandait : « Mais qu'est-ce que tu as *encore* fait ? », si bien que longtemps l'adverbe « encore » n'a eu pour toi qu'un sens abscons.

Les profs te trouvaient doué, très intelligent, quoique d'un naturel sournois – ce que tu n'étais pas. Ils te reprochaient ta nonchalance et tes facilités, comme si une réussite qui n'était pas fondée sur le travail avait quelque chose de suspect et de malhonnête.

Dès le CP, on avait tanné ta mère pour qu'elle accepte de te faire sauter une classe. Ce qui aurait ravi la plupart des parents l'emplissait d'une sourde appréhension, car elle estimait que tout comportement sortant de la norme ne pourrait que lui attirer des ennuis.

Ne pas attirer l'attention, se fondre dans la masse… Tu n'as donc jamais sauté de classe.

Inanité.
Un jour, vers l'âge de 12 ans, tu as croisé ce mot dans un texte, par hasard. Tu aurais aussi bien pu ne pas le remarquer. Son sens t'échappait mais il t'a happé, voilà, tu ne pourrais pas dire autrement. Une répétition de nasales qui sonnaient creux, la pointe douloureuse des « i ». Un mot-miroir dans lequel tu t'es reconnu. Tu as répété le mot dix fois, cent fois, jusqu'à n'être plus capable de le prononcer correctement, jusqu'à ce qu'il ne soit plus qu'un brouet dans ta bouche.

Puis, enfermé dans ta chambre, à l'aide d'une aiguille et d'un flacon d'encre de Chine, tu t'es tatoué le mot sur l'aine. De petits caractères qui formaient une traînée sale, une tache que tu étais le seul à pouvoir déchiffrer. Il n'y avait pas de raison à ton geste.

Tu l'as accompli comme une évidence qui s'imposait à toi, sans chercher à en comprendre la finalité.

Quelques saignements, mais pas d'infection...

Le tatouage a cicatrisé assez vite, telle une blessure insignifiante, te provoquant néanmoins de désagréables démangeaisons. Plus tard, longtemps après la cicatrisation, le mot se réveillerait parfois en toi – petite bête perfide avec laquelle tu serais contraint de cohabiter.

Ce n'est que trois mois plus tard que tu as cherché sa définition dans un vieux Larousse élimé auquel manquaient les premières pages, l'un des rares livres que vous possédiez à la maison.

« Caractère de ce qui est vide, sans réalité, sans intérêt. »

Tu as alors ressenti un trou béant dans ton ventre, la sensation d'être dévoré de l'intérieur.

Très tôt tu as pris conscience de ton indifférence aux autres. À l'exception de ta mère, tu ne te sentais vraiment attaché à personne. Cette indifférence se conjuguait avec une capacité d'émerveillement pour des choses futiles et dérisoires.

Dans un parc, tu pouvais passer une demi-heure à observer un chat errant, un arbre aux feuilles balayées par le vent ou des oiseaux picorant à terre les reliefs des promeneurs. Ils te semblaient vivre comme toi dans un monde qui ne se préoccupait pas d'eux. Tu percevais un lien mystérieux de sympathie qui reliait ta propre existence à la leur. Tu vivais le plus souvent ces instants comme des bonheurs secrets de la vie, des émotions intimes que personne ne pourrait salir ni t'arracher. Parfois aussi, tu pressentais que cette inclination de caractère n'était qu'une faiblesse qui te destinait à souffrir plus que les autres et contre laquelle il te faudrait te battre.

Si l'école primaire n'avait suscité en toi qu'un ennui diffus dans lequel tu avais fini par te complaire, les années de collège t'ont laissé une impression de régression.

Au collège de Bel Azur, on n'apprenait jamais rien d'utile ni de beau. Les élèves étaient abreuvés de citoyenneté et de démocratie, mais l'émulation semblait y être taboue et la « transmission des savoirs » un mot obscène. La plupart des profs attendaient patiemment une mutation, achetant un semblant de paix sociale à coups de bonnes notes et de discours démago.

Pourtant, les locaux flambant neufs avaient fait illusion dans quelques reportages sur « l'insertion et la réussite des quartiers populaires ». Construits moyennant des subventions du conseil général et des enveloppes pour zone d'éducation prioritaire, les bâtiments auraient fait pâlir d'envie bien des collèges huppés du centre-ville. Les magnétoscopes ou les ordinateurs volés – qui alimentaient dans la cité un petit trafic bien huilé et sans risque – étaient immédiatement remplacés, comme par magie. Les murs tagués repeints dans la semaine. Le matériel dégradé remis en état, agrémenté de quelques gadgets dispendieux et inutiles.

Dans ta classe, pour rigoler et passer le temps, on faisait la liste des faces de craie et de ceux qui avaient le nom le plus souchien. Et ça ne courait pas les rangs.

Romuald Montlouis-Bonheur...

À la base, tu étais plutôt mal barré à cause de ton patronyme. Heureusement, ta couleur de peau te sauvait la mise : pas vraiment blanche, laissant facilement deviner ton métissage, même si sur les photos de ton enfance il te semble que tu étais plus typé. Et puis tu expliquais aux autres que c'était un nom qui venait de Martinique, que là-bas on était descendants d'esclaves et qu'on en avait bavé à cause des Blancs. La traite des Noirs, l'exploitation des colons… Tu étais capable de sortir des arguments bien rodés pour passer du bon côté de la barrière et te faire oublier.

En général, les gamins n'avaient pas à chercher d'excuses pour glander. Un quart de la classe était estampillé « dyslexique », quelques élèves se voyaient aménager des programmes aux acronymes barbares parce que leurs parents ne parlaient pas français ou qu'ils souffraient de troubles attentionnels.

En bonne place dans cette nomenclature déprimante se trouvait ton meilleur ami, Jean-Philippe. C'était un guesh, un garçon au visage très fin, doux comme le lait. Il se faisait fréquemment harceler et racketter mais, quoi qu'on pût lui dire ou lui faire, il n'en voulait jamais à personne. À son entrée au collège, on lui avait diagnostiqué une « dysphasie réceptive » qui expliquait selon les orthophonistes les résultats calamiteux qu'il traînait depuis le primaire. Jean-Philippe était à peu près incapable de copier plus de trois lignes, d'écrire correctement son nom en haut d'une copie ou de se concentrer dix minutes sur un travail.

Il t'invitait souvent chez lui après les cours, dans un appartement aussi moche que le tien : sa mère, une femme amène qui baragouinait le français avec un accent à couper au couteau, vous préparait des *flausinas* ou des *pastéis de nata*, de succulents petits flans dont l'odeur est longtemps restée gravée dans tes narines. Puis vous vous isoliez dans sa chambre, où, pendant que ton ami jouait à sa PlayStation ou déchiffrait des *shônen*, tu rédigeais ses devoirs à sa place, les agrémentant d'assez de fautes pour qu'on puisse l'en croire l'auteur, ce qui lui permettrait de décrocher la moyenne deux fois par trimestre, consolerait sa mère et persuaderait tout le monde qu'il était « sur la bonne voie ».

Jean-Philippe, il avait le chic pour s'attirer des problèmes. Trop gentil, trop naïf, trop con. Plus d'une fois tu l'as tiré d'embrouilles pas possibles. Il te considérait un peu comme son grand frère et pensait que tu trouverais toujours une solution à tout. « Romu, faut qu'tu m'aides, je crois qu'j'ai fait une boulette. »

Un jour, dans une cave de la cité, il était tombé sur des cartons pleins à craquer de cartouches de clopes et il n'avait rien trouvé de plus malin que d'en piquer deux pour aller les revendre à des gamins du quartier. Il s'imaginait que personne ne verrait rien. Mais tout finissait par se savoir dans la cité, surtout quand on osait toucher à la came d'un autre. Certains des acheteurs avaient dû le balancer et les receleurs, des jeunes à peine plus âgés que vous, lui avaient fait passer un sale quart d'heure. Tu avais retrouvé Jean-Philippe sur le parvis de l'immeuble en train de chialer, le visage tuméfié, la lèvre en sang. Non contents de l'avoir maravé, les types l'avaient obligé à acheter les deux cartouches au prix fort. Deux cents balles. Une sacrée addition pour vous. Toutes vos économies y étaient passées et vous aviez même dû piquer quelques billets dans le portefeuille de vos mères pour réunir la somme.

À part vivre dans la même cité et fréquenter le même collège, Jean-Philippe et toi n'aviez qu'un point commun : ne plus avoir de père.

Le sien s'était tiré quand il avait 7 ans. Marre de sa femme, de la cité, du chomdu, de son gosse qui n'était bon à rien. N'importe quel ado aurait eu toutes les raisons du monde de le détester, mais Jean-Philippe parlait de lui sans ressentiment ni haine, avec un regret perceptible qui te désarçonnait, persuadé que son daron finirait par rentrer au port après des années d'escapade. Il était bien revenu deux ou trois fois, même si ce n'était que pour demander du fric à sa mère ou récupérer de vieilles affaires qu'elle avait bazardées depuis longtemps. Chacune de ses visites s'était soldée par des engueulades. La dernière fois, ils avaient même failli en venir aux mains, mais l'épisode n'avait pas suffi à dégoûter Jean-Philippe et à lui enlever son optimisme béat.

Toi, tu n'avais pas connu le tien. Tu ignorais jusqu'à son nom. Durant toutes ces années, ta mère n'avait fait allusion à lui que dans des termes si vagues que tu n'avais rien pu reconstituer de leur histoire. Il faut dire que, de ton côté, tu ne posais pas de questions. Par pudeur, par peur de la blesser. Sans doute aussi parce que tu n'avais aucune envie de te faire des films comme Jean-Philippe. Tu avais pourtant souvent fouillé dans les affaires de ta mère pour dénicher une photo. Une simple photo. Tu en avais bien trouvé une qui t'avait fait gamberger, mais tu ne pouvais être certain de rien.

La famille de ta mère, réunie sur la terrasse d'une maison peinte en jaune. À La Trinité, sans doute. Elle devait avoir 25 ans sur la photo. Inutile d'être très fort en calcul pour voir que ça pouvait coller. À son côté, un Blanc relativement plus âgé qu'elle, portant une chemise en lin et un chapeau. Plutôt beau – d'une élégance certaine en tout cas. Tu avais attentivement scruté ses traits à la recherche d'une ressemblance. Plus tu fixais son visage, plus il te semblait identifier tes propres caractéristiques physiques. À moins que la volonté tenace de percer un mystère ne t'ait conduit à fabuler. Le cliché était de toute façon de trop mauvaise qualité pour que tu puisses en tirer des conclusions définitives.

Tu imaginais pourtant facilement le scénario. Le beau Blanc venu de métropole, sans doute friqué – plus en tout cas que la famille de ta mère, ce qui n'était guère un exploit –, l'avait séduite en lui faisant miroiter un avenir plus radieux que sa vie misérable sur l'île. Une promesse de mariage, peut-être. Quelques nuits d'amour. Puis il avait déguerpi après l'avoir mise en cloque.

Ton histoire tenait la route.

Pas vraiment romantique, mais peut-être moins sordide qu'une réalité qu'il valait mieux ignorer.

*

Fin septembre.

Il pleuvait ce jour-là. Une pluie épaisse, de celles qui tombent sans crier gare au début de l'automne.

Tu étais assis près de la fenêtre, à côté d'un radiateur couvert de chewing-gums fossilisés et de graffitis. « Alicia s'est fait éclater la teuche... » Les gouttes fouettaient la vitre. D'habitude, la pluie excitait les élèves, mais une torpeur déprimante planait sur la salle de perm. Tu étais ailleurs, comme souvent, capable de t'extraire de ton environnement avec une facilité déconcertante.

Une silhouette face à toi. Retour à la réalité.

Une pionne avec laquelle tu t'étais frité plus d'une fois était entrée et venait de se planter devant ton bureau.

– Romuald, le principal t'attend.

Quelques regards interrogateurs et signes du menton des autres jeunes.

Le principal détestait avoir affaire aux élèves : ses discours sur la pédagogie, l'épanouissement et le bien-être de l'enfant ne l'empêchaient pas de les fuir comme la peste et de se retrancher toute la journée dans son bureau mal aéré qui schlinguait le tabac et les pastilles à la menthe. Alors, forcément, il y avait un vrai problème…

– Tu devrais prendre tes affaires, a simplement ajouté la pionne pour te faire comprendre que tu n'étais pas près de remettre les pieds dans cette salle.

Tu aurais aimé lui filer des baffes et lui faire bouffer son sourire au coin des lèvres.

Dans le bureau, il y avait foule, mais tu n'as vu au milieu de tous ces visages hostiles que celui de ta mère. Elle était effondrée, en larmes, tassée sur sa chaise comme si elle venait de se prendre dix ans sur la caboche. Tous les regards se sont tournés vers toi. Tu n'as pas cillé ni baissé les yeux. Il ne t'a fallu qu'une seconde pour comprendre.

Dans un coin de la pièce était affalé Sonny, un élève de quatrième que tout le monde surnommait « Conneau » – on ne savait pas qui avait sorti ça un jour, c'était un mot que personne n'employait au collège.

À Bel Azur, il était difficile de résister à la tentation de se faire un peu de fric facile. Dans la cité, le fournisseur, que vous considériez avec une crainte respectueuse mais qui n'était en réalité que le dernier maillon insignifiant de la chaîne, se faisait appeler Enzo : il se procurait des savonnettes de deux cent cinquante grammes destinées à être découpées en barrettes, que toi et d'autres ados en mal d'argent étiez chargés de revendre en échange d'une commission dérisoire.

Comme toi, Sonny était l'un des nombreux petits chevaux de Troie qui faisaient entrer le shit dans les murs du collège, et il était de notoriété publique qu'il ne pouvait pas tenir sa langue. Surpris par un pion en pleine vente, il s'était senti obligé de tout balancer sur votre petit trafic.

La réunion dans le bureau a duré moins d'une heure. Tu n'as rien nié, préférant abréger l'humiliation publique que subissait ta mère. Effrayé par le tour que prenait l'affaire, le principal ne s'est pas acharné sur vous. Lors du conseil de discipline, il a déployé des efforts d'ingéniosité pour vous éviter l'exclusion définitive, soucieux des statistiques et de l'image de son établissement.

On vous a convoqués au commissariat, où un type en uniforme vous a infligé un interminable laïus et vous a imposé le suivi d'un éducateur pour une durée de six mois. Personne n'a cherché à vous faire parler. Les quantités vendues étaient ridicules et les flics, qui avaient d'autres chats à fouetter, n'avaient aucune envie de transformer deux gamins apeurés en balances sur lesquelles les petits caïds du quartier viendraient se défouler.

Ta mère a été traumatisée par cet épisode et, à partir de ce moment, la confiance n'a plus été pour elle qu'un mot creux.

4

Parmi tes adresses fictives, une a eu un peu plus de réalité que les autres. Après la troisième, tu aurais dû intégrer ton lycée de secteur, qui avait la même réputation que ton établissement précédent. Mais pendant plusieurs années ta mère avait fait le ménage chez la veuve esseulée d'un colonel de l'armée de l'air qui possédait un magnifique appartement sur les collines de la ville et avec laquelle elle avait fini par se lier d'amitié. C'était une personne intelligente et cultivée, qui sous l'effet des ans avait cependant tendance à ressasser. Ta mère, douée d'une patience à toute épreuve, la supportait avec bonne humeur. « Non, madame Moncel, vous ne me l'avez jamais raconté... », « Oui, mais je ne m'en souviens plus... ». Cette femme connaissait par le détail tous tes résultats scolaires. Elle n'avait eu qu'une fille, qui ne lui avait pas donné de petits-enfants, et, par procuration, elle prenait un plaisir jamais émoussé à consulter tes bulletins, qu'on lui apportait chaque trimestre.

Lorsqu'elle a appris l'orientation qui t'attendait, elle vous a conjurés d'utiliser son adresse pour te permettre, en vertu de la carte scolaire, d'entrer au lycée du Parc-Saint-Antoine. Ta mère a fini par céder, culpabilisant à l'idée de priver son fils d'une scolarité dans le meilleur établissement de la ville.

Contiguë à l'appartement se trouvait une chambre de bonne, équipée d'un lavabo, que Mme Moncel a mise à ta disposition pour que tu puisses y travailler et dormir lorsque tu ne voulais pas rentrer à Bel Azur.

C'est ainsi que tu es passé de ton collège ZEP au prestigieux lycée perché sur les hauteurs. Pour la première fois tu t'es senti vraiment libre, loin de ton quartier, loin de tes anciens amis et de ta mère, avec le sentiment étrange d'échapper enfin à ta *condition*.

Plus besoin pour toi de faire semblant en permanence, de mimer l'argot du quartier que tu détestais.

De nouvelles personnes. De nouveaux codes. Une nouvelle vie.

Durant l'année de terminale, tu es sorti avec une élève de ta classe qui s'appelait Cassandre et qui faisait partie des deux ou trois filles les plus convoitées du lycée. Avec le recul, tu as compris que tu avais enrobé votre relation d'un romantisme qui lui faisait défaut. Vous aviez peu de points communs, à l'exception d'une incroyable attirance physique : les approches, les chamailleries, le processus de séduction et les affinités que vous vous étiez créés cachaient en réalité aussi bien de son côté que du tien un désir qui avait quelque chose de brutal.

Vous passiez des après-midi entières à faire l'amour dans cette chambre de bonne minuscule et à fumer des cigarettes à la fenêtre. Cassandre était d'une impudeur totale et restait des heures allongée nue sur le lit à lire ou à écouter de la musique : elle te faisait penser à l'une de ces femmes au corps mordoré peintes par Modigliani. Cette impudeur, liée à une sorte de provocation gratuite, la conduisait parfois à sortir dans le couloir de l'immeuble en tenue d'Ève pour aller dévaliser le frigo de Mme Moncel lorsqu'elle n'était pas là. Elle revenait de ses petites virées les mains chargées de provisions, un léger sourire au coin des lèvres, insouciante et persuadée que n'importe quelle autre fille aurait agi de la même façon.

Votre science concernant les sorties de votre hôtesse s'est révélée néanmoins approximative. Une après-midi où vous aviez séché un cours de physique ennuyeux comme la pluie, Cassandre s'est retrouvée nez à nez avec elle dans la cuisine. Face à cette Aphrodite sortant de sa conque, Mme Moncel a frisé le malaise et Cassandre a eu le plus grand mal à la dissuader d'appeler les flics.

Cet épisode a sonné la fin de vos rencontres secrètes, tu n'as plus osé la ramener dans la chambre.

*

Tu étais souvent passé devant Félix-Faure, sans songer que tu pourrais un jour y mettre les pieds.

Un grand bâtiment austère, en pierre de taille, construit au début du XXe siècle, en plein cœur de la ville. Un lycée chicos de province abritant une vingtaine de classes prépa. Fils de cadres, de professions libérales, mais aussi d'enseignants qui connaissaient les bonnes filières…

Vu tes capacités en maths et en physique, les profs t'avaient conseillé d'éviter la fac et de faire une demande en prépa scientifique, même si tes résultats étaient inégaux et tes bulletins émaillés de remarques pas toujours agréables. Tu avais traîné à remplir le dossier, pas certain d'avoir ta place dans cet établissement, avant de finir par le poster avec une semaine de retard.

Quinze jours plus tard, une secrétaire mal lunée t'avait contacté. Les CPGE étaient pleines et l'envoi tardif de ton dossier t'avait placé automatiquement sur liste d'attente. On ne pouvait rien t'assurer. Il faudrait patienter jusqu'à la première semaine de la rentrée et espérer d'éventuels désistements.

Félix-Faure était un établissement au statut mixte qui imposait des frais de scolarité variables selon la situation financière de la famille, les nombreux nantis payant cher pour les quelques indigents qui avaient réussi à franchir les barrières de classe. Si tu étais accepté, tu recevrais une bourse plutôt importante qui te permettrait de poursuivre tes études.

Durant les vacances d'été, comme l'année précédente, tu as travaillé un mois chez le glacier de la rue piétonne pour te faire un peu d'argent. Avec Cassandre, tu passais du temps à la piscine, où, entre deux baignades, tu potassais des manuels de maths et des bouquins de culture générale.

En août, Cassandre a rejoint sa famille, qui possédait une maison en Corse. Elle t'a proposé de l'accompagner mais tu as refusé, lui évitant ainsi l'embarras de devoir te présenter à ses parents, qui ignoraient ton existence et auraient trouvé étrange de recevoir chez eux un parfait inconnu. Une semaine après son départ, tu as reçu une carte postale qui représentait non pas un paysage insulaire mais un nu de Modigliani. Vous ne vous êtes pas passé le moindre coup de fil et tu as fini l'été en simple célibataire.

Pas de vraie séparation, pas de différend, pas de dispute. La fin de votre histoire t'a laissé un goût amer. Même s'il n'y avait pas entre vous d'affinités particulières, tu as gardé l'étrange impression d'être passé à côté de quelque chose avec elle, de ne pas l'avoir rencontrée au bon moment. Comme si l'absence de maturité t'avait empêché de saisir la chance qui t'était offerte.

La deuxième semaine de septembre après la rentrée, un courrier te prévenait que tu étais accepté à Félix-Faure.

Tu es arrivé bien avant l'ouverture, traînant sur le trottoir devant le lycée, au milieu de jeunes de ton âge qui fumaient des clopes en s'échangeant des cours. Pour faire bonne impression, tu portais un jean de marque et un polo Ralph Lauren immaculé que tu avais achetés pour trois fois rien à un type de Bel Azur spécialisé dans le TDC.

La classe, qui donnait sur le terrain de basket et les toits des bâtiments administratifs, était surchargée. Plus d'une quarantaine d'élèves. Tout le monde se connaissait déjà. Tu t'es senti con au milieu des autres.

Tu t'es assis au fond de la salle, près de la fenêtre où le soleil tapait déjà fort. La plupart des élèves paraissaient studieux, noircissant des pages et des pages de formules algébriques et de démonstrations. Tu as remarqué qu'ils levaient le pied en philo et en cours de culture gé, comme si ces matières imposées n'étaient qu'une perte de temps pour des scientifiques.

La journée fut maussade, ennuyeuse – défilé ininterrompu de visages sévères. Seul le cours de maths, l'après-midi, t'a tiré de ta léthargie. De tous les enseignants, Moreau sortait largement du lot et avait acquis à Félix-Faure une notoriété certaine. C'était un cacique de Normale sup, brillant, qui aurait pu faire une carrière plus lucrative et plus prestigieuse. On le disait peu ambitieux, mais il était autant craint et admiré des élèves que jalousé par ses collègues.

Corps C des nombres complexes, équations du second degré, exponentielle complexe… Moreau gribouillait sur le Velleda, et aux mouvements de tête affolés et à l'anxiété presque palpable qui flottait dans la salle tu as conclu qu'une bonne partie de la classe était déjà perdue. Quant à toi, même en ayant manqué les deux premières semaines de cours, tu as constaté que rien ne te posait problème. Les livres que tu avais potassés tout l'été avaient porté leurs fruits.

– Montlouis-Bonheur…, a fait la voix de stentor de Moreau, qui t'a sorti de ta rêverie. C'est vous le nouveau ?

Tu t'es demandé comment il t'avait aussi facilement repéré. Tu as dressé la tête, un peu inquiet, et acquiescé sans conviction.

– Auriez-vous l'amabilité de venir au tableau résoudre cette équation ?

Sa voix avait quelque chose de suranné et d'emphatique, même dans les phrases les plus banales, et la moindre question faisait peser sur son interlocuteur une pression inattendue. Tu as traversé la salle, puis es monté sur la vieille estrade.

– Allons, prenez le marqueur, t'a-t-il encouragé d'un ton pourtant comminatoire.

Tu as fixement regardé les formules, d'abord intimidé, mais tu n'as pas été long à retrouver tes repères et tes automatismes. Le problème, quoique alambiqué, n'était pas si difficile. Tu as pensé variation et dérivabilité de la fonction, et as commencé à remplir le bas du tableau de signes mal calligraphiés, mais d'une écriture rapide qui traduisait une facilité insolente. Tu as entendu derrière toi quelques rires étouffés, comme si ta démonstration n'était que pur charabia et que tu te moquais ouvertement de Moreau.

Un moment, l'enseignant a été réduit au silence, contraint – c'est du moins ce qu'il t'a semblé – à garder pour lui une tirade acerbe qu'il avait soigneusement préparée.

– Bien, a-t-il finalement fait d'un ton agacé. Vos gribouillages sont plus abscons que les hiéroglyphes de la pierre de Rosette, mais tout ça me paraît juste. Je suppose que chacun était arrivé au même résultat…

En un ballet presque synchronisé, quarante têtes t'ont suivi pendant que tu regagnais ta place.

*

Tout le monde connaissait Théo Delcourt. Son vrai prénom était Théodore, mais tu devais vite apprendre qu'il le détestait – bon sang ! qu'est-ce qui avait pris à ses parents de l'affubler d'un nom pareil ?

Tu avais entendu parler de lui au détour de conversations, mais tu n'aurais pu dire si c'était en bien ou en mal. Il avait obtenu au bac les meilleures notes au niveau académique, les troisièmes au niveau national, et tu te l'étais figuré comme un adolescent boutonneux et dolichocéphale.

La première fois que tu l'as vu, il était accoudé à une rambarde de la coursive extérieure du premier étage, attendant devant la salle des seconde année adjacente à la vôtre. Tu te souviens d'une silhouette longiligne et d'une veste bleu marine bien coupée. Affectant un air désinvolte et sans que la conversation semble le passionner, il discutait avec deux filles de sa classe qui bavaient devant lui comme deux groupies.

Tu l'as trouvé beau, très beau, mais cette beauté était ternie par la conscience qu'il en avait : elle ne paraissait pas être un élément naturel de sa physionomie mais une sorte d'arme dirigée contre les autres.

Tu l'as regardé un moment et tu as pensé : *Né du bon côté de la barrière.* Quelques images ont défilé dans ton esprit : club de voile, vacances dans les hôtels aux façades blanches du Touquet ou de Biarritz, dîners dans de beaux restaurants, corps bronzés alanguis près des piscines, pas croisés décontractés sur les courts de tennis, polos blancs, chaîne de baptême en or, scooters des mers fendant l'écume…

La sonnerie de reprise des cours a retenti et il est passé devant toi en te faisant un salut de la tête, comme si vous vous connaissiez.

Lorsque enfin il t'a parlé, chez ce disquaire à trois rues du lycée, après la sortie, tu étais penché au-dessus d'un bac de CD de jazz et devais avoir entre les mains un enregistrement de Bill Evans au Village Vanguard.

– Tu investis dans des valeurs sûres ?

Tu n'as pas compris immédiatement qu'on s'adressait à toi, même après avoir levé les yeux.

– Quoi ?

Théo a fait un signe du menton pour désigner le disque, un de ces signes minimalistes et désinvoltes qui définissaient ce que tu appellerais bientôt son « caractère aristocratique ».

– Ah ! Bill Evans, as-tu marmonné.

– Si tu viens ici, on aura souvent l'occasion de se croiser. Je passe mon temps à les dévaliser. Ils me déroulent le tapis rouge.

Il parlait vite. Un débit anormalement rapide qui donnait l'impression qu'il n'avait pas envie de perdre de temps. Tu as vu qu'il avait dans les mains une pile indécente de 33 tours.

— C'est un des rares endroits où on trouve encore des vinyles, a-t-il ajouté.

— Tu n'achètes jamais de CD ?

— Pas beaucoup. On passe toujours pour un putain de prétentieux quand on dit ça, mais le son n'a rien à voir, je te jure. L'échantillonnage, la compression de dynamique... enfin, tu vois ?

Pas vraiment, mais tu as hoché la tête.

— Montre un peu ce que tu as choisi d'autre.

Sans attendre, d'un geste familier, il t'a pris les trois disques que tu tenais. Des choix trop classiques et sans surprise : une compil de titres de Miles David archi rebattus, un disque de Coltrane, des albums bradés que tu avais choisis en fonction du prix. Pour la première fois, tu as détaillé son visage, ses cheveux châtain-blond aux mèches revêches, ses yeux plus gris que bleus, sa bouche régulière et son menton têtu...

— En fait, j'y connais rien, t'es-tu excusé dans un élan de faiblesse.

— Romuald, c'est ça ?

Tu as agité la tête à nouveau.

— Je ne t'ai pas vu au bizutage.

La première semaine de cours, les seconde année soumettaient les nouveaux arrivants à un bizutage bon enfant : les bleus défilaient déguisés dans les rues de la ville et devaient vendre aux passants des babioles pour alimenter une caisse finançant l'organisation de soirées. Officiellement, « une journée conviviale », comme le disait la direction en rappelant tout de même chaque année que les bizutages étaient interdits par la loi.

— Je n'ai pas fait la rentrée.

— Pourquoi ?

— J'ai été malade.

Premier mensonge.

Tu n'avais nulle envie d'entrer dans les détails et de lui apprendre que tu avais été mis sur liste d'attente. Le visage de Théo est resté impassible mais tu as eu la nette impression qu'il ne te croyait pas. Il a posé sa pyramide de disques sur un bac de variétés.

– Il paraît que t'as réussi l'exponentielle complexe de Moreau.

– Comment tu es au courant ?

Un sourire est apparu au coin de ses lèvres comme pour souligner ta crédulité.

– Tout le monde sait ce qui se passe dans les cours de Moreau. Il est étrange, hein ?

– On dirait qu'il appartient à un autre monde, une autre époque.

– C'est tout à fait ça. Mais il est vraiment impressionnant. Pour l'exponentielle, tu aurais mieux fait de t'abstenir ! Maintenant, il va te faire chier jusqu'à la fin de l'année. Personne n'avait réussi le problème l'an dernier.

– Toi non plus ?

– Je n'avais pas essayé plus que ça. C'est un jeu pour lui. Il aime bien allumer quelques types au début pour remettre tout le monde à sa place. Du coup, maintenant, il va hausser le niveau. Tu vas te faire détester.

Tout en parlant, il piétinait le sol du magasin, incapable de tenir en place. Tu as essayé de ne laisser paraître aucun sentiment.

– Mais non, je plaisante, a-t-il fait en te donnant une tape sur l'épaule.

Puis il a jeté un coup d'œil à sa montre.

– Je dois y aller. Si tu aimes la musique, il faudra que tu viennes chez moi. Je dois avoir quelque chose comme trois cents disques. Enfin, si ça te dit...

– Pourquoi pas ?
– On se voit demain ?

Il avait prononcé ces mots comme si vous étiez de vieux amis. Tu l'as suivi du regard jusqu'à la caisse du magasin, où tu as entendu la vendeuse annoncer le prix de ses achats.

*

Contre toute attente, le lendemain, Théo s'est dirigé droit vers toi avant le début des cours pour te serrer la main. On l'a regardé avec méfiance, les seconde année ayant peu l'habitude de se mêler aux nouveaux.

À 11 heures, alors que tu aurais dû passer à la bibliothèque pour préparer une démonstration, il t'a entraîné à travers la cour quasi déserte. Tu l'as suivi dans une série d'escaliers, puis dans un couloir obscur et décrépi dans lequel aucun élève ne devait s'aventurer. Tel un magicien, il a sorti de sa poche un trousseau et ouvert une porte qui donnait sur les toits en terrasse de l'établissement. Tu n'as pas cru utile de lui demander comment il s'était procuré ce sésame, mais tu as imaginé qu'il s'était montré plein de ressources durant sa première année.

Théo a escaladé le muret qui délimitait la terrasse et dominait les toits polychromes. Puis il est venu s'asseoir en tailleur par terre, comme un Apache s'apprêtant à fumer le calumet de la paix.

– C'est le paradis ici.

Il a sorti de la poche de sa veste un paquet de Marlboro, mais au lieu d'une cigarette il en a extirpé un joint proprement roulé qu'il a aussitôt allumé avec un fin briquet en argent.

– Assieds-toi, t'a-t-il dit comme tu restais les bras ballants.

Il a aspiré une longue bouffée qu'il a gardée plusieurs secondes dans ses poumons avant de pousser un soupir de soulagement.

– Tu viens souvent ici ?

– J'y ai mes habitudes. C'est ma place forte, je vois les ennemis venir de loin.

Les derniers temps, la politique de l'établissement s'était durcie et tu savais que l'année précédente un groupe de prépa littéraire avait été viré sans autre forme de procès pour avoir fumé du shit.

– Tu ne t'es jamais fait prendre par les surveillants ?

– Si, mais je leur ai graissé la patte.

Une plaisanterie ? Théo t'a tendu son pétard. Tu te voyais déjà pris en flagrant délit au bout d'une semaine à peine, convoqué avec ta mère dans le bureau du proviseur. Et puis merde ! Tu as fini par saisir le joint et l'as porté à tes lèvres. Le hasch était d'une excellente qualité, très chargé, et comme tu n'avais rien mangé le matin tu t'es senti étourdi dès la première bouffée.

Heureux aussi d'être là avec Théo.

– D'où tu viens exactement ?

Tu ne savais pas dans quel sens prendre sa question : quand on te la posait, c'était généralement en rapport avec ta couleur de peau, mais tu as pensé plutôt qu'il voulait savoir de quel lycée tu venais.

– J'étais au Parc-Saint-Antoine l'an dernier.

– Et tu habites où ?

Habitué à servir des adresses fictives au gré des situations, tu n'aurais pas dû laisser paraître la moindre gêne, mais tu as sans doute répondu une seconde trop tôt, avec l'empressement de celui qui veut prouver que le sujet ne le perturbe pas.

– Rue Lebrun, près du théâtre. Et toi ?
– Deux rues derrière le lycée, à côté du jardin public.
– Tu es chez tes parents ?

Pour la première fois depuis qu'il t'avait adressé la parole, il a eu un air soucieux.

– Pas vraiment. L'appart appartient à ma famille mais… c'est compliqué.

Théo a regardé les volutes de son pétard s'élever en méandres au-dessus de sa tête. Tu n'as pas osé poursuivre et as bifurqué sur un autre sujet.

– Qu'est-ce que tu comptes faire l'an prochain ?

Il a hésité un instant.

– Centrale, Banque PT… je sais pas trop… En fait, je m'en fous un peu, on verra bien. Et toi ?

Sa désinvolture t'irritait. Tu aurais aimé jouer franc jeu avec lui, lui avouer que, pour toi, n'importe quelle école aurait constitué une réussite sociale, mais son attitude d'enfant gâté te freinait. Et puis tu avais mis le doigt dans l'engrenage du mensonge et tu ne te sentais plus capable de revenir en arrière.

– Je n'ai pas vraiment d'idée, c'est encore trop tôt.
– Tu es vraiment doué pour les maths.

Ça ne ressemblait pas à une question. Plutôt un constat dans lequel tu as perçu une pointe de jalousie.

– On m'a dit que tu avais eu 18 au premier DM avec Moreau.
– J'ai eu de la chance.
– Tu parles ! Personne n'a des notes pareilles en début de prépa. Tu vas devenir le phénomène du lycée. Fais gaffe, ça n'est pas une position agréable. Tout le monde va t'attendre au tournant. Les autres seront sans pitié. Les médiocres n'aiment pas ceux qui réussissent trop facilement.

Il parle d'expérience, voilà ce que tu as pensé. Tu n'as pas aimé le mot « médiocres » qu'il avait employé. Il semblait trop bien couler dans sa bouche pour que ce ne soit qu'une erreur de vocabulaire.

Théo a tiré une dernière fois sur le joint avec avidité et l'a écrasé sur le sol en béton.

– Je pensais à un truc… On va généralement manger dans le centre le vendredi à midi. Ça te dirait de venir avec nous la prochaine fois ? Il n'y a que des seconde année, mais j'aimerais bien que tu rencontres David.

– David ? C'est celui avec qui tu traînes tout le temps ?

– Il est bonne pâte.

Sa réponse t'a paru saugrenue. Même pas méprisante.

– J'espère que Claudia pourra venir. Tu vois qui c'est ?

Tu as secoué la tête négativement.

– La fille avec qui je sors. Elle est en MP. Je suis sûr que tu l'as déjà vue.

– Peut-être.

– Marché conclu, alors ? On dit vendredi ?

Théo s'est levé et s'est étiré comme un chat après une longue sieste.

– Pour ici, tu n'en parles à personne, promis ? Pour vivre heureux, vivons cachés.

*

Tu étais à Félix-Faure depuis moins de deux semaines lorsqu'une chambre s'est libérée à l'internat. C'était une chance inespérée. Il arrivait que certains internes qui se voyaient dispensés du concours d'entrée à Sciences Po quittent le lycée en début d'année et les ressources plus que limitées de ta famille t'avaient donné priorité sur la chambre.

Ta mère a abondamment pleuré. Pour la première fois peut-être, tu fus insensible à sa peine, et tu lui en as même voulu de te gâcher ton plaisir. Tu lui as expliqué, d'un ton trop sec, que tu reviendrais de toute façon tous les week-ends et pendant les vacances. Sans vraiment croire ce que tu disais.

Un sac rempli de vêtements et de livres indispensables à l'épaule, tu as emménagé au lycée. L'internat était supposé être en rénovation depuis des années, mais cela se résumait en réalité à quelques travaux qui camouflaient mal la vétusté des bâtiments centenaires. Les chambres étaient exiguës et vieillottes. Tout y était spartiate : quatre murs blancs qu'on avait repeints pour parer au plus pressé, une armoire de rangement de guingois et un bureau hideux recouvert de feuilles stratifiées imitation bois. Malgré ce décor monacal, tu t'es rapidement senti à l'aise. Comme lorsqu'on est amoureux, tout te paraissait bêtement merveilleux : les palmiers lentement dévorés par les pyrales sur lesquels donnait la fenêtre de ta chambre, la douceur des dernières soirées de la fin d'été, les cigarettes fumées en cachette dans des recoins obscurs de la cour.

Si, dans les classes, les rivalités créaient des tensions entre les prépas, l'ambiance à l'internat était détendue. On y nouait des amitiés légères, de celles qui n'impliquent pas. On se rendait service : certains possédaient dans leur chambre de véritables petits garde-manger qui donnaient lieu à des agapes improvisées, d'autres rapportaient des bouteilles d'alcool qu'on sirotait tard dans la nuit. État autarcique, l'internat semblait coupé du reste du monde.

Tu n'as pas été long à comprendre qu'il recélait toutefois une dimension sociale et reflétait la condition financière des élèves. La plupart des internes n'avaient obtenu une chambre que parce qu'ils étaient boursiers. Tu ne retrouvais pas chez eux l'assurance et l'insolence du fric facile que tu pouvais remarquer chez les autres. L'argent de poche était compté, les sorties en ville rares, les clopes rationnées comme à l'armée et souvent mises en commun.

Les internes étaient regardés avec un certain mépris par beaucoup d'élèves. Tu aurais pourtant été incapable de dresser une liste objective de ce qui ne relevait que d'une impression diffuse. C'étaient des regards, des sourires, des remarques anodines que n'importe quel observateur extérieur aurait mis sur le compte de la paranoïa. C'était la même sensation que tu éprouvais parfois en entrant dans des magasins – celle d'être plus surveillé par le vigile que les autres clients, la façon doucereuse que la vendeuse avait de dire « Vous avez vu le prix ? » lorsque tu essayais un vêtement à l'évidence au-dessus de tes moyens – ou lorsque les femmes de service à la cantine du collège te demandaient si tu mangeais du porc parce que pour elles, bien sûr, tu étais musulman.

Tu as caché à Théo ton arrivée à l'internat. La chose fut aisée. Vous traîniez ensemble, mais pas assez pour qu'il connaisse tes moindres faits et gestes. Tu avais cru au début, d'une façon assez naïve, que Théo était admiré, voire jalousé par les autres. À l'internat, il arrivait qu'on parle de lui. Tu as appris qu'il était bourré de fric et ne s'en cachait pas – son père, disait-on, était un promoteur immobilier qui avait gagné des sommes indécentes. Tu t'es aussi aperçu qu'il indisposait beaucoup de monde et suscitait une animosité largement partagée. Certains, qui le connaissaient depuis plus longtemps que toi, avaient déjà fait les frais de ses remarques, qui auraient pu n'être que désobligeantes si une tendance à en faire toujours trop ne les avaient rendues blessantes ou humiliantes.

Le vendredi est arrivé.

Tu as parlé à Théo le matin même, mais il n'a pas eu un mot concernant le déjeuner en ville. Tu as pensé que la chose était convenue et, à midi, tu es sorti en vitesse de ton cours pour te poster devant sa salle.

Il t'a vu, t'a lancé un petit salut de la main mais ne s'est pas arrêté. Sourire aux lèvres, en grande conversation avec David, il t'a laissé seul, connement appuyé contre la rambarde, et a bientôt disparu au bout du couloir.

Tu as senti le rouge te monter au front. Une honte irrationnelle qui ne venait même pas du regard des autres – personne ne pouvait être au courant de ce que tu vivais. Non, tu étais blessé par le regard que t'avait jeté Théo : un regard même pas supérieur, tout juste indifférent, qui semblait te montrer ta propre insignifiance.

Un oubli. Un simple oubli, as-tu songé pour te rassurer. Tu n'as cessé pourtant d'y penser toute la journée, accomplissant tous tes actes de façon mécanique. Puis tu as pris le parti de ne pas t'en formaliser, le seul parti acceptable pour toi. Après tout, qu'est-ce que tu en avais à foutre de ce repas ? Tu pouvais vivre sans. Rencontrer David ou la copine de Théo ne faisait pas partie de tes raisons de vivre !

Tu ne l'as pas revu du week-end. Malgré la promesse que tu avais faite à ta mère, tu es resté à l'internat et t'es contenté de lui passer un bref coup de fil en prétextant une tonne de travail en retard. Elle a fait mine de comprendre, mais tu pouvais l'imaginer seule dans l'appartement, au milieu de ses meubles bon marché, en train d'essuyer ses larmes.

Le lundi, tu as laissé Théo venir à toi. Il n'a pas évoqué l'épisode du vendredi – mais peut-être n'y avait-il tout simplement pas pour lui d'« épisode ». Il t'a parlé de son week-end, qu'il avait passé en compagnie de Claudia dans une auberge à la campagne. 18 ans à peine... un week-end à la campagne... Tu l'as écouté avec décontraction, comme si la chose avait été aussi naturelle que d'aller à la fête foraine avec sa copine.

Le vendredi suivant, à la pause de 10 heures, Théo a enfin abordé le sujet.

– Pourquoi tu n'es pas venu l'autre fois ?

Tu as haussé les sourcils, l'air faussement surpris.

– Quoi ?

– Vendredi dernier... Tu étais d'accord pour qu'on déjeune ensemble. Pourquoi tu n'es pas venu ?

Tu as scruté son regard. Avait-il vraiment pu oublier ce qui s'était passé ? Ou jouait-il une minable comédie en remuant le couteau dans la plaie de façon perverse ? Tu n'as pu t'empêcher de repenser aux anecdotes que tu avais entendues à son sujet.

– J'ai oublié, sont les seuls mots que tu as piteusement pu prononcer.

Rien dans son visage ne trahissait la moindre satisfaction. Tu te serais presque senti coupable d'avoir pu l'imaginer machiavélique à ce point.

– Tu n'oublies pas à midi, promis ? Je passe te prendre.

*

Le restaurant, une brasserie pour bobos, était bondé et bruyant. Tu n'as pas aimé l'intérieur branchouille à la déco industrielle, avec ses poutres métalliques apparentes et ses suspensions en nickel. Une table avait été réservée au fond de la salle, dans un renfoncement aux murs de briques rouges.

Vous étiez six. Claudia n'avait pas pu venir. David n'a échangé que quelques paroles avec toi et il te regardait de façon suspecte, sur la défensive. Voyait-il en toi un intrus, quelqu'un capable de s'accaparer Théo ?

Tu as pris le temps de l'observer. Physiquement, David était passe-partout. Un peu enrobé, mou, une sorte de double en négatif de son ami. Les trois autres garçons étaient des types de leur classe dont tu oublierais vite les noms.

Les prix de la carte t'ont ôté tout appétit. Tu n'allais presque jamais au restaurant. L'argent que tu avais gagné pendant l'été avait fondu comme neige au soleil et ta bourse permettait à peine de payer la chambre à l'internat. Tu as rapidement calculé dans ta tête combien ces sorties hebdomadaires leur coûtaient à chacun. Tu étais certain de ne rien avoir laissé paraître, mais Théo, à côté de toi, t'a donné un coup de coude vaguement complice.

– Je t'invite.

Tu l'as regardé en feignant l'incompréhension.

– Je peux payer !

– C'est pas la question, a-t-il répondu en haussant les épaules. Je t'invite, je te dis.

On a commandé des burgers aux champignons et aux oignons caramélisés. C'était la première fois que tu mangeais dans des assiettes en ardoise. Tout le monde était de bonne humeur. David a raconté quelques histoires drôles en amenant lourdement la chute. Les autres rigolaient plus de sa maladresse que de l'histoire.

Puis Théo a monopolisé la parole sans aucune gêne. Il parlait avec l'aisance de ceux qui n'ont rien à prouver et les autres l'écoutaient avec l'humilité de ceux qui ne se sentent pas à la hauteur. Il a déliré un moment sur Eric Clapton.

– *Pilgrim*, *Reptile*, de la daube… Pas un morceau à sauver. Même sa reprise de Stevie Wonder est pathétique… « *Don't wanna believe what they're telling me* », a-t-il commencé à chanter.

Dans le restaurant, tout le monde s'est retourné.

– Clapton est mort, je vous dis. Je préférais quand il picolait. Qu'est-ce qui lui a pris d'aller en cure ?

Il en était à sa troisième bière et tu t'es demandé comment il faisait pour tenir le coup l'après-midi. Tu as remarqué qu'il avait la capacité de s'emporter tout seul rien qu'en s'écoutant parler – une étrange fébrilité qui contrastait avec son assurance naturelle.

Toi, tu parlais peu. À un moment, un des copains de Théo a dû avoir pitié et t'a posé une question. La plus banale du monde. Sauf pour toi.

– Où est-ce que tu crèches ?

Tu n'as pas eu le temps de mentir. Théo en avait fini avec Clapton.

– Romuald prétend qu'il habite à côté du théâtre.

Tu l'as regardé fixement, pas certain d'avoir bien entendu. N'avais-tu pas rêvé une partie de la phrase ?

David a rigolé.

– Pourquoi ? Ce n'est pas vrai ?

Une bouffée de chaleur a irradié ton visage. Tu as eu l'impression de virer au cramoisi.

– Tu n'habites pas à côté du théâtre, n'est-ce pas ? a calmement continué Théo, comme s'il exposait une démonstration mathématique.

Sortir quelque chose, n'importe quoi.
– Qu'est-ce que tu veux dire ?

Théo s'est essuyé les lèvres avec sa serviette, lentement, pour allonger ton supplice.

– Que tu m'as menti l'autre jour. Si tu habitais rue Lebrun, pour quelle raison tu serais allé au Parc-Saint-Antoine ?

– Parce qu'on n'a déménagé dans ce quartier qu'après ma première année de lycée. Je n'allais pas changer d'établissement en plein milieu d'année... Où tu veux en venir ?

– Admettons. Alors explique-moi comment tu as pu obtenir une chambre à l'internat en habitant si près de Félix-Faure, et dans un des quartiers les plus friqués de la ville ?

David a affiché un air exagérément surpris, comme un mime qui voudrait être vu des spectateurs du fond.

– Tu es à l'internat ?

Tu te sentais cerné.

– Oui, depuis une semaine.

– Je vais vous faire un aveu, les gars, a dit David. J'adorerais être à l'internat. Pas de perte de temps en déplacements, tu peux presque te réveiller le matin quand retentit la sonnerie...

Tu essayais de reprendre contenance.

– Ma mère vit seule, je n'ai pas connu mon père. Quand on est mère célibataire, on a des avantages. C'est comme ça que j'ai eu la chambre.

Théo a allumé une cigarette – tu as connu l'époque où on pouvait encore fumer dans les restos. Il n'avait pas l'air honteux le moins du monde de son comportement.

– Mais tu n'as pas à te justifier !

– C'est pourtant ce que je fais, as-tu répondu d'un ton cassant.

Théo a craché sa fumée avec empressement.

– Oh, je suis désolé, mon vieux. Je ne sais pas pourquoi je t'emmerde avec un truc pareil. C'est très bien que tu aies obtenu une chambre. Bien sûr que tu habites rue Lebrun, je te faisais marcher. Je me doute bien que tu ne viens pas de Bel Azur.

Tu t'es liquéfié. Il t'a semblé que le sol se mettait à danser sous tes pieds.

– Bel Azur ! a ricané David, à qui échappaient visiblement les sous-entendus de Théo. Vous n'avez pas vu ? Ils sont en train de construire un nouveau commissariat là-bas. Deux mois de travaux à peine et ces cons sont allés en pleine nuit pour y foutre le feu. On peut prendre les paris qu'ils n'iront jamais au bout. La France part vraiment en couilles.

Il a bu cul sec la moitié de son verre et s'est essuyé les lèvres d'un revers de la main. Démuni, tu t'es forcé à rire.

– Bel Azur, a-t-il répété en gloussant. Le jour où un type de Bel Azur foutra les pieds à Félix-Faure, je prends ma carte au PCF et je défile à poil dans la cour en criant : « Vive la lutte des classes ! »

5

Sa main. Agrippée désespérément au sac de Juliette.
Accélération des battements du cœur.
Peur panique.
Les pieds de la jeune femme glissent sur le bord de la paroi et se retrouvent dans le vide. D'un coup sec, lui-même en déséquilibre, Théo la tire violemment en arrière avant de trébucher sur la sente. Il bascule et se retrouve le dos plaqué contre la paroi, la poitrine écrasée sous le corps de Juliette. Sa tête heurte un rocher saillant et ses yeux, un instant voilés, se couvrent d'une myriade de points noirs.

Il ne pense plus à rien.

Le vide total dans son esprit.

Il sent seulement un liquide chaud lui couler à l'arrière du crâne et se coller à ses cheveux. La voix lointaine de Dorothée parvient à ses oreilles, mais ses paroles restent un charabia dénué de sens.

La scène n'a pas duré plus de cinq secondes. Lorsque la vue lui revient, Juliette s'est déjà relevée. Il voit David, qui a fini par réagir, la tenir dans ses bras. Théo prend appui contre la falaise et se remet péniblement sur ses jambes.

– Ça va ? crie Romuald en tête de cortège.

– C'est bon, répond David en soutenant Juliette. Avancez, je l'aide. On ne va pas rester là !

Théo passe une main sur son occiput. Ses doigts sont tachés de sang.

Une douleur sourde se propage dans son crâne. Il craint un moment de se sentir mal et doit faire un effort pour garder l'esprit clair.

David, lui, s'est déjà remis en route avec Juliette. Sans un merci, sans un mot, sans même lui accorder un regard.

*

On assied Juliette sur un rocher, au sortir de la sente aérienne. Le paysage a changé du tout au tout. Le terrain, envahi d'anémones et de linaires, est redevenu large et presque plat. Ils ont atteint l'autre versant de la montagne. Le précipice n'est plus qu'un mauvais souvenir.

– Je crois que je vais vomir, déclare Juliette en mettant une main sur sa bouche.

À peine a-t-elle le temps de prononcer ces paroles qu'elle régurgite le contenu de son estomac, c'est-à-dire pas grand-chose. David, qui est resté collé à elle comme un enfant dans le giron de sa mère, reçoit un peu de liquide verdâtre sur ses chaussures de marche.

Dorothée lui donne un coup sur l'épaule.

– Laisse-la un peu respirer !

Juliette lève les yeux au ciel en aspirant de larges goulées d'air.

– Passez-lui sa gourde !

David a l'air hébété. Il se triture les doigts en couvant sa compagne du regard.

Théo a sorti un mouchoir pour essuyer le sang sur son crâne. Personne ne se préoccupe de son sort. Il gratte la terre du bout de sa chaussure, comme un cheval nerveux, et agite frénétiquement la tête en dévisageant David.

– Je t'avais dit que c'était une folie de l'emmener avec nous !

Tous les regards convergent vers lui. Le groupe reste un moment interdit. Un long silence embarrassé.

– Théo ! finit par s'exclamer Romuald d'une voix de stentor. Tu crois vraiment que c'est le moment ?

Dorothée lui lance un regard glacial. Son visage n'affiche qu'une expression de mépris. Juliette ne réagit pas.

– Qu'est-ce qui s'est passé exactement ? reprend Romuald.

La question est adressée à Juliette, mais Théo ne lui laisse pas le temps de répondre.

– Il s'est passé que si je n'avais pas été là elle serait au fond du ravin en train de se faire bouffer par les rapaces !

La réaction de David ne se fait pas attendre. Sans réfléchir, il se rue sur Théo et le fait chavirer en arrière. Son corps s'écrase lourdement dans un bruit sourd. À cheval sur sa poitrine, David le frappe de gestes désordonnés et un peu risibles. Il a l'air d'un marmot qui se bat pour la première fois dans la cour de récré.

– Retire ce que tu viens de dire ! Bordel, retire ce que tu viens de dire ! hurle-t-il d'une voix de fausset.

D'abord inerte, Théo encaisse, stupéfait, quelques coups. Puis, d'un direct puissant du poing gauche, il atteint David en plein visage et le propulse à terre. Une gerbe de sang vole dans l'air avant de moucheter les pierres.

David gémit, le visage caparaçonné de ses mains.
– Il m'a pété le nez !
Juliette se met à pleurer, Dorothée pousse des cris perçants. Leur concert, qui trouble la quiétude absolue du lieu, ressemble à une cacophonie d'opéra-bouffe.
– On se calme, maintenant ! vocifère Romuald. Vous êtes ridicules, ma parole !
Son cri du cœur a un effet immédiat. Surprises, les deux jeunes femmes suspendent leurs lamentations. David se relève en titubant et en se tenant le nez comme s'il allait se détacher de son visage. Théo reste au sol, observant la scène en contre-plongée. Son visage à lui est intact. Les coups de David n'ont guère atteint leur cible.
– Vous vous comportez comme de vrais gamins ! On a le ventre vide, on est tous crevés et sur les nerfs. Il faut se reprendre !
Romuald s'avance vers David et lui écarte les mains d'un geste autoritaire.
– Fais voir ton nez.
Le piteux belligérant a cessé de geindre, comme s'il venait tout juste de se rendre compte du grotesque de la situation. Romuald fait glisser un doigt le long de l'arête de son nez charnu.
– Tu n'as rien de cassé, assure-t-il. Et toi, Théo, ça va ?
– Bien sûr. Il m'a à peine touché !
Romuald se campe devant le groupe, le regard sévère.
– Les disputes sont la plaie des randonneurs, elles sont fréquentes et naturelles, mais elles arrivent rarement au bout d'une demi-journée de marche.
Il s'accroupit devant Juliette et pose une main sur ses genoux.
– Qu'est-ce qui t'est arrivé, au juste ?

La jeune femme renifle et essuie ses yeux embués.

– J'ai eu un léger vertige... rien de grave. J'ai un peu vacillé et... Je suis désolée si Théo a eu l'impression que j'allais tomber.

L'intéressé bondit sur ses jambes et lui fait face, le visage rouge de rage.

– « L'impression que tu allais tomber » ? égrène-t-il de manière peu naturelle. Merci beaucoup, Juliette, de me faire passer pour un affabulateur. Je t'ai rattrapée *in extremis* alors que tu faisais le grand plongeon. Dis-leur, David, ne fais pas le con !

Ce dernier lève les bras en signe d'embarras.

– Quand je me suis retourné, Juliette était avachie sur toi. C'est tout ce que j'ai vu !

– Si j'avais su...

– Quoi, « si tu avais su » ? s'insurge Dorothée.

– Rien !

– Elle n'a pas pu tomber d'un seul coup. Tu fermais la marche !

– Elle avait quelques mètres d'avance sur moi. J'étais en train de renouer mes lacets quand...

– Quelle idée, aussi ! Renouer ses lacets dans un sentier aussi étroit !

– Vous me faites chier, lâche Théo à bout d'arguments.

Romuald fait un signe d'apaisement de la main.

– Inutile de recommencer, personne n'a rien à se reprocher.

Il se tait, tel un juge qui prend le temps de choisir le bon parti à adopter.

– Bon, il faut compter pour la descente un tiers de temps en moins que pour la montée. Ce qui veut dire qu'on est à environ trois heures et demie de marche du parking. Je me demande si le plus sage ne serait pas de faire demi-tour cette après-midi.

Juliette redresse la tête.

– Je me sens mieux maintenant.

Théo ricane.

– Mieux jusqu'à quand ? Au prochain passage difficile, qu'est-ce qui se passera ?

– Si Juliette dit qu'elle se sent mieux, on peut lui faire confiance, non ? rétorque David d'une voix nasillarde. Personne n'est à sa place.

– On ne va pas prendre de décisions hâtives, conclut Romuald. Le mieux serait de déjeuner tranquillement et de décider après. Ça vous va ?

Dorothée applaudit brièvement.

– Bien parlé ! On a les idées plus claires le ventre plein.

Quelle connerie ! pense Théo.

Mais, à son grand désarroi, tout le monde acquiesce niaisement et il n'ose plus rien dire.

*

L'incident n'a pas fait perdre à David son appétit. Il dévore son sandwich avec gloutonnerie. Un peu de mayonnaise lui coule le long de la bouche, qu'il essuie de ses doigts potelés. Théo, qui s'est installé un peu à l'écart pour manger, le regarde avec dégoût. Il se demande s'il a vraiment envie de continuer pendant plus de deux jours dans ces conditions. Quoi qu'on en dise, le mal est fait. Difficile de se balader, bras dessus, bras dessous, en faisant semblant d'admirer le paysage.

Théo sent soudain le regard de Romuald se poser sur lui. Il s'est approché sans bruit et s'assied sur un rocher à ses côtés. Il avale une bouchée de son sand-

wich tout en caressant la cloche bleue et pourprée d'une gentiane à ses pieds.
– Je te crois.
Théo le regarde, le visage pas encore apaisé.
– Quoi, tu me crois ?
– Je pense que Juliette était plus en difficulté qu'elle ne le dit et que tu l'as tirée d'un mauvais pas.
Théo se détend un peu. Il s'attendait encore à des reproches.
– Merci. Cette fille est un vrai danger ambulant. Je ne comprends pas que David soit aussi aveugle ! Elle n'était pas prête physiquement pour crapahuter en montagne. C'est tout juste si elle pourrait faire seule le tour d'un jardin public !
– Peut-être, mais cette randonnée est un défi pour elle. Elle peut en sortir plus forte.
– Et prendre le risque de se foutre en l'air et de nous mettre en danger par la même occasion !
– Tu penses qu'on devrait rentrer, c'est ça ?
– Je n'en sais rien. Ça fait râler de redescendre après la montée qu'on vient de se taper. Il est à combien, le refuge, exactement ?
– Quatre heures de marche tout au plus, si mes souvenirs sont bons.
Théo pointe du doigt la chaîne de montagnes sur le versant opposé.
– Et les nuages là-bas, ça ne t'inquiète pas ? Ils ont grossi depuis tout à l'heure.
– Ils n'ont pas annoncé d'orages pour aujourd'hui, mais c'est vrai que le temps change vite par ici. Je pense qu'on atteindra le refuge avant que ça n'éclate.
– Charmant début de balade, en tout cas.
– Il faut se dire que le meilleur reste à venir.

Théo tourne la tête vers David et le désigne ostensiblement du menton.

– Regarde-le ! Je suis sûr qu'il est en train de lorgner la bouffe de Juliette.

Romuald lui pose une main sur l'avant-bras en se relevant.

– Un conseil, Théo : lâche un peu David, n'envenime pas les choses. Sinon je ne suis pas sûr qu'on arrivera au bout du voyage.

*

Ils ont repris la marche avec un entrain forcé. La tension est retombée, du moins en apparence. Juliette a juré ses grands dieux qu'elle se sentait mieux et nul n'a eu le cran de la contredire. Effet de persuasion ou réalité, elle semblait même avoir repris des couleurs. On a donc décidé de continuer.

Théo garde un silence contrit depuis le départ. *Ne pas envenimer les choses…* Juliette l'a foutu dans une rage folle, mais il se contente de ronger son frein. Et David… c'était la première fois qu'il se permettait de porter la main sur lui. Il gagne en assurance, ma parole ! Son attaque contre Juliette a dû être la goutte d'eau après les remarques désagréables qu'il lui a faites dans le refuge. Pourtant, Théo sait qu'il n'a aucun intérêt à se mettre David à dos. Il est son meilleur *allié*. C'est bien le mot qui lui vient à l'esprit. Car il aura peut-être besoin de son soutien au moment où il se décidera enfin à parler à Romuald.

Parler à Romuald. C'est bien pour ça qu'il a accepté de venir.

Moins d'une heure après le déjeuner, le groupe se retrouve face à un paysage de désolation : une accumulation de blocs gigantesques, bien plus impressionnants que le pierrier qu'ils ont traversé dans la matinée. Comme si la montagne avait été mise sens dessus dessous par un géant capricieux. De quoi les décourager définitivement.

– La pente demande une certaine gymnastique, mais ça n'a rien d'insurmontable, les rassure Romuald. Bizarrement, je crois que c'est plus facile à traverser en hiver, quand la neige a tout recouvert.

Points presque immobiles vus du ciel, ils entament l'ascension. L'amoncellement de pierres enlève toute visibilité. Au-dessus d'eux, les blocs forment des étages successifs. Sitôt qu'ils sont parvenus à bout d'une difficulté, une nouvelle étendue de pierres se profile devant eux. Un parcours sans fin.

Les cairns, déjà difficiles à remarquer, se sont raréfiés, puis ont disparu brutalement. Dans ce gigantesque éboulis, les repères ne seraient pourtant pas de trop. Romuald va en tête, sans marquer la moindre hésitation… guidé par son instinct ou par son intime connaissance du lieu ? Les autres suivent, sans se poser de questions.

Le ciel a changé de couleur. L'azur lumineux de la matinée s'est mué en un bleu grisâtre. Au loin, les nuages ont recouvert l'horizon pour former une barre inquiétante. « *Pas de pluie aujourd'hui* », se répète Théo. *Tu parles !*

Sans que cela ne l'étonne outre mesure, David s'est totalement radouci. Un exemple de plus de sa mollesse de caractère : seulement capable de coups de tête ou d'impulsions puériles, sans jamais de constance dans ses colères.

– Tu crois que c'est pour nous ?

Théo se retourne et voit David peiner au milieu du chaos de granit.

– Les nuages là-bas... tu les regardes depuis tout à l'heure. Tu crois qu'on y aura droit ?

– Aucune idée. Romuald dit qu'ils n'ont pas prévu de pluie, mais là j'ai des doutes.

– L'essentiel est qu'on atteigne le refuge avant. Ça doit être plutôt drôle, une bonne rincée en montagne, pourvu qu'on soit bien au chaud et à l'abri.

Théo ricane.

– Ne t'attends pas à un menu gastronomique et à un bain chaud.

David rigole à son tour en se forçant un peu, comme on rirait de sa propre plaisanterie qui a fait long feu. Puis, sur un ton mal assuré :

– On ne va pas en faire toute une histoire, hein ? Ce n'est pas la première fois qu'on s'engueule...

Non, mais c'est la première fois que tu veux me refaire le portrait !

– C'est déjà oublié, laisse tomber. Je retire ce que j'ai dit sur Juliette tout à l'heure. C'était déplacé, vraiment.

Quiconque connaît Théo sait que son ton n'a rien de sincère. Des excuses de convenance, une contrition de façade commode pour mettre fin aux discussions ennuyeuses.

Mais David semble se contenter de ce pas en avant.

*

Théo a accéléré le rythme pour rejoindre Romuald qui avance comme un marcheur solitaire, les yeux rivés au sol. Il ne sait pas pourquoi, mais il a senti que le moment opportun était venu. Ou peut-être veut-il simplement se délivrer de sa corvée.

— J'aurais dû agir autrement. C'est difficile à dire pour moi, mais voilà… j'aurais dû agir autrement.

Romuald le regarde distraitement, comme s'il s'adressait à quelqu'un d'autre.

— Tu parles de Juliette ?
— Arrête. Tu sais très bien ce que je veux dire.

Romuald ne ralentit pas, il aurait même plutôt tendance à accélérer, grimpant de manière méthodique sur les géants de granit.

— Laisse le passé où il est, tu veux ?

Inutile de se mentir, Théo s'attendait un peu à cette réaction. Mais il n'a pas envie de lâcher prise maintenant qu'il a commencé. Les premiers mots lui ont trop coûté.

— Non, justement. Je veux que les choses soient dites. En particulier aujourd'hui où nous voilà tous réunis.

— Je me demande si ce week-end était une si bonne idée. Surtout après ce qui s'est passé tout à l'heure… Peut-être que ma présence envenime les choses.

— Qu'est-ce que tu racontes ? Ça n'a absolument rien à voir ! Juliette a failli se foutre dans le décor, point barre.

— Peut-être…

Un bloc plus volumineux se dresse devant eux. Romuald se hisse avec une agilité surprenante, puis tend une main vers Théo qui l'attrape de bon cœur.

— Je crois qu'on ferait mieux de les attendre, dit-il en désignant le groupe à la traîne.

Théo défait son sac à dos et en tire sa gourde. Il la propose à son compagnon de marche, qui décline d'un signe de tête.

– Est-ce que tu en as bavé ?

Romuald soupire avant de le regarder droit dans les yeux pour la première fois depuis le début de leur échange.

– Les choses sont toujours moins terribles que ce qu'on imagine.

– Tu as toujours été comme ça.

– Comme quoi ?

– À tout minimiser…

Théo contemple le paysage hérissé. Peu habitué à laisser tomber le masque, il ressent soudain une vague de culpabilité l'envahir. Elle n'avait jamais fait que sourdre en lui jusque-là, pointant à peine au niveau de sa conscience, le démangeant durant toutes ces années sans être assez forte pour révéler son vrai visage.

Les derniers jours, il s'est souvent représenté cette scène dans son esprit – Romuald et lui, en pleine montagne, se faisant enfin face –, mais sans y participer vraiment, se l'infligeant comme un pensum qui ne faisait naître en lui aucun sentiment.

– Je ne comprends pas comment on a pu en arriver là.

– C'est simple, pourtant.

Romuald a parlé d'un ton neutre, sans malice particulière dans la voix.

– Oui, tu as raison, c'est simple. Je suis désolé, mon vieux, pour tout ce qui s'est passé…

– C'est à cause de ça que tu as accepté de venir ?

Théo fronce les sourcils en signe d'incompréhension.

– Ne me dis pas que tu avais vraiment envie de passer ce week-end à la montagne. Je dois être honnête : quand je t'ai proposé de venir, je pensais que tu refuserais. Je voulais que tu acceptes, bien sûr, mais je n'y croyais pas. Tu avais besoin de crever l'abcès, n'est-ce pas ? Tu avais mauvaise conscience ?

– Non… je ne sais pas… Rien n'aurait dû se dérouler de cette manière. J'étais responsable. On aurait pu faire quelque chose pour t'aider… David et moi.

Romuald secoue la tête d'un air las.

– Je ne vois pas ce que David aurait pu faire.

– Mais *moi* si, c'est ce que tu veux dire ?

– Non, j'ai fait un choix à l'époque et je l'ai assumé. Simplement, j'ai tourné la page. Tu vois, c'est étrange à dire, mais j'ai toujours pensé que les choses finiraient par rentrer dans l'ordre pour moi. Que ce qui m'arrivait n'était que des épreuves, presque nécessaires, que je surmonterais. Et c'est ce qui s'est passé, non ?

– Je suppose.

Théo cherche à sonder Romuald en jetant sur lui un regard oblique. Tout peut-il être aussi simple ? *Tourner la page… Rien d'autre ? Pas de rancœur, pas de haine…* Cette conversation le laisse insatisfait. Il aurait préféré l'affrontement qu'il redoutait tant.

Romuald finit par briser le silence.

– Tu penses souvent à elle ?

Il n'a pas prononcé son nom, et l'anonymat dont il l'entoure rend sa question plus cruelle encore. Théo baisse les yeux au sol.

– Les premières années, je pensais à elle tous les jours, sans exception. Et puis, si tu veux vraiment savoir, le temps a passé et je l'ai occultée… Ça se dit, ça, « occulter quelqu'un » ? C'est pourtant ce qui s'est passé. C'était le seul moyen pour moi de continuer à vivre. Tu me parles d'elle, et je peux faire tous les efforts du monde, j'arrive à peine à me rappeler son visage. Je n'ai gardé aucune photo, aucune lettre, rien. Tu comprends ?

– Un peu. J'imagine que Dorothée ne sait rien ?

Théo sourit.

– Qu'est-ce que tu aurais voulu que je lui dise ? « Tu sais, chérie, j'ai tué quelqu'un… Mais c'était il y a longtemps, ça ne compte pas, hein ? »

Une boule se forme au fond de sa gorge. Pas le moment de chialer, vraiment.

– De quoi vous parlez, les garçons ?

Sous le coup de l'émotion, ils n'ont même pas remarqué que Dorothée venait d'arriver à leur hauteur. Vu son visage souriant et détendu, Théo n'imagine pas qu'elle ait entendu le moindre mot de leur conversation. Mais comment en être tout à fait sûr ?

– On évoquait de vieux souvenirs. C'est le but de la promenade, non ?

6

15 h 15.
— Mon Dieu, que c'est beau !
— C'est sûr, ça change de la caillasse.
— Il a un nom, ce lac ?
— C'est juste un lacquet. Il y en a plein dans le coin.
— Ça existe, ce mot, « lacquet » ?
— C'est comme ça qu'on dit par ici...
— Et regardez toutes ces fleurs ! Je me baignerais bien. Juliette, ça te dit ?
— Dorothée, à poil ! À poil !
— Qu'est-ce que tu peux être lourd, David !
— Tu devrais y mettre la main avant de te déshabiller.
— Pourquoi ?
— Essaie.
— C'est glacé ! On est presque en été et c'est glacé. On se croirait dans un fjord !
— Je t'avais prévenue !

*

16 heures.
— Théo s'est vraiment comporté comme un con tout à l'heure. Je suis désolée.

– Ne t'inquiète pas...
– Je n'arrive pas à décolérer. Parfois il est... insupportable ! On dirait qu'il prend plaisir à piétiner les autres.
– Désolée aussi pour ce qu'a fait David. Il est allé trop loin.
– Tu ne devrais pas, il a joué au chevalier servant. C'est plutôt flatteur, non ?
– C'est vrai, je n'avais pas vu les choses sous cet angle.
– Tu as l'air d'aller mieux. Tu as repris des couleurs.
– Tu trouves ?
– Mais oui, ça va bien se passer. On n'est pas là pour faire un marathon, de toute façon. Tu sais de quoi je rêve ?
– Non.
– D'un verre de sauternes, de tranches de saucisson et d'une douche bien chaude.

*

16 h 20.
Théo.
Le mal de ventre et les nausées l'ont repris. Il se sentait simplement patraque jusque-là, mais il doit se rendre à l'évidence : il est malade comme un chien. Des gouttes de sueur perlent à son front. David l'a d'ailleurs questionné tout à l'heure en le voyant blanc comme un linge. Il a essayé de détourner la conversation et a préféré prendre de la distance par rapport aux autres.
– Je vais pisser, dit-il pour se justifier.

Le temps d'aller se cacher derrière des rochers, il vomit tout ce qu'il a dans l'estomac. Il crache à plusieurs reprises puis tente de reprendre ses esprits en s'asseyant sur ses talons. Il essuie son visage humide de ses deux mains. Ça va mieux. Il se sent vidé.

Qu'est-ce qui lui arrive ? Un truc qu'il aurait mangé la veille ? Le sandwich qu'ils ont acheté sur l'autoroute n'était guère ragoûtant, mais de là à le mettre dans un état pareil… Quant au repas que leur a préparé Romuald, il était délicieux. Ou alors il a chopé un virus. La semaine dernière, plusieurs de ses collègues au travail étaient malades. Pourtant, il a déjà eu des gastros et il est presque sûr que c'est autre chose. Comme s'il avait ingéré un produit toxique. Comme s'il avait bouffé des champignons non comestibles. C'est cette image qui lui vient. Oui, une intoxication alimentaire.

Le pire, c'est qu'il va être obligé de cacher aux autres son état. Après ce qu'il a dit sur Juliette, en plus d'un salaud, il passerait vraiment pour le dernier des cons.

*

16 h 40.

Paysage escarpé. Romuald hésite.

Sur la gauche, une vire terreuse contournant la roche, couverte de racines et de branches noueuses. Sur la droite, un chemin pierreux plus abrupt qui serpente au milieu d'herbes folles.

Finalement, ce sera à gauche.

*

Les nuages ont progressé plus vite que prévu, masquant complètement le soleil. Ils se sont déployés dans le ciel comme une nuée ardente pour former une couche fuligineuse, opaque, floue. De temps à autre, le tonnerre retentit. Par une étrange contamination, le pan de ciel encore épargné au-dessus de leurs têtes vire de couleur, prenant une sombre teinte vespérale.

– Ça se gâte. Il va falloir qu'on accélère.

Romuald s'est arrêté et observe ses compagnons. La fatigue a creusé les visages. Ils ont encore marché près de quatre heures et les signes de faiblesse se font sentir. David est le plus exténué. Ses kilos en trop semblent lui peser autant que le barda d'un troufion.

– On va y avoir droit, alors ?

– J'en ai bien peur. Ce genre d'orage est difficile à prévoir, mais il devrait être de courte durée. Il faut juste ne pas être là quand ça pétera.

Dorothée se penche en avant, les mains sur ses genoux.

– On ne devrait pas être déjà arrivés ? J'ai l'impression que ça fait une éternité qu'on marche…

– On a été moins rapides que ce matin, on a trop traîné.

– Et toi qui voulais en plus te baigner ! lui reproche Théo.

*

17 h 20.
– Qu'est-ce qui se passe, Romuald ?
– Rien.
Incrédule, Théo secoue la tête.

– Je t'observe depuis un moment. Tu avançais droit devant toi depuis ce matin, et là, on dirait que tu hésites…

Romuald jette un coup d'œil derrière lui, pour vérifier qu'une distance suffisante les sépare des autres. Les mots semblent posés au bord de ses lèvres, mais pas assez mûrs pour être lâchés.

– Vas-y, insiste Théo. Dis-moi la vérité.

– OK. Tu te souviens de la sente terreuse qu'on a passée il y a environ une heure ? Un endroit plein d'anémones à fleurs de narcisse…

– Merde, Romuald ! Je ne suis même pas capable de faire la différence entre des orchidées et des bégonias, alors tes anémones…

– Peu importe. Eh bien, on a pris à gauche en longeant la paroi vers le sud…

– Quoi, « on a pris à gauche » ! *Tu* as pris à gauche, on n'a fait que te suivre… Tu ne vas pas me dire qu'on s'est trompés de chemin ?

Romuald fronce les sourcils et lui lance un regard embarrassé.

– Moins fort ! Disons qu'on n'a pas pris la voie la plus rapide.

Le visage de Théo se crispe sous l'effet de l'énervement.

– Je croyais que tu connaissais la route comme ta poche !

– La dernière fois que j'ai fait l'ascension, c'était il y a trois ans. Je ne me souviens pas de tout dans le détail.

– Il n'y avait pas de cairns ?

– Pas à cet endroit-là. Mais il y a probablement plusieurs sentiers qui…

– Et la carte ? l'interrompt Théo sans ménagement.

Romuald baisse les yeux au sol.

– Je... j'étais persuadé de l'avoir remise dans mon sac ce matin.

– Tu plaisantes ? Tu ne l'as pas emportée ?

– J'y ai jeté un dernier coup d'œil avant de partir et j'ai dû la laisser sur la table...

Théo hausse le ton.

– Je n'arrive pas à y croire ! Alors on n'a aucune idée de l'endroit où on se trouve ?

– Calme-toi ! Il n'y a rien de grave ! On devrait pouvoir récupérer facilement l'autre versant et retrouver le sentier principal.

Théo secoue la tête avec lassitude. Il n'a aucune envie de se laisser embobiner par des arguments fallacieux.

– On n'a pas dépassé le refuge, quand même ?

– Non.

– C'est un « non » catégorique ou tu veux juste me faire plaisir ?

– Je suis presque certain que non.

– Formidable ! Et pourquoi ne pas faire simplement demi-tour ?

Romuald désigne le ciel d'un signe de la tête, comme si ce simple mouvement valait toutes les explications du monde.

– Tu as vu le temps ? Ce serait prendre un trop gros risque. Il nous faudrait une heure pour rebrousser chemin et ça découragerait tout le monde.

– Donc, tu n'as pas l'intention de leur parler de la situation ?

– À quoi bon ? On accélère, on contourne la masse rocheuse et on rigolera de tout ça quand on sera au chaud !

*

La barre se dresse sur leur droite telle une muraille cyclopéenne. Au fur et à mesure de leur progression, elle est devenue plus escarpée et plus hostile – rempart minéral sombre, infranchissable.

Théo n'a plus adressé la parole à Romuald depuis leur conversation, une demi-heure plus tôt. Il a bien conscience qu'ils n'arriveront pas à trouver de brèche leur permettant de passer sur l'autre versant. Ils ont pris une mauvaise voie et ne feront que s'enfoncer un peu plus dans l'impasse. Si seulement ils avaient fait marche arrière comme il l'avait proposé… En se pressant un peu, ils auraient peut-être déjà atteint la bifurcation.

Théo a cherché des cairns sur la route. Rien. Si vraiment ils avaient emprunté un « itinéraire bis », il y aurait bien des traces, non ?

Qu'est-ce qui a pris à Romuald de faire preuve d'autant de légèreté ? Personne à part lui ne connaît le chemin et s'en remettre à un seul homme en montagne est pure folie.

Malgré lui, Théo repense à un film qu'il a vu. Un nanar qui n'a pas marqué le septième art mais dont il se souvient encore dans le détail. Un groupe d'amis part sur un voilier pour une expédition en mer. Le pilote, unique membre à bord à savoir naviguer, est pris d'un malaise et tombe dans un état comateux. Les passagers se retrouvent livrés à eux-mêmes, perdus en haute mer, incapables de diriger le bateau. Le film se terminait très mal, forcément.

Pourquoi pense-t-il à ce navet ? Ils n'en sont quand même pas là ! Au pire, s'ils se sont plantés de route, il suffira de faire demi-tour ou d'essayer de redescendre par la première voie venue pour tomber sur une autre vallée.

Ses foutues chaussures recommencent à lui meurtrir les pieds. Il ne rêve que de les enlever et de se dégourdir les orteils.

Les autres n'ont pas l'air frais non plus. On dirait qu'ils avancent dans un état second qui leur fait oublier la fatigue. Mais jusqu'à quand ?

Seul point positif, il n'a plus envie de gerber et son mal de ventre n'est presque plus qu'un mauvais souvenir. Verre à moitié plein…

*

Romuald tend la main. Une grosse goutte de pluie, pesante, s'écrase dans sa paume. Il lève les yeux au ciel. Deux autres gouttes heurtent son visage.

Un instant, on a l'impression que l'orage ne va pas oser crever, que le tonnerre autour d'eux est factice, comme ces chariots à roues crantées qu'on utilise dans les théâtres pour simuler son bruit tonitruant.

Le ciel est uniformément gris, couvert de nuages bas et déchiquetés. Le tonnerre gronde à nouveau, faisant trembler l'espace tout entier, se répercutant jusque dans leurs corps. Dorothée sursaute, Juliette se bouche les oreilles en une pose caricaturale. Une pluie grasse s'abat sur la montagne. Des lances puissantes qui heurtent leurs dos en rafales.

En quelques secondes, leurs coupe-vent sont inondés et ne forment plus qu'une protection dérisoire sur leurs vêtements. On se croirait sur le bastingage d'un bateau fouetté par la tempête. En hâte, tout le monde se regroupe autour de Romuald.

– Il faut qu'on s'abrite ! hurle-t-il pour couvrir le bruit de la pluie.

Théo sent l'eau dégouliner sur son visage.

– Qu'est-ce que tu proposes ? On n'arrivera jamais au refuge, n'est-ce pas ?

Cerné par les regards braqués sur lui, Romuald tente de garder une certaine contenance, mais Théo le sent pour la première fois *perdu*. Non pas égaré parce qu'il leur a fait emprunter un mauvais chemin, mais plutôt déboussolé, déstabilisé, comme s'il prenait enfin conscience de leur situation.

– J'ai déjà repéré des brèches dans la paroi, plus haut. Il doit y avoir des cavités assez profondes pour qu'on s'y abrite en attendant. D'accord ?

– On a le choix ? demande Dorothée dans un rire forcé.

– Bien sûr, on n'a qu'à voter à main levée, la rabroue Théo. Ou même mieux, à bulletin secret.

– Suivez-moi. On va tâcher de grimper.

Le groupe quitte le chemin pédestre et s'engage au milieu d'un terrain rocailleux recouvert d'herbes rases. La pluie continue sa sarabande effrénée. Des cataractes lâchées par un ciel éventré.

Malgré le bruit incessant, Romuald essaie de se faire entendre.

– Il faut monter en zigzag, la pente est trop abrupte.

On le suit.

Les chaussures glissent sur les pierres mouillées. On tente de s'accrocher aux blocs les plus solides ou aux racines, de trouver n'importe quel appui secourable pour ne pas chuter face la première.

L'éclair déchire les masses compactes du ciel. La montagne a pris un vrai visage d'apocalypse.

Soudain, un cri aigu perce le tapage de la pluie. En tête, Romuald et Théo se retournent comme un seul homme. Une dizaine de mètres derrière eux, ils aperçoivent Dorothée qui vient de dégringoler la pente. David et Juliette la regardent sans réagir, comme s'ils étaient déjà trop occupés à conserver leur équilibre. Théo rebrousse chemin et se précipite vers elle. Il manque de tomber à chaque pas, ses chaussures de marche dérapant sur la roche ou s'enfonçant mollement dans l'herbe détrempée.

– Ça va ? demande-t-il en s'agenouillant à sa hauteur.

Dorothée lève vers lui un visage épuisé.

– Non, ça ne va pas, je saigne.

Elle tend la paume de sa main, marquée d'une large entaille. Un filet rouge coule entre ses doigts et se mêle à la pluie.

Théo sort de sa poche un mouchoir en papier.

– Tiens, mets-toi ça autour de la main, juste pour éviter que ça saigne trop. On regardera ta blessure quand on sera à l'abri.

Dorothée acquiesce et, le corps perclus de courbatures, se relève péniblement en prenant appui sur lui. Du pouce, Théo fait un signe rassurant à l'adresse de Romuald. Dorothée a tant de mal à avancer qu'il doit quasiment la porter à bout de bras.

– Fais un effort, il faut qu'on se protège.

Comme Théo connaît le chemin et ses chausse-trapes, ils rejoignent facilement Romuald.

– Pas trop de dégâts ?

– Elle saigne, mais ça n'a pas l'air grave.

– Bon. On va prendre ce petit corridor... vous voyez, là ? On pourra ensuite facilement longer la falaise jusqu'à la cavité.

Romuald désigne David et Juliette, qui semblent faire du surplace.

– Qu'est-ce qu'ils font ? Ils n'ont pas l'intention de monter le camp ici ?

Sous la pluie, ils ressemblent à deux marmots qui n'osent pas rentrer chez eux parce qu'ils se sont salis dans le bac à sable.

– Occupe-toi de Dorothée, dit Théo. Je vais aller les secouer.

Le couloir est aisément praticable, encombré de blocs qui facilitent l'ascension en leur offrant une prise plutôt sûre. Des trombes ruissellent sous leurs pieds. Leurs chaussures sont gorgées d'eau et leurs chaussettes épaisses ne sont plus que des éponges.

Romuald guide Dorothée tout en la soutenant. Ils bifurquent sur la droite, coupant un éboulis de pierres pour s'éviter un détour, puis longent enfin la falaise décrépite. En moins d'une minute, ils atteignent la brèche.

L'intérieur de la grotte est d'une obscurité impénétrable.

– C'est profond ?

– On va bien voir.

Romuald sort de son sac à dos une puissante lampe de poche qu'il braque vers le fond de la cavité. L'endroit est plutôt étroit – pas plus de trois mètres dans sa partie la plus large – mais le plafond est très haut, montant en pointe comme une cathédrale gothique. Les parois humides sont recouvertes de ramondies. Par une journée de canicule, en été, la grotte offrirait sans doute une retraite agréable. Mais elle n'est pour eux qu'un refuge froid et inhospitalier.

Dorothée grelotte, transie de la tête aux pieds. Sa poitrine se soulève frénétiquement, comme si on venait de la plonger dans une cuve d'eau glacée. Romuald la serre contre lui en lui frictionnant le dos.

– Tu es gelée, il faut que tu mettes des vêtements secs. Déshabille-toi, ne garde rien de mouillé.

Dorothée secoue la tête de façon saccadée, à la manière d'un vieil automate fatigué.

– Nom de Dieu, je ne me suis jamais pris une telle rincée ! gronde David en déboulant dans la grotte et en se secouant comme un chien mouillé.

Juliette et Théo apparaissent derrière lui, deux silhouettes émergeant à peine du paysage lugubre traversé par la pluie.

– Voilà donc notre refuge, constate Théo sans enthousiasme.

– Ce n'est pas terrible, concède Romuald, mais c'est mieux que de rester sous la pluie. Essayez de mettre des vêtements secs.

À quelques mètres d'eux, dans un coin sombre de la cavité, Dorothée s'est déjà dévêtue et se retrouve en sous-vêtements. Théo fait quelques pas vers elle.

– Qui a la trousse de secours ? Il faut nettoyer ta plaie.

– C'est moi, répond Romuald. Je te la passe.

David, lui, trouve encore le courage de plaisanter.

– Bon, vestiaire des filles à droite, vestiaire des mecs à gauche.

– Si tu crois qu'on est d'humeur à vous mater ! lui répond Dorothée d'un ton sec, dissimulant à peine d'une main sa poitrine dénudée.

Théo prend la bouteille d'antiseptique et en arrose abondamment sa blessure avant de la recouvrir de compresses.

– Ça n'a pas l'air si méchant que ça. Heureusement qu'il ne te faut pas de points de suture.

Il finit de soigner Dorothée, tandis que les autres se déshabillent en silence.

David se frictionne énergiquement les épaules.

– Il n'y a pas moyen de faire un feu ?

Théo rigole dans sa barbe.

– Avec quoi ? Tu vas sans doute nous trouver du bois sec dehors ? Vas-y, je t'en prie.

Un éclair zèbre le ciel. Quelques secondes après, le tonnerre retentit comme une grosse caisse et se répercute jusqu'au plus profond de la grotte.

– Trois secondes, murmure Juliette.

Dorothée se retourne.

– Quoi ?

– Trois secondes entre l'éclair et le tonnerre. Ça veut dire que la foudre est tombée à un kilomètre d'ici. C'est mon père qui m'a appris ça quand j'étais petite : diviser le nombre de secondes par trois pour obtenir la distance. Tu ne le savais pas ?

– Non. Tu vois, j'ai appris un truc.

David bat le sol de ses pieds pour se réchauffer.

– Bon, je suppose que c'est compromis pour le refuge ?

Romuald finit d'enfiler un pull en laine et jette un coup d'œil à sa montre.

– Il est plus de 6 heures. Impossible de reprendre la route par ce temps.

– Mais on marche depuis 1 h 30 de l'après-midi. On devrait déjà y être depuis un moment !

– On l'aurait atteint si on avait pris la bonne route !

Théo n'a pas réfléchi. Les mots sont sortis de sa bouche malgré lui.

– Quoi ?

– On s'est plantés de chemin. Demande-lui.

– C'est vrai ?

Romuald lance à Théo un regard sombre et acquiesce à contrecœur.

– On a pris la barre rocheuse du mauvais côté. Ça n'aurait pas été embêtant si l'orage n'avait pas éclaté. Maintenant, je ne vois pas d'autre solution que de passer la nuit ici.

David se dresse sur ses ergots.

– Passer la nuit ici ! C'est une blague ? Je suis sûr que c'est infesté de chauves-souris.

Théo ricane.

– Peut-être même qu'il y a un ours tapi au fond de la grotte ! Hou, hou ! Cannelle !

– Tu trouves ça drôle ?

Dorothée se plante devant eux, les poings sur les hanches.

– En un mot, on est perdus ?

– Perdus, bien sûr que non, mais bloqués ici, oui. Tout ce que je peux proposer, c'est de rejoindre le bon itinéraire dès demain matin.

– Si on ne meurt pas gelés d'ici là, précise David, cette fois avec le plus grand sérieux. On ne peut pas appeler les secours ?

– « Appeler les secours » ? répète Théo avec un mépris non dissimulé. Et comment ? En envoyant un pigeon voyageur ? Les portables ne passent pas ici, au cas où tu ne l'aurais pas remarqué !

David se tourne vers Romuald, lassé des ricanements sardoniques de Théo.

– Tu n'as pas un de ces téléphones par satellite qui marchent même en haut de l'Himalaya ?

Théo revient à la charge.

– Arrête un peu ton délire, David ! Même si on pouvait contacter les secours, tu t'imagines qu'ils enverraient un hélico par ce temps de chiotte juste parce que tu ne peux pas te réchauffer devant un feu de bois ? On ne va pas mourir. La nuit ne va certainement pas être agréable, mais il ne faut pas en faire un drame !

Romuald profite de la brèche ouverte par Théo.

– Il a raison. Il n'y a pas de quoi paniquer. On avait de toute façon prévu de bivouaquer la seconde nuit. C'est vrai que je n'imaginais pas que ce serait dans ces conditions, mais on a des couvertures de survie…

– De survie ? fait David en écho. On en est donc là ?

– Utiliser des couvertures de survie ne suppose pas qu'on soit à l'article de la mort ! s'énerve Romuald. Elles conservent juste la température corporelle. On en aura besoin cette nuit.

Loin de se calmer, David se met à piaffer.

– Qu'est-ce que tu nous disais hier, déjà ? « On ne peut pas se perdre en montagne », c'est ça ?

– Je t'ai déjà dit qu'on n'était pas perdus. Sur quel ton il faut que je te l'explique ?

– On ne va pas jouer sur les mots ! On était censés arriver au refuge avant la nuit, c'est tout ce qui compte, et…

– La ferme ! l'interrompt Théo. Tu fais chier !

David reste bouche bée, le visage penaud. Dorothée écarquille les yeux, persuadée qu'il va encore se ruer sur Théo pour se livrer à une joute comique. Mais David ne bouge pas d'un centimètre.

– Ah, ça y est ! Tu prends son parti maintenant !

– Je ne prends le parti de personne, mais ça ne sert à rien de faire tout ce cinéma. On est coincés ici, point. On ne va pas épiloguer pendant cent sept ans !

David cherche le regard de Juliette pour trouver un soutien, mais la jeune femme est en train de mettre de l'ordre dans son sac et prête à peine attention à leur algarade. Il hésite… Sortir sa dernière cartouche pour ne pas leur laisser le dernier mot ? Tellement tentant…

– Dis, Romuald, pourquoi tu ne nous parlerais pas un peu de ton chalet ?

Théo le fixe, appâté par sa question.

– Vous en voulez une bonne ? poursuit David. Hier, on a tourné pendant trois plombes pour trouver l'adresse avec Juliette. Au bout d'un moment, on a fini par demander notre chemin à un vieux type au bord de la route. Figurez-vous qu'il connaissait parfaitement le chalet de la Raillère. On était d'ailleurs quasiment passés deux fois devant sans même s'en apercevoir.

David marque une pause, soucieux de ménager le suspens.

– Où tu veux en venir ? l'interroge Théo, qui commence à s'agacer de ses mystères.

– Tu vas voir. On a discuté avec lui deux minutes, histoire d'être polis. Je lui ai dit que le chalet appartenait à un copain, qu'on venait ici en week-end. Il a paru surpris.

Théo glisse un regard suspicieux vers Romuald.

– Pourquoi ça ?

David jubile.

– Parce que, selon lui, le chalet de la Raillère appartient depuis plus de trente ans à la même famille. Je lui ai dit qu'il devait se tromper. Il m'a expliqué qu'il y avait peu de chances puisque ce sont ses plus proches voisins. Ils ont retapé la maison il y a quatre ans et la louent trois mois chaque été. Ils ne l'ont pas vendue, ça, je peux vous l'assurer.

Dorothée s'est approchée d'eux.

– Qu'est-ce que ça veut dire ? Ce chalet ne t'appartient pas ?

Un silence pesant s'installe. Romuald tourne la tête vers l'entrée de la grotte. Le ciel d'ardoise s'est encore obscurci et la pluie continue de noyer la montagne sous des déluges d'eau.

– Non, je l'ai loué pour la semaine...

Théo en reste stupéfait.

– Ce n'est pas possible ! Tu nous mènes en bateau depuis hier ?

– Et pas qu'un peu ! renchérit David.

– Qu'est-ce que ça peut faire que ce chalet m'appartienne ou pas ? riposte Romuald.

Mais sa voix, sur la défensive, est en décalage avec ses paroles.

– Qu'est-ce que ça fait ? Tu nous mens, tu cherches à nous en mettre plein la vue avec ta baraque et tu oses demander ce que ça fait ?

Théo se tourne vers David, à l'évidence toujours aussi fier de sa révélation.

– Et toi, pourquoi tu n'as rien dit si tu es au courant depuis le début ?

– J'ai essayé de t'en parler hier quand tu es arrivé, mais tu n'avais pas la tête à ça.

– Si ce chalet n'est pas à toi, est-ce qu'on peut au moins espérer que tu connaisses vraiment l'itinéraire ? Ce n'est quand même pas la première fois que tu viens dans les Pyrénées ?

– Bien sûr que non ! Je viens depuis des années, j'ai déjà fait des dizaines de pics...

David le coupe brutalement.

– Jusque-là, ce n'est pourtant pas l'impression que tu as donnée !

Nouveau silence.

Dans la grotte, les cinq silhouettes demeurent figées. Un éclair déchire encore une fois le ciel.

– Je suis désolé, je n'aurais pas dû vous raconter des bobards. Je ne sais pas ce qui m'a pris. Je voulais juste qu'on passe un bon week-end ensemble, que tout le monde se sente à l'aise.

Théo secoue la tête. *Facile de regretter quand le mal est fait !*

– Bon, il n'y a pas mort d'homme ! s'exclame Dorothée. Cessons toutes ces palabres. Romuald nous a menti et il s'est excusé. De toute façon, vous avez tous déconné aujourd'hui. Théo n'aurait pas dû parler à Juliette comme il l'a fait, David n'aurait pas dû frapper Théo… En somme, il n'y a que nous, les filles, qui n'avons rien à nous reprocher !

Théo éclate de rire, non sans une certaine nervosité.

– Dorothée ou l'art de la réconciliation !

Son dernier mot est couvert par le tonnerre.

– Je suis enceinte.

Tout le monde se retourne. La voix de Juliette. Menue, fragile.

– Je suis enceinte, répète-t-elle un peu plus fort, tapie dans un coin de la grotte.

– Qu'est-ce que tu racontes ? demande David, incrédule, en faisant un pas vers elle.

Juliette reprend d'une voix atone :

– La vérité. J'attends un enfant.

– Il ne manquait plus que ça, marmonne Dorothée.

– Et… et tu me dis ça maintenant, à deux mille mètres d'altitude, devant tout le monde !

Assise contre la paroi, recroquevillée, Juliette lève enfin les yeux.

– J'avais besoin de le dire. Romuald vous a peut-être menti mais je n'ai pas fait mieux. Je crois que mon vertige de ce matin, c'était… dû au fait que j'attends un enfant.

David replonge dans un état d'agitation ridicule.

– Je n'arrive pas à le croire ! Tu es enceinte ! Et depuis quand ?

– Un mois, peut-être plus. Je ne voulais rien dire. Je voulais attendre d'être sûre, voir s'il n'y avait pas de problème… à cause de tous mes antécédents.

La voix de David monte d'une octave.

– Pourquoi tu me dis ça maintenant ? Tu ne pouvais pas attendre qu'on se retrouve seuls ?

– C'est sorti comme ça. J'ai pensé que c'était le bon moment, puisque tout le monde avoue ses secrets. Et puis je culpabilisais depuis ce matin, à cause de ce qui s'est passé.

David est réduit à quia. Théo secoue la tête en signe de consternation, puis se met à farfouiller dans son sac.

– C'est pas vrai, vous êtes tous malades ! C'est quoi la prochaine révélation ? Personne ne va faire son coming-out, j'espère ! Je crois que j'ai besoin d'une clope.

– Tiens, tu m'en passes une ? enchaîne Dorothée.

– Tu fumes maintenant ?

Elle lui fait les gros yeux en désignant David et Juliette.

– Non, mais au moins ça me réchauffera.

*

Théo et Dorothée se tiennent à l'entrée de la grotte, suffisamment en retrait pour ne pas être atteints par la pluie. Ils ont froid. Le vent souffle avec fureur.

Le nuage de fumée de leurs cigarettes est violemment balayé au-dessus de leurs têtes.

– Tu étais au courant pour Juliette ?

– Bien sûr que non ! Je la connais si peu. Si tu crois qu'elle m'a fait ce genre de confidences…

– Je ne sais pas. Les filles ne sentent pas ce genre de choses ?

Dorothée ricane doucement.

– Tu nous prends pour qui ? Des femelles équipées d'un sixième sens ?

Théo crache sa fumée puis rit à son tour.

– La nuit va être longue.

– C'est fou cette histoire de chalet ! Pourquoi Romuald est allé nous raconter ces mensonges ?

– Pourquoi ? Pour nous en mettre plein la vue, bien sûr. Il a toujours eu un problème avec l'argent. Il était dingue de jalousie parce que David et moi avions du fric et qu'il n'en avait pas. Tu sais qu'il a grandi dans une banlieue pourrie ?

– Comment je pourrais le savoir ? Tu n'as jamais parlé de lui. On ne dirait pas, en tout cas. Il a presque un côté maniéré…

– Tu t'imagines quoi ? Que tous les types qui ont vécu dans une cité parlent zyva ?

Le regard de Dorothée se perd au loin, vers les cimes brouillées d'un voile fuligineux. Soudain, un frisson lui parcourt l'échine. Et ce n'est pas seulement le froid piquant qui la fait trembler, mais l'impression de se sentir minuscule face à cette nature déchaînée. Pour la première fois, elle se demande ce qui se serait passé s'ils n'avaient pas pu s'abriter dans cette grotte. Elle songe à ce randonneur qui est demeuré coincé quatre jours entiers au fond d'un ravin… Où était-ce, déjà ? Le Canigou ? Que serait-il arrivé à cet homme s'il était resté ne serait-ce qu'une nuit sous un tel orage ? À cette seule pensée, elle éprouve un sentiment qu'elle n'a plus connu depuis longtemps. En réalité, même en faisant un effort, elle ne se souvient pas de la dernière fois où elle a eu vraiment peur.

Dorothée baisse la voix.

– Dis, tu as confiance en Romuald, n'est-ce pas ?

Théo s'agenouille pour écraser sa cigarette sur une pierre.

– Quelle drôle de question ! Je ne l'ai pas vu pendant dix ans. Pourquoi tu me demandes ça ?

La jeune femme se retourne. Elle voit Romuald en train de sortir les victuailles et le réchaud de son sac. David et Juliette, eux, semblent s'être déjà réconciliés. Au moins n'auront-ils pas à supporter trop longtemps leur scène de ménage.

– Est-ce que tu es sûr qu'il connaît le chemin ? Est-ce qu'il sait vraiment où il nous emmène ?

Théo émet un bruit étrange en expirant par le nez. Dorothée a l'impression de lire sur son visage de l'embarras. À moins que ce ne soit de l'inquiétude.

Il se penche vers elle et lui chuchote à l'oreille :

– Tu veux vraiment que je sois sincère ? Je commence à avoir des doutes, de très sérieux doutes…

Dimanche : troisième jour

7

L'orage n'a pas cessé de la nuit. Après le déluge de la soirée, c'est une pluie plus fine mais régulière qui s'est abattue sur la montagne. Un temps déprimant qui donnait l'impression de ne jamais devoir prendre fin.

Théo n'a pas fermé l'œil. Le froid, le bruit du vent et de la pluie, l'inconfort du matelas mousse... Il rêvait d'un lit douillet, aux draps propres, dans lequel il aurait pu s'étirer de tout son long, se tourner dans tous les sens sans risquer de se retrouver le visage plaqué contre le sol humide et froid.

Vers 1 heure, les spasmes intestinaux l'ont repris de façon insidieuse. Il s'est massé lentement l'abdomen, persuadé de pouvoir chasser ce qui n'était qu'une gêne, une simple réplique après un séisme majeur.

Mais la douleur s'est diffusée en lui, croissant et reculant tel un ressac, atteignant des pics qui l'ont obligé à se tortiller dans son duvet pour trouver une position supportable. Au terme d'un calvaire d'une demi-heure, elle s'est retirée, le laissant en nage malgré le froid qui régnait dans la grotte.

Il avait soif, terriblement soif. Une sensation de sécheresse dans la bouche.

L'impression que sa gorge s'était resserrée comme un goulot, l'empêchant presque d'avaler sa salive.

Qu'est-ce qui lui arrivait ? Le Doliprane et l'antispasmodique qu'il avait pris avant de se coucher n'avaient servi à rien. Qu'est-ce qui pouvait bien le foutre dans un tel état ?

Il s'est levé pour aller boire et a vidé presque l'intégralité de sa gourde, ce qui lui a donné l'envie pressante d'aller pisser.

Enfiler son coupe-vent, affronter l'hostilité du dehors... Il n'allait quand même pas uriner dans un coin de la grotte.

La pluie tombait toujours, moins violemment. Il n'a pas parcouru plus de deux mètres à l'extérieur, en prenant soin de rester collé à la paroi. On se caillait. Il s'est placé dos au vent pour ne pas s'en mettre partout. Le jet d'urine chaude enfin libérée lui a procuré une brève sensation de soulagement avant que le froid piquant ne menace de geler son sexe sur place.

Quand il est revenu, dégoulinant, il a remarqué que Romuald ne dormait pas non plus. Il n'était même pas allongé dans son duvet mais demeurait immobile, le dos appuyé contre la paroi. Leurs regards se sont brièvement croisés – ou peut-être n'était-ce qu'une impression due à l'obscurité –, mais ils n'ont pas échangé la moindre parole.

Ensuite, Théo n'a cessé de remâcher les épisodes de la journée. Le chalet... Les mensonges... Aveuglé par cette baraque qui exhibait la réussite de Romuald, il n'avait pas eu le moindre soupçon. Il fallait vraiment qu'il soit tordu pour être allé faire un truc pareil ! Et sa bagnole ! Est-ce que c'était vraiment la sienne ? Enfin, pour le coup, il n'avait rien prétendu, mais ça puait le mensonge par omission. Romuald avait très bien pu louer la BMW pour le week-end. Et dire qu'il n'avait même pas pensé à regarder les plaques ! La plupart des voitures louées sont immatriculées dans des départements précis, non ? Pour des questions de coût d'immatriculation ou d'assurance, à ce qu'il croyait se souvenir. Ou alors ça ne marchait que du temps de la vignette…

D'ailleurs, Romuald était-il bien ce qu'il prétendait ? Travaillait-il vraiment comme lui dans l'ingénierie financière ? Analyste quantitatif… Qu'est-ce qui lui prouvait qu'il ne l'avait pas baratiné ? Après tout, ils avaient très peu discuté boulot. Il disait bosser chez HSBC depuis deux ans, mais il n'avait guère donné de détails. Il avait un peu parlé de ses études. Pas d'école d'ingénieurs, juste un master de mathématiques appliquées obtenu à l'université. Restait la question de son incarcération. Il voyait mal les banques faire l'économie de s'informer sur le passé de leurs employés. Surtout pour ce genre de poste. Mais il n'était pas majeur à l'époque. Peut-être pouvait-on retrouver dans ce cas un casier judiciaire vierge. Allez savoir…

Le plus dingue, c'était que ses mensonges ne semblaient pas gêner grand monde. David n'avait levé le lièvre que parce qu'il s'était senti vexé. Dorothée leur avait servi son petit laïus pour mieux prendre ensuite la défense de Romuald. Quant à Juliette, elle planait dans son monde, sans doute déjà trop occupée à choisir la couleur de la chambre du bébé ou le modèle de la poussette.

Une goutte d'eau sur son visage. Puis une autre quelques secondes après.

Voilà que la paroi se mettait à suinter au-dessus de sa tête au moment où il commençait à sombrer ! Obligé de déplacer son couchage, comme un boy-scout qui se rend compte qu'il est étendu sur une fourmilière.

Le staccato de la pluie…

Théo a encore divagué un quart d'heure. Puis, progressivement, alors que son esprit épuisé commençait à dériver, son visage lui est apparu.

Claudia… Bien sûr, sa conversation avec Romuald ne pouvait que réveiller les vieux souvenirs. Claudia et ses yeux noirs en amande marqués d'un imperceptible strabisme. Cette petite déviation du regard, il ne l'avait remarquée que la première fois qu'il avait couché avec elle, quand ils s'étaient retrouvés allongés nus sur son lit, dans la lumière crue de l'après-midi, et qu'elle avait tourné son visage vers lui en lui caressant le torse d'une main douce comme la soie.

Claudia. Claudia. Claudia…

Mais ses pensées se brouillaient déjà et cette image qui lui paraissait objective, précise, quasi photographique, a commencé à s'effacer inexorablement et ne lui est plus apparue que comme une construction de son imagination à laquelle ses derniers restes de conscience acceptaient de se soumettre.

Rideau !

*

Une main le secoue énergiquement. Théo tente péniblement d'ouvrir les yeux mais ils sont collés par de la chassie. Un trait de lumière douloureux traverse ses paupières entrouvertes.

– C'est l'heure ! lui crie-t-on dans les oreilles.

Il passe une main sur son visage et relève un peu la tête. *« C'est l'heure ! » L'heure de quoi ? Vu la situation, dormir une heure de plus ou de moins ne changera pas grand-chose.*

Un mal de tête affreux le tenaille. Il fait un effort pour sortir de son duvet et de sa couverture en aluminium. Il est surpris de constater que tout le monde est déjà debout. Romuald et Dorothée s'affairent autour du réchaud et des victuailles pour préparer le petit déjeuner. David et Juliette papotent en rangeant leurs affaires. Visiblement, ni l'inconfort de la grotte ni la pluie n'ont empêché les autres de roupiller. Ils ont l'air plutôt frais. Pas comme lui…

Il jette un coup d'œil au-dehors. La pluie a cessé mais le ciel est toujours sale et gris. Une lumière atone éclaire la grotte. Il fait tourner sa langue dans sa bouche pâteuse. Ses vêtements semblent adhérer à sa peau par une couche de crasse, comme s'il ne s'était pas lavé depuis une semaine. *Une douche, par pitié, une douche !*

– C'est prêt ! lance Romuald à la cantonade, avec bonne humeur.

Théo trouve la force de se lever et s'approche du quatuor. Il fait un vague signe de la main pour saluer tout le monde. Dorothée vient lui déposer un baiser sur la joue.

– Tu n'as pas l'air bien, tu es malade ?

– Non non, ça va… Y a du café ?

Romuald tourne une cuillère dans la casserole au-dessus de réchaud à gaz.

– Désolé, pas de café. Au menu : Ovomaltine, céréales et tortillas.

– Des tortillas ? répète Théo sans enthousiasme.

– Le pain se conserve trop mal. Et puis les tortillas contiennent peu de gras et sont très caloriques. Bien dormi, au fait ?

– Ça aurait pu être pire.

Pas envie de se plaindre dès le réveil et de casser l'euphorie générale.

– Et vous ?

David, qui engloutit déjà un bol de muesli, lève la tête.

– Je croyais que je ne pourrais pas fermer l'œil, mais en définitive je n'ai même pas eu le temps de compter les moutons.

– Je ne pensais pas que je m'habituerais aussi vite au tapis en mousse, renchérit Dorothée.

Théo porte à ses lèvres la boisson maltée que lui a tendue Romuald. Drôle de goût. Il déteste ça. *Mon royaume contre un espresso bien serré !*

– Pas mauvaises, ces tortillas, commente David.

Théo écrase une galette de maïs entre ses doigts avec dégoût.

– Il faut qu'on décide du programme de la journée, déclare Romuald.

Dorothée avale la dernière gorgée de sa tasse et prend l'attitude concentrée du disciple écoutant la leçon de son maître.

– On a le choix entre trois possibilités. La première : rebrousser chemin et rentrer au chalet. On écourte l'expédition mais bon... On aura quand même fait une belle balade, non ?

« Une belle balade » ! On croit rêver !

Devant l'absence de réaction, Romuald poursuit.

– La deuxième : on continue par le même chemin qu'hier, on essaie de rattraper le bon versant de la montagne et on passe la prochaine nuit dans le refuge où on était censés dormir cette nuit, avant de rentrer.

– Et la troisième ?

– On s'en tient à ce qu'on avait décidé... enfin, avec quelques ajustements. On poursuit notre route et je peux vous assurer qu'on finira par atteindre le glacier. On bivouaque la nuit prochaine comme prévu et lundi on redescend dans la vallée de l'Arralhos. Voilà. Je vous écoute.

Bizarrement, David semble être ragaillardi et avoir relégué son pessimisme de la veille au vestiaire.

– Au moins, on a le choix. C'est bon signe !

– Je crois que c'est à Juliette de décider, tranche Dorothée.

– Pourquoi moi ? demande Juliette en toute naïveté.

Théo a l'impression d'avoir loupé un épisode. Il n'a quand même pas rêvé. Elle est bien enceinte ?

– Évidemment, ma chérie, c'est à toi de nous dire. Tu comptes pour deux voix maintenant.

Pathétique, songe Théo.

Juliette ne prend même pas la peine de réfléchir.

– Je me sens tout à fait de continuer. Je n'en suis quand même pas à huit mois de grossesse. On poursuit comme prévu.

Théo sent sa langue le démanger.

– Écoute, Juliette. Je me suis déjà excusé pour hier et je ne voudrais pas remettre en cause ton discernement, mais… tu as bien eu un étourdissement, et deux jours de marche, je me demande si c'est bien prudent vu ton état.

Pas de cris d'orfraie, pas d'indignation. Théo est satisfait de la diplomatie dont il a fait preuve. Même Dorothée l'approuve.

– Cette fois, je suis d'accord avec Théo. Tu es vraiment certaine d'être en état ?

Juliette opine fermement du chef.

– Bon, conclut Romuald. De toute façon, même si on faisait demi-tour, on en aurait quand même pour une pleine journée de marche. Je propose qu'on vote. Qui veut continuer ?

*

Ce qu'ils ont pris au réveil pour une simple brume matinale est en réalité un brouillard persistant. Rien à voir avec les écharpes soyeuses qu'on voit parfois s'accrocher aux flancs des montagnes. Ils sont face à une purée de pois qui a fait disparaître la nature comme par enchantement.

– On n'y voit rien ! peste Romuald. Il faut vraiment espérer que ça se lève, sinon on ne pourra pas aller bien loin. Faites attention en marchant, le sol est encore glissant. La descente est toujours plus dangereuse que la montée.

Ils empruntent le même couloir que la veille. Avançant comme des marins pris dans un pot au noir, ils mettent près de dix minutes pour rejoindre le chemin mal dessiné où l'orage les a surpris. Sauf que, cette fois, ils ne peuvent plus compter sur aucun repère pour se diriger.

Du bout des doigts, Dorothée essaie d'attraper les nappes blanchâtres autour d'elle.

– Le brouillard monte ou il descend ?

– Il monte. L'air humide se refroidit en altitude, et c'est cette humidité qui se condense.

– Super ! Donc, plus on va grimper, moins on y verra.

– Ce n'est pas si simple. Le brouillard finit par stagner quand il arrive à une certaine altitude.

Très vite, malgré le manque de visibilité, ils adoptent un rythme de croisière raisonnable, même si tous ressentent dans leurs jambes les efforts des dernières vingt-quatre heures.

À la traîne, Dorothée se met à chantonner du Madonna.

– « *Time goes by so slowly for those who wait...* »

Entraînée, Juliette entonne le célèbre riff emprunté par la star américaine à ABBA.

David se bouche les oreilles en se tournant vers Dorothée.

– Tu chantes faux, c'est une horreur !

– Pas du tout ! J'ai même pris des cours de chant quand j'étais gamine. Je suis sûre que tu ne connais pas la chanson !

– Évidemment que je la connais !

Et pour prouver ses dires il attaque gaiement la mélodie, ce qui déclenche chez Dorothée un grand éclat de rire.

– C'est bien ce que je disais, tu ne l'as jamais entendue !

Au bout de trois quarts d'heure de marche, comme Romuald l'avait prévu, les nappes de brouillard commencent à s'effilocher et à reculer vers les montagnes encore invisibles. Puis, peu à peu, ils aperçoivent quelques sapins sur la courbe irrégulière de leurs flancs.

Vers 10 heures, les derniers restes de brume se sont dissipés et la nature a retrouvé ses droits. Quelques rayons de soleil se sont frayé un chemin dans le ciel déjà moins sombre et moins menaçant. Comme percés par la lumière coruscante, les nuages ont fini par se distendre et mettre au jour de larges étendues de ciel bleu.

Sur les conseils de Romuald, le groupe s'est arrêté près d'un cours d'eau serpentant au milieu de touffes blanches de linaigrette.

Depuis la veille, le paysage a sensiblement évolué. La falaise abrupte et déchirée qu'ils ont été obligés de longer s'est adoucie, laissant désormais espérer un passage praticable vers l'autre versant.

Debout près du ruisseau, David s'empiffre de ses dernières barres énergisantes tandis que Dorothée, assise en tailleur derrière Juliette, lui refait ses tresses.

Théo ne résiste pas à l'envie d'allumer une cigarette, mais il sort ostensiblement la pochette à mégots fournie dans le paquet. Il n'a aucune envie d'entendre Romuald lui débiter un discours écolo sur le temps de décomposition d'un filtre dans la nature. Il jette un coup d'œil autour de lui. Où est-il passé, d'ailleurs ? Romuald ne tient pas en place. À chaque pause, au lieu de souffler un peu, il faut qu'il gambade et explore les environs…

– Regardez !

Théo sursaute. Dorothée vient de crier comme une demoiselle d'honneur qui a réussi à attraper le bouquet de la mariée.

– Bon Dieu, tu m'as fait peur ! Qu'est-ce qui se passe ?

Dorothée s'est levée, une main en visière au-dessus des yeux.

– Là-bas, sur les rochers. Vous n'avez pas vu cette silhouette ? On n'est pas seuls !

8

– Pourquoi tu as fait ça ?

Loin d'afficher le moindre remords, Théo te regardait d'un air effarouché.

Les autres étaient partis. Vous étiez seuls sur le trottoir, devant le restaurant.

– Pourquoi *toi* tu m'as menti ? a-t-il demandé en retour.

Bien sûr, l'attaque... la meilleure des défenses. Un donné pour un rendu. Tu étais en colère, mais la déception l'emportait.

– Tu avais besoin de m'humilier comme ça devant les autres ?

– T'humilier ! Tu ne crois pas que tu en rajoutes ? Grandis un peu ! Ils s'en balancent de l'endroit où tu habites !

Il a sorti une énième cigarette qu'il a coincée entre ses lèvres sans l'allumer. Incapable de se départir de cet air supérieur qui commençait déjà à t'agacer.

– Je croyais que tu étais mon ami, Romuald, a-t-il énoncé d'un ton grandiloquent. Qu'on pouvait se faire confiance. Et toi, qu'est-ce que tu fais ? Tu me baratines avec une adresse et un bahut bidon.

Tu t'es insurgé.

– J'ai vraiment été élève au Parc-Saint-Antoine !

– Peut-être, mais tu habites dans une cité craignos et pas dans un quartier de bourges. Pourquoi tu ne m'as pas dit la vérité ? Tu t'imaginais quoi ? Que j'aurais honte de traîner avec toi parce que tu n'as pas de fric ?

– Non... je ne sais pas. On se connaissait à peine.

– Et l'internat... Tu pensais que je ne serais jamais au courant ?

– J'allais te le dire. Si tu crois que ça me posait problème !

– Tu parles ! Bien sûr que ça te pose problème.

– Comment tu as su pour Bel Azur ?

– J'ai vu ton adresse sur ton carnet de correspondance l'autre jour à la bibliothèque.

Il mentait, tu en étais sûr. Le problème avec Théo, c'était qu'aucun signe ne trahissait ses mensonges.

– Je n'ai pas écrit mon adresse sur mon carnet.

Théo a froncé les sourcils et fait tourner sa clope entre ses lèvres.

– Je ne sais plus où je l'ai vue. Quelle importance ?

Il y a eu un long silence.

– C'est pour ça que tu m'as ignoré l'autre jour ? Pour te venger ?

– « Ignoré » ? De quoi tu parles ?

– Vendredi dernier. On devait déjà manger ensemble. Je me suis pointé devant ta salle à midi et tu es parti avec David.

Théo a sorti son briquet, mais il n'a pas allumé sa cigarette pour autant.

– Tu es parano, ma parole ! Je t'avais donné l'adresse du resto ! On avait des trucs à faire avant, avec David. Je croyais qu'on se retrouverait là-bas ! Arrête d'imaginer que le monde entier tourne autour de toi.

Comment pouvait-il dire ça ? Lui qui cherchait toujours à attirer l'attention, à reléguer les autres au rôle de satellites gravitant autour de la « planète Théo ». Ton silence a eu pour effet de le calmer un peu.

– Bon, c'est vrai, je n'aurais pas dû te chercher tout à l'heure. C'était con de parler de Bel Azur devant les autres.

– Très con, tu veux dire.

Théo a souri et t'a passé une main dans les cheveux pour les ébouriffer.

– Allez ! Tu ne vas pas me faire la gueule pour ça, quand même ? Écoute, la prochaine fois, on ne mangera que tous les deux... Non, sans les autres, mais avec Claudia. Je suis sûr que tu vas l'adorer.

De vagues excuses, un sourire... Voilà, c'était aussi simple que ça. Pourquoi n'avais-tu pas la force de l'envoyer au diable, de lui avouer qu'il t'avait blessé, qu'on ne pouvait pas se comporter comme il le faisait avec les gens ?

Il t'a achevé.

– J'ai vraiment envie qu'on soit amis, Romuald. Pas toi ?

Tu n'as rien trouvé à dire et t'es contenté de hocher la tête.

– Plus d'entourloupes entre nous alors ? a-t-il conclu. On fait la paix ?

*

Immeuble bourgeois en face du square public.

Naïvement, tu t'étais imaginé que l'appartement où vivait Théo t'en apprendrait plus sur lui, comme dans un roman où les décors reflètent la psychologie des personnages.

Drôle de couloir, démesuré et sombre, qui menait à un immense salon plein de roses en staff au plafond. Et puis, immédiatement sur la gauche en entrant, un très beau piano noir laqué – bizarrement, tu l'imaginais mal en jouer, malgré sa passion pour la musique. Tu as remarqué aussi une bibliothèque remplie de vinyles. Pour le reste… L'intérieur était décoré dans un style vaguement oriental et désuet qui collait mal à sa personnalité : des coussins aux pierres multicolores, un grand miroir en bois de cèdre sculpté… Un ensemble complètement décalé qui sentait le vieux. Beaucoup d'affaires traînaient, de la poussière recouvrait les meubles, comme si le ménage n'était jamais fait.

Théo a jeté sans délicatesse son sac dans un coin.
– Installe-toi.

Il s'est dirigé vers une pièce de l'autre côté du couloir, sans doute la cuisine, et a bruyamment ouvert des placards.

– Tu veux boire un truc ? a-t-il crié.

Mais il ne t'a pas laissé le temps de répondre et a débarqué avec deux petits verres et une bouteille glacée. Il vous a servi deux rasades.

– *Tequila añejo*, vieillie dans de bons vieux barils de chêne.

– Tu vis vraiment seul ici ?

– Comme un anachorète, a-t-il fait avec un rire, tout fier du mot qu'il venait d'employer. C'était l'appart de ma grand-mère maternelle, ce qui explique la déco un peu *strange*. À sa mort, ma mère n'a pas voulu le vendre ni le louer, alors on m'autorise à y vivre pendant l'année.

– Et tes parents, ils sont où ?

– À droite, à gauche. Pas là la plupart du temps…

Tu ne sauras rien de plus, voilà ce que son ton laissait entendre. Il a allumé une cigarette avant de te lancer le paquet par-dessus la table.

– Parle-moi plutôt de toi.
– De moi ? Qu'est-ce que tu veux que je te raconte ?
– Tout ce qui te passe par la tête. Ton quartier, ta mère... la première fois que tu as couché avec une fille.

Tu n'arrivais pas à savoir s'il était sérieux. Avait-il vraiment envie d'apprendre comment tu t'étais fait dépuceler ?

Plus modestement, ce soir-là, tu lui as raconté une partie de ton enfance, l'habitude que tu avais prise de mentir sur ton adresse et même les embrouilles que tu avais eues avec les flics. Tu te sentais un peu comme un enfant qui se cache dans un coin de la maison et ne désire rien tant que d'être découvert.

Théo t'écoutait avec attention, comme si l'histoire que tu lui racontais était captivante alors qu'elle était terriblement banale – tu sentais aisément quand les conversations l'ennuyaient, il n'avait pas la décence de faire semblant. Curiosité de classe ? Tes aventures présentaient peut-être pour lui un intérêt quasi sociologique. À moins qu'il n'eût simplement envie de te connaître.

Il était plus de 21 heures quand Claudia est arrivée. Théo venait de mettre sur sa platine un disque de Thelonious Monk et dissertait sur l'utilisation du pianiste de l'espace dans les solos et la façon aléatoire dont il choisissait la plupart de ses titres.

Elle... Tu la vois encore, dans l'encadrement de la porte du salon, robe claire et veste sombre à mancherons un peu démodée, balançant distraitement son sac à main tandis que progressaient derrière elle, comme un train paresseux, les étranges accords de « Pannonica ». Cassandre t'avait toujours fait penser aux figures longilignes de Modigliani, mais Claudia évoquerait plus tard en toi – bien plus tard, tu connaissais à peine Goya de nom à l'époque, et au fait, pourquoi fallait-il toujours que tu compares les filles à des tableaux ? – la Maja nue tout autant que vêtue, le contraste des ombres et des lumières sur son visage appuyant ce parallèle, sourcils bien marqués, chevelure noire et d'un désordre contenu et même étudié, regard troublé d'une étrange déviation, qui lui auraient permis de tenir aussi bien le rôle de la duchesse que celui de la bohémienne.

Elle. Son sourire. La façon qu'elle avait de passer un doigt sur ses lèvres quand elle était gênée. Cette manière de lever ses yeux noirs en signe de lassitude – on aurait dit qu'elle soupirait du regard. Ce tic de terminer la moitié de ses phrases par « C'est clair. » – expression que tu détestais chez les autres, que tu trouvais ridicule, ça ne voulait rien dire si on y pensait bien, mais elle… tu finissais par guetter ces trois mots quand elle parlait, ce moment où elle n'avait plus rien à dire et où elle te regardait, attendant de ta part une réaction qui ne venait pas.

Mais là, tu anticipes.

Elle t'a embrassé comme un vieux copain qu'on a quitté la veille.

– Voilà Romuald, alors ! Théo n'arrête pas de parler de toi.

– Claudia ! a-t-il fait d'un ton un peu agacé, comme s'il se sentait pris en faiblesse.

L'ambiance fut détendue pendant le repas. Théo avait préparé une délicieuse omelette en chausson remplie de lardons et de petits piments verts vinaigrés.

On aurait cru à une recette de chef, mais Claudia t'a expliqué que c'était à peu près le seul plat qu'il était capable de cuisiner.

À 22 heures, tu as indiqué à Théo que tu ne pourrais pas rester. Les portes du lycée allaient fermer et il te serait impossible de rentrer à l'internat. Il a fait la tête d'un gosse à qui on a faussement promis d'aller au cirque et n'a eu aucun mal à te persuader de passer la nuit chez lui.

Avec Claudia, vous vous êtes retrouvés seuls dans le salon tandis que Théo préparait le dessert dans la cuisine.

– Je suis contente que tu t'entendes bien avec Théo. Il voit beaucoup de monde mais il n'a pas vraiment d'amis.

– Et David ?

– David. Oui, David.

C'est bizarre comme un « oui » sonne parfois plus négativement qu'un « non ». Tu étais gêné par ces confessions. Après tout, tu ne connaissais Théo que depuis quelques semaines et les choses te semblaient aller trop vite, même si tu ne faisais rien pour les freiner. Tu as essayé d'orienter la conversation sur elle.

Elle couchait chez les religieuses. Au début, tu n'as rien compris de ce qu'elle te disait – « coucher chez les religieuses » ? – et tu as pensé qu'elle se moquait de toi. Elle avait une chambre dans un institut catholique pas loin du lycée, tu ne sais plus trop quelle congrégation. Ses parents l'avaient placée là pour être sûrs qu'elle travaillerait. Les filles étaient fliquées en permanence et ne pouvaient recevoir personne. À l'écouter, les chambres étaient de véritables cellules et tu t'es demandé si elle n'en rajoutait pas un peu, mais Théo un jour avait réussi à monter et, effectivement, il avait trouvé que ce n'était pas folichon.

Théo a apporté sur un plateau des coupes de glace au citron agrémentées de pain d'épice et arrosées de vodka – il a même pris la bouteille au cas où. Il en a profité pour enlever le disque de Joshua Redman qui arrivait à la fin.

– Je ne sais pas comment vous pouvez prendre plaisir à écouter ce truc.

Il a soupiré.

– Pour Claudia, le seul jazz audible se limite à Diana Krall et Norah Jones. Tu vois un peu le programme !

– Je pense comme Pythagore, s'est-elle défendue.

– Qu'est-ce que Pythagore vient faire là-dedans ?

– Les accords les plus beaux à l'oreille correspondent aux rapports numériques les plus simples.

– Où est-ce que tu es allée pêcher ça ? Je ne crois pas que Pythagore soit déjà allé à un concert de Joshua Redman !

Elle est alors partie dans une explication confuse sur l'harmonie des sphères pour montrer que le jazz n'avait pas sa place dans la « divine harmonie céleste ». Oui, elle était capable de sortir des expressions pareilles le plus naturellement du monde, comme d'autres auraient dit « Je suis allée au cinéma » ou « Je ne sais plus où j'ai fourré mon sac ».

Tu aimais écouter Claudia : avec elle, tout était léger, fantaisiste et drôle. Elle te rappelait un peu Cassandre, le genre de filles qui ont tout pour elles sans en faire une montagne, dont la beauté ne vous glace pas, qui ne vous lancent pas leurs atouts au visage.

Vous avez beaucoup bu ce soir-là, en particulier Théo qui enchaînait les verres comme du petit-lait et qui ne paraissait pas ivre pour autant. À un moment, alors que tu commençais à sombrer – il devait être... quoi ? 1 heure du matin ? –, tu as entendu Claudia demander :

– Tu en as ?

Avachi sur le canapé égrugé, Théo a acquiescé. Elle s'est levée et est allée fouiller dans le tiroir d'un petit bureau de pente en noyer qu'elle connaissait visiblement comme sa poche. Tu as regardé sa silhouette gracile se découper sur la lumière ambrée couvrant un pan du mur.

Elle est passée derrière toi. Tu as senti son parfum.

Ce parfum, un jour, tu l'as retrouvé par hasard sur une femme. Tu n'as su que plus tard que c'était *L'Air du temps*, et alors tu en as acheté un flacon, comme ça, juste pour avoir son odeur.

Tu as levé la tête. Claudia tenait dans la main des seringues à insuline, longues et fines comme ces cigarettes que fumaient les actrices dans les vieux films hollywoodiens.

– Ça te dit ? t'a demandé Théo.

Il fumait fréquemment des joints mais ne t'avait jamais parlé d'autre chose. Tu n'as pas vraiment hésité, n'ayant aucune envie de briser l'osmose magique qui s'était installée entre vous. Tu as eu l'impression ce soir-là – c'était stupide sans doute – que Théo et Claudia ne formaient plus un couple mais que vous composiez ensemble un étrange trio.

Même si à Bel Azur les occasions n'avaient pas manqué, tu n'avais jamais goûté aux drogues dures. « Même si » ou plutôt « parce que ». N'importe quel type qui grandissait à Bel Azur et avait un peu de jugeote savait qu'il ne fallait pas mettre un doigt dans l'engrenage. Les dealers du quartier utilisaient toujours la même technique, vieille comme le monde : vous offrir un premier shoot gratuit, puis un second, jusqu'à ce que vous commenciez à vous sentir accro. Ensuite, soit vous aviez l'argent pour payer, soit vous deveniez la pute de votre dealer pour obtenir votre dose et éponger vos dettes. Le pire était de tomber sur un type qui ne consommait pas et se foutait pas mal de refourguer sa came à un gamin de 12 ans.

Jean-Philippe, ton copain guesh, avait fini comme ça. Premier shoot à 15 ans, retrouvé mort à 17 dans une cave de la cité après une histoire de dettes qui avait dégénéré. Cette fois, tu n'avais rien pu pour lui. Tu étais en terminale au Parc-Saint-Antoine et tu ne faisais plus que le croiser de temps à autre quand tu rentrais le week-end voir ta mère. Lors de votre dernière rencontre, vous n'aviez échangé que quelques mots, un peu gênés, constatant avec impuissance combien la vie vous avait éloignés.

Il y avait eu une marche. Des mères de famille qui avaient défilé pour que cesse enfin la violence du quartier. Les médias en avaient parlé, un peu. Quelques images à la fin des journaux télévisés. Un secrétaire d'État avait même fait le déplacement. Puis les choses avaient repris leur cours.

Mais ce soir-là, égoïstement, tu n'as pas pensé à lui.

Tu as vite compris qu'ils étaient tous deux des habitués. Claudia a préparé un speedball, mélange de coke et d'héro. Tu ne t'es même pas demandé où Théo avait pu se procurer la dope.

La seringue, la cuillère, le garrot qui fait saillir les veines... Le mélange spumescent de la poudre et de l'eau.

Claudia faisait les choses consciencieusement, avec méthode. On aurait dit une infirmière qui s'apprêtait à faire une prise de sang. Elle prenait même soin de désinfecter la peau à l'alcool.

C'est toi qui as commencé – tu étais le profane, invité à entrer dans le cercle. Tes veines se sont dilatées – d'étranges ramures bleuâtres qu'il te semblait voir pour la première fois. Elle a planté l'aiguille en orientant la partie biseautée vers le haut. Puis, desserrant le garrot et tenant ton bras, elle t'a laissé faire en te conseillant de ne pas pousser trop vite.

L'effet a été presque instantané. Tu avais entendu de la bouche de certains habitués que la coke donne l'illusion d'une toute-puissance intellectuelle et physique, tandis que l'héro, après un court flash, crée en vous un sentiment d'apaisement et d'extase. Et le mélange des deux ? Tu es resté étranger à ces nuances. Presque immédiatement, tu as eu la sensation que ton corps se dilatait pour occuper un plus grand espace dans la pièce, une expérience proche de celle que tu éprouvais, enfant, lorsque tu étais malade : des membres distendus qui t'auraient permis, comme chaussé des bottes de sept lieues, de parcourir des espaces infinis.

Théo et Claudia se sont shootés à leur tour et tu les as sentis pénétrer dans ce même univers qui venait de se substituer à la réalité ordinaire de l'appartement.

Tu ne sais pas vraiment combien a duré le trip.

Plus de perception du temps…

Tu t'es effondré sur le canapé. Au loin, très loin, il te semblait entendre la voix douce de Claudia.

*

Tu t'es réveillé dans la lumière crue du matin qui écrasait la chambre de Théo, à travers les fenêtres sans rideaux. Les draps n'étaient pas défaits, tu avais simplement dormi sur le dessus-de-lit. Tu as jeté un coup d'œil à ta montre pour constater qu'il était près de 11 heures et que vous aviez loupé tous les cours de la matinée.

Comment étais-tu arrivé là ? Tu n'avais plus le moindre souvenir de ce qui s'était passé après le shoot. Tu t'es levé pour venir te poster devant la fenêtre qui donnait sur le square.

– Bien dormi ?

Tu t'es retourné et tu as vu Théo dans l'embrasure de la porte, les cheveux ébouriffés, la mine défaite, déjà une cigarette à la main.

– J'ai l'impression d'avoir dormi trois jours d'affilée. Tu as passé la nuit sur le canapé ?

Il a acquiescé.

– Ce n'est pas la première fois que je n'arrive pas à rejoindre mon lit. Mais au moins, toi, tu l'as trouvé.

– Et Claudia ?

– Elle est partie hier soir. À croire qu'elle est plus résistante que nous... Je vais aller prendre une douche. Tu as du café dans la cuisine.

– Merci.

La porte-fenêtre de la cuisine ouvrait sur une terrasse étroite mais tout en longueur qui offrait une vue reposante sur les façades beiges des vieux immeubles. Tu as bataillé un moment pour mettre en marche la machine à espresso en inox. Le café était délicieux.

De retour dans la chambre, tu as entendu couler l'eau dans la salle de bains adjacente. Ta tasse à la main, tu as tourné en rond un moment. Contrairement au salon, la chambre était dépouillée : deux étagères bancales croulant sous des livres, des murs vierges à l'exception de deux grandes affiches de festivals de jazz et un bureau Directoire éraflé, surmonté d'une pile de livres en équilibre.

Tu t'es arrêté devant le meuble. Tu n'avais pas croisé beaucoup de gens dont tu aurais aimé fouiller les valises. Mais Théo...

Le battant a émis un petit couinement. L'intérieur était un fouillis innommable. Au milieu de paperasses entassées à la va-vite, tu as remarqué plusieurs montres de valeur, dont une Ebel et un chronographe Movado, des seringues à insuline encore sous blister et de nombreuses boîtes de médicaments entamées dont tu ne parviendrais à retenir qu'un nom : Clomipramine.

Le bruit de la douche venait de cesser et tu t'es empressé de refermer le meuble, prenant au hasard un bouquin qui traînait dessus. Quelques secondes plus tard, Théo débarquait dans la chambre, dégoulinant, une simple serviette nouée autour de la taille. Ses pectoraux et ses épaules étaient étonnamment développés, plus qu'on n'aurait pu le croire en le voyant habillé. Son torse était imberbe, seuls quelques poils blonds couraient comme un mince ruisseau jusqu'à son bas-ventre.

– La douche est libre. Qu'est-ce que tu lis ?

Tu n'en savais rien. Tu lui as montré la couverture. Un roman de Thomas Hardy.

– C'est Claudia qui m'a laissé ça. Chiant comme la mort. Je crois qu'ils en ont fait un film avec Kate Winslet. Je le louerai pour lui faire croire que je l'ai lu. Tu veux pas qu'on aille manger un morceau, après ?

Vous avez pris un brunch dans un restaurant de la vieille ville. L'après-midi fut assommante. Tu as passé la moitié des cours la main écrasée sur ton visage pour camoufler ta somnolence.

À 17 heures, tu t'es hâté vers la bibliothèque du lycée. Depuis la rentrée, les ordinateurs étaient équipés d'Internet, ce dont le proviseur ne cessait de se glorifier, répétant à l'envi que Félix-Faure était « à la pointe du progrès ».

Par chance, un poste était libre. Tu as tapé sur le moteur de recherche « Clomipramine » et atterri sur un site médical recensant des milliers de médicaments.

« Clomipramine est utilisé pour traiter des dépressions sévères, des troubles obsessionnels compulsifs ou pour prévenir des attaques de panique. »

Suivait une liste d'effets secondaires possibles, de contre-indications et de risques entraînés par des surdosages. Tu es demeuré plusieurs secondes les yeux rivés sur l'écran.

Une fois dans la cour, tu t'es senti envahi par un malaise, honteux de ce que tu avais fait.

Tu faisais l'expérience de cette banalité qu'on ne se sent pas toujours plus fort de découvrir la faiblesse de l'autre.

9

La fête avait lieu chez Rachel. Et, comme te l'avait dit Théo, personne n'aurait manqué une fête chez Rachel.

À l'époque du lycée, tu avais quelquefois participé à des soirées dans des villas chicos d'élèves de ta classe. Généralement, tu n'y allais que si Cassandre t'accompagnait. Ou plutôt, c'était toi qui accompagnais Cassandre.

Alcool, sexe, vomi, pétards… Tu abhorrais ces soirées pitoyablement décadentes, sorte de « prêt-à-baiser » du pauvre sorti tout droit des *Lois de l'attraction*. Tu étais toujours partagé entre l'ennui prospectif d'une soirée où tu ne te sentirais pas à l'aise et l'envie un peu étrange de te contraindre à une épreuve qui était pour les autres une joie.

C'était le week-end. Tu venais directement de Bel Azur et tu es arrivé tard. Tu n'avais pas eu de mal à trouver l'adresse. Le portail était ouvert. Une allée impeccable bordée de végétaux bien entretenus – une nature domestiquée – qui débouchait sur une villa d'architecte à deux étages dont les fenêtres brillaient d'une lumière festive. De la propriété, on avait sur la ville une vue à couper le souffle. Des milliers de fanaux flamboyaient dans l'opacité de la nuit.

C'est d'abord le monde qui t'a surpris. Tu as bien identifié çà et là quelques têtes, essentiellement des seconde année, mais la plupart des visages t'étaient inconnus. Tu t'es demandé si tous ces types avaient vraiment été invités, ou si quelques fêtards en mal de soirée ne s'étaient pas incrustés.

Sur la terrasse et dans le jardin, ils étaient tous là, petite armée de soldats bien fringués, fiers d'eux, remplis de contentement. Des gamins friqués, des fils à papa qui se dévergondaient le temps d'une soirée.

Il flottait dans l'air une odeur d'hormones, de garçons et de filles pleins de vie, à laquelle se mêlaient du Gaultier-Armani-Calvin Klein et de vagues senteurs de shit qu'on avait dû fumer au fond du jardin. On parlait fort, on riait à pleines dents. On draguait sans finesse, sans effort ni peur du ridicule.

Une piscine à débordement. Des éclaboussures.

Dans l'eau, deux filles avaient ôté leur soutif et exhibaient leurs seins. Elles poussaient des sortes de petits jappements et s'aspergeaient du plat de la main. La margelle était jalonnée de verres et de bouteilles, deux mecs en chemise qui avaient enlevé leur jean fumaient les pieds dans l'eau. Un couple en maillot se roulait des pelles dans un coin de la piscine. Une fille à côté d'eux leur lançait de l'eau au visage.

– Dégueu ! Si vous avez l'intention de baiser ici, je me casse !

Dans la villa, c'était déjà un bordel monstre. Des bouteilles renversées, de la bouffe piétinée sertie dans les mailles du tapis. On aurait dit qu'ils faisaient exprès de tout saloper. Tu as imaginé qu'une boniche dans le genre de ta mère aurait pour mission de remettre la baraque en état le lendemain matin.

La musique était poussée à fond, un infâme remix du peu glorieux « I'm Blue Da Ba Dee ». Secousse tellurique. Les basses saturées faisaient trembler l'alcool dans les verres. Une boule à facettes installée au plafond transformait le salon en kaléidoscope géant.

Pour faire de la place, les meubles trop encombrants avaient été poussés au fond de la pièce, puis chargés de nourriture et de boissons. On s'empiffrait au buffet, on clopait au-dessus des bols remplis de chips, les mégots écrasés gisaient dans des assiettes en carton. Des allumettes de légumes défraîchis s'entrecroisaient à côté d'une sauce verdâtre.

Au mur, tu as remarqué quelques merdes monochromatiques d'artistes surcotés qui ne vaudraient plus un clou dix ans plus tard. Dans un coin de la pièce, tu as même vu deux strings en dentelle accrochés à une lampe halogène.

Quelques filles déjà bien chargées se déhanchaient sur la piste improvisée dans des poses qui ne choquaient plus personne. Au milieu des danseurs, tu as aperçu David qui se trémoussait de façon ridicule, une bouteille de bière à la main.

« *I will bleed, I will die...* »

Tandis que la musique résonnait à tes oreilles, tu avais l'impression étrange d'être ailleurs, de regarder tes congénères avec des yeux d'entomologiste. Ce statut d'observateur te convenait. Tu as fureté sur la table et entrepris de trouver un verre potable, c'est-à-dire dans lequel dix personnes n'avaient pas bu avant toi.

– Je te sers ?

La fille avait surgi à côté de toi. C'était une blonde aux cheveux peroxydés, assez mignonne, quoique trop apprêtée, comme photoshopée par un maquillage sans nuance. Elle portait une robe noire, classique mais sexy, le genre de robe qui dit : « Je ne suis pas une traînée mais tout est possible ce soir. »

– Je veux bien.

Avec une louche, elle t'a servi deux rasades de sangria, d'une main que l'alcool avait rendue mal assurée. Le verre a débordé, le liquide devenu incolore sous les lumières de la boule a imbibé la nappe en papier avant de goutter lamentablement sur le tapis.

– ... m'appelle Rachel, c'est moi qui organise la fête ! a-t-elle crié à cause du bruit, dans une sorte de trille.

– Romuald.

– Je sais. Théo m'a parlé de toi.

– Ah.

C'était un « Ah » vaguement suspicieux, qui ne sait pas bien sur quel pied danser. Tu as porté le verre à tes lèvres pour te donner une contenance. La sangria était infecte, trop sucrée.

Elle s'est approchée de toi jusqu'à ce que son corps soit presque collé au tien. Elle n'était pas vraiment ton genre, mais tu as senti un désir monter en toi lorsque ses seins ont effleuré ta poitrine. En somme, tu n'étais pas si différent des autres.

– Tu ne veux pas qu'on sorte ? On n'entend rien ici, t'a-t-elle crachoté dans l'oreille.

– Si tu veux.

Elle marchait en tête, avec une décontraction innée, et tout le monde la regardait. Il t'a semblé qu'on te dévisageait.

Vous avez trouvé une place sur un transat esseulé devant la piscine. Dans l'eau, les filles presque à poil continuaient leur manège. Les garçons les regardaient avec concupiscence, échangeant quelques remarques salaces à fausse voix basse.

Rachel a pris un paquet de cigarettes qui traînait à terre.

– Tu en veux une ?

– Pourquoi pas ?

La première bouffée t'a donné la nausée. Des Black Devil au goût chocolat, gerbantes. Tu n'as jamais compris comment on pouvait fumer des cigarettes parfumées.

Le visage de Rachel a disparu dans une nuée de nicotine.

– Tu n'aimes pas ce genre de soirée, je me trompe ?

Tu n'avais pas envie de mentir.

– Ça se voit tant que ça ?

– Un peu. Je t'observe depuis tout à l'heure, tu sais. On dirait que tu t'emmerdes... Ou plutôt que tu passes ton temps à analyser les autres, que tu viens d'une autre planète.

Plutôt fine psychologue, la Rachel...

– Qu'est-ce que Théo t'a raconté sur moi, au juste ?

– Pas grand-chose. Que tu t'étais déjà fait remarquer avec Moreau.

– Décidément, ça me poursuit ! J'ai seulement résolu un problème.

Elle a rigolé en dévoilant une magnifique rangée de dents.

– Il m'a aussi dit que tu venais de Bel Azur.

– C'est ça, pour toi, « une autre planète » ?

Elle a tripoté sa clope entre ses doigts surchargés de bagues.

– Excuse-moi, je suis maladroite. C'est simplement que ça change... parmi tous ces mecs. C'est la première fois qu'un type de banlieue vient à une de mes fêtes.

Tu t'es marré intérieurement. Elle te faisait penser à ces politiciens qui s'enorgueillissent d'avoir déjà pris le métro une fois dans leur vie. Elle a désigné d'un signe du menton méprisant les groupes autour d'elle.

– Tous ces gosses de riches finissent par me gonfler.

Tu t'es tourné vers la villa dans un mouvement démonstratif.

– Tu ne fais pas vraiment partie des nécessiteux !

Une sorte de tristesse a voilé son air crâneur.

– C'est vrai. Je ne suis pas différente d'eux, mais j'ai pris de la distance avec tout ça. C'est un vrai bal d'hypocrites. On s'amuse bien, on rigole, ils se pressent pour venir faire la teuf chez toi et profiter de la piscine. Tu as l'impression d'être leur amie, mais dès que tu as le dos tourné ils balancent à ton propos tout un tas de saloperies. Je suis sûr que Théo t'a dit des trucs sur moi.

Tu n'as même pas eu à mentir.

– Non. Juste que tes parents étaient pleins de fric.

– Mais presque toujours absents. Tu as vu l'état de la piaule… J'aimerais bien qu'un jour ils piquent une crise et qu'ils m'interdisent d'organiser ces fêtes.

Elle a écrasé sa cigarette à même le sol, laissant une trace noirâtre sur le carrelage qui bordait la piscine.

– Puisque Théo ne t'a rien dit, autant que je t'en informe moi-même : j'ai la réputation de coucher avec tout ce qui bouge.

– Une simple réputation ?

Elle aurait pu t'en mettre une, mais il en fallait visiblement plus pour la choquer.

– Je ne couche pas plus qu'une autre. Juste avec les mecs qui me plaisent.

Une gêne. Tu as baissé les yeux. Tu n'aimais pas ce genre de conversations trop franches.

– Rassure-toi. Tu me plais, mais je ne vais pas te demander de coucher avec moi ce soir.

Sa voix triste ne collait plus avec les minauderies dans lesquelles elle semblait se complaire.

– Je plaisante, a-t-elle ajouté avec un petit rire.

– Tu «plaisantes»... Ça veut dire que tu vas vraiment me demander de coucher avec toi ce soir ?

Elle t'a tapoté le bras, sa main s'attardant comme dans une caresse.

– T'es un marrant, toi.

Une gerbe d'eau vous a éclaboussés, éteignant à moitié ta cigarette. Les filles dans l'eau devaient vraiment être défoncées. L'une d'elles faisait tournoyer sa culotte au-dessus de sa tête, comme un gaucho brésilien son lasso. Si elle la paumait, elle pourrait toujours récupérer l'un des strings noirs du salon.

– Regarde-moi ces deux connes ! Elles exhibent leurs seins depuis plus d'une heure, mais au final c'est moi la fille facile...

Un garçon dégingandé, au visage juvénile et couvert d'acné, a surgi devant vous, l'air contrit.

– Rachel, y a un type qui a gerbé sur le divan en soie de ta mère.

Elle s'est levée avec vigueur du transat.

– Ah non ! Pas le divan !

Puis, se tournant vers toi en haussant les épaules :

– Tu m'excuses ? On se reparle tout à l'heure...

*

– Je pensais que tu ne viendrais pas.
– Pourquoi ?
– Je ne sais pas, une intuition. Elle t'a déjà mis le grappin dessus ?
– Qui ça ?
– À ton avis ?

Tu étais encore assis dans le transat. Théo se tenait devant toi, dans un jean Diesel élimé et un T-shirt à l'effigie de Cat Stevens. Quoiqu'il fasse nuit, il portait une paire de lunettes de soleil.

– Rachel ? Elle a l'air sympa.
– Très sympa, très accueillante, a-t-il dit en écartant ostensiblement les jambes.

Il s'est assis à côté de toi et a posé au sol un verre qui semblait contenir du whisky – il n'avait pas été assez stupide pour tenter la sangria. Puis il t'a mis une main sur le genou.

– Si tu baises avec elle, protège-toi. La moitié du lycée lui est passée dessus.
– C'est ce qu'elle m'a fait comprendre. Toi aussi ?
– Si c'est le cas, j'étais trop bourré pour m'en souvenir... ou elle n'était vraiment pas douée.

Théo s'est allongé sur le transat comme pour prendre un bain de soleil. Il n'avait pas l'air très frais, du moins pour un début de soirée.

Depuis que tu avais découvert les médicaments dans son bureau, tu ne pouvais t'empêcher de le regarder différemment. Les mots « dépression », « troubles obsessionnels compulsifs », « attaques de panique » résonnaient dans ta tête et tu avais l'impression que quantité de détails le concernant t'apparaissaient sous un jour nouveau. Tu n'avais évidemment pas osé aborder le sujet avec lui, trouvant peu de justifications à ton attitude.

– J'ai la dalle et il n'y a plus rien à bouffer. Je rêve d'une énorme pizza garnie d'anchois.

Il a tiré de sa poche un paquet de Haribo à moitié vide.

– Tiens, tu en veux ? C'est tout ce que j'ai pu récupérer.

Tu as décliné de la tête. Il a plongé sa main dans le paquet et en a sorti une pleine poignée de bonbons qu'il a fourrés dans sa bouche. Puis il a avalé une gorgée de whisky.

– Elle te plaît, pas vrai ? a-t-il demandé quand il a eu réduit la gélatine en bouillie.

– Pas plus que ça ! as-tu fait avec une moue.

Théo a eu un petit rire amer.

– Je ne parle pas de Rachel. Je parle de Claudia.

Tu l'as regardé droit dans les yeux pour afficher toute absence de gêne. Tu as néanmoins cligné des paupières à deux reprises, et à ces simples battements Théo a souri comme s'il venait de te percer à jour et d'obtenir ce qu'il cherchait.

– Bien sûr que je l'aime bien.

Tu avais laissé tomber le « plaire » pour lui substituer une expression plus passe-partout et, évidemment, il l'a remarqué.

– C'est cool, a-t-il déclaré.

Changer de sujet trop brutalement t'a paru périlleux, alors tu as enchaîné.

– Pourquoi elle n'est pas venue, au fait ?

– Elle est aux vêpres avec son chaperon.

Il a rigolé de sa propre plaisanterie et s'est tortillé sur le transat.

– Elle n'était pas d'humeur. Ce genre de soirée la gonfle, en fait. Tu vois, tu n'es pas le seul.

– J'ai vu David tout à l'heure.

– Tu l'as vu danser ? Un grand moment…

Un geyser a de nouveau jailli de la piscine. Ton jean déjà mouillé te collait désormais comme une seconde peau.

– Eh, Théo ! Tu nous rejoins ? a crié l'une des filles dans l'eau.

Théo a relevé sa paire de lunettes. Il ne manifestait pas d'entrain particulier mais il a fini par lâcher :

– Je crois que je vais y aller. Tu me suis ?

– Non, merci.

En deux gestes rapides, Théo a retiré son T-shirt et son jean et s'est retrouvé en caleçon. Il s'est élancé de la margelle en poussant un cri d'Indien et a sauté en bombe dans la piscine, éclaboussant tout autour de lui.

*

Plus tard, bien plus tard dans la soirée.

Une chambre parentale au design sobre plongée dans une semi-obscurité – sans doute la dernière de libre dans la maison, la seule qu'aucun des couples éphémères en mal de sexe n'avait osé profaner. Une légère odeur d'encens dans l'air.

Ses lèvres avaient un goût de fruit des bois. Elle embrassait avec une expertise évidente, mais sans agressivité ni démonstration. Tu avais connu des filles qui te fourraient leur langue dans la bouche avec une délicatesse de bûcheron, comme si elles participaient à un concours. Il y avait dans sa façon de faire une douceur presque enfantine. Tu n'as pu malgré tout t'empêcher de te demander combien de types s'étaient trouvés dans la même situation avant toi dans cette chambre.

Vous étiez allongés sur le lit. Tu caressais ses seins qui saillaient sous sa robe fine. Elle avait défait la ceinture de ton jean et te pétrissait le sexe à travers ton caleçon. Tu as fermé les yeux.

À ce moment précis, le visage de Claudia t'est apparu. Impossible de chasser son image. Était-ce parce que Théo t'avait parlé d'elle peu auparavant ? Tu t'en es voulu de la mêler à cette soirée et à tes fantasmes.

Tu t'es forcé à rouvrir les paupières pour retrouver le visage de Rachel. Le retour à la réalité fut rapide. Bêtement, tu as songé à la remarque de Théo. Tu n'avais pas de capotes, tu n'avais rien prévu. Tu avais même l'intention de partir tôt. Sans doute elle...

La porte s'est ouverte brutalement, laissant s'engouffrer dans la chambre la lumière du couloir et le brouhaha du rez-de-chaussée. Théo et David venaient d'entrer.

Pris au dépourvu :

– Merde, Théo ! Qu'est-ce que tu fous ?

Tu as cru un instant qu'ils s'étaient trompés de chambre ou qu'ils cherchaient un endroit tranquille pour finir la nuit. Ils avaient tous deux une allure pathétique de fin de soirée. L'alcool et le shit – dont tu sentais clairement l'odeur – avaient fait leur œuvre. Théo avait le teint cireux.

Furieux, tu t'es tourné vers Rachel comme pour t'excuser, comme si c'était toi le responsable de leur intrusion. Mais elle n'avait l'air ni surprise ni contrariée.

– Désolée, mon chou, a-t-elle dit avec une gentillesse totalement déplacée avant de se relever. Tu embrasses comme un dieu. J'aurais bien aimé mais... ce sera pour une autre fois, OK ?

Tu es resté un instant abasourdi, seul sur le lit, le sexe encore à moitié coincé dans ton caleçon.

– Tu as cru que tu y échapperais, pas vrai ?

Tu avais l'impression d'être dans un mauvais trip.

– Échapper à quoi ?

– Le bi-zu-tage, a égrené Théo dans un rire alcoolisé.

Son élocution était confuse. Tu l'avais déjà vu boire à s'en rendre malade, mais jamais il n'avait affiché une telle gueule. Il semblait défoncé. David n'avait jamais brillé par sa finesse ; pour lui, l'alcool ne changeait pas grand-chose.

Tu as remarqué que Théo tenait un Tupperware rempli d'une mixture impossible à identifier. Quant à David, il avait toujours une bière à la main, sorte d'excroissance vitale à son corps.

– Désape-toi ! a ordonné Théo d'une voix plus pitoyable qu'autoritaire.

Petit chef de pacotille, David lui a fait écho.

– Ouais, à poil !

Tout est allé très vite. David t'a fait un ridicule plaquage oblique comme s'il disputait une partie de rugby et t'a écrasé de son corps volumineux. Tu t'es effondré sur le lit. Son haleine fétide, mêlée aux effluves d'encens, te donnait envie de gerber. Tu avais le souffle coupé. Il t'a maintenu immobile pendant que Théo tirait ton jean déjà à moitié défait. En quelques secondes, malmené par leurs bras, tu t'es retrouvé nu et à genoux sur le parquet.

Ton regard a cherché Rachel derrière les garçons, mais elle avait déjà quitté la chambre et fermé la porte. Était-elle dans le coup depuis le début ? Bien sûr... Elle avait servi d'appât pour t'isoler à l'étage. Elle était de mèche avec eux...

Tu avais trop bu et tu n'as pas trouvé la force de te défendre. En avais-tu d'ailleurs vraiment envie ? Un simple petit bizutage... Les autres avaient subi ça avant toi, tu n'allais pas faire des histoires pour un banal rituel d'intégration.

David a sorti de sa poche une paire de menottes recouvertes de fourrure qu'il avait dû dénicher dans un magasin de sex-toys, et tu t'es retrouvé les mains attachées dans le dos. Instinctivement, tu as tiré sur les menottes, mais elles ont résisté.

Goguenard, Théo a ouvert le Tupperware qui a libéré une odeur infecte de viande avariée. À côté, l'haleine de David aurait pu passer pour de l'essence de rose. Il a sorti de sa poche une cuillère métallique qu'il a plongée dans la bouillie.

– C'est quoi cette merde ? as-tu demandé avec un rire décontracté censé montrer que tu voulais bien te soumettre à leur petit jeu.

– Une recette perso. Avale.

Il a pris une pleine cuillerée de la mixture et te l'a fourrée dans la bouche avec une telle brutalité que le métal de la cuillère a heurté tes dents et fait résonner toute ta mâchoire. Sous la douleur, tu n'as pu qu'ouvrir grand la bouche.

L'odeur n'était rien comparée au goût qui a envahi tes papilles. C'était de la viande, à n'en pas douter, une viande avariée mélangée à un produit laitier. Tu sentais sous tes dents des morceaux que le liquide n'avait pas réussi à dissoudre.

– Milk-shake à la bouffe pour chiens ! a ricané Théo.

Plaisantait-il ? Peut-être pas. La mixture n'a pas passé ta gorge. Tu l'as recrachée presque aussitôt sur le sol. Des filets de bave pendaient à ta lèvre comme des concrétions pierreuses.

Tu as expulsé deux jets de vomi aigre qui ont dégouliné le long de ta poitrine jusqu'à se coller à tes poils pubiens.

– Merde ! Regarde : tu en as mis partout. C'est Rachel qui va gueuler !

Théo ne semblait pas découragé. Il a replongé avec entrain sa cuillère dans son récipient. Tu as crié :

– Non, arrête ! C'est dégueulasse !

Il a reniflé le Tupperware.

– C'est vrai que ça schlingue ! a-t-il avoué.

Mais son visage, anesthésié par l'alcool et le shit, ne marquait pas de répugnance particulière.

Puis, lentement, il en a déversé tout le contenu sur ta tête.

– Je te baptise, au nom du Père, du Fils et du Sans-Esprit…

Le mélange s'est répandu sur ton visage, avec la lenteur d'une coulée de lave paresseuse. Tu as crachoté pour l'empêcher de s'introduire dans ta bouche. Il te semblait que son odeur ne t'atteignait même plus.

– Faut nettoyer ça ! a crié David avec excitation.

Avec son doigt, il a fait un bouchon sur le goulot de la bouteille de bière, qu'il a secouée avec la frénésie d'un gamin qui découvre l'onanisme. Il t'a visé et a relâché la pression. La bière t'a aspergé en se mêlant aux résidus de bouffe pour chiens. De la mousse amère a recouvert tes lèvres.

– La bouteille, a réclamé Théo.

Aux ordres, David la lui a passée avec empressement tandis que, de la plante de son pied, il te projetait au sol, buste en avant. Sous ton visage, le parquet était froid comme la pierre. En relevant la tête, tu as aperçu Théo qui enfilait une capote sur le goulot de la bouteille. Tu as compris dans la seconde ce qu'il s'apprêtait à faire. Il s'est laissé tomber de tout son poids, genoux contre tes reins, t'arrachant un cri de douleur.

– Désolé pour Rachel tout à l'heure, on va arranger ça. Tu ne seras pas venu pour rien.

Le rire des deux garçons a résonné dans la chambre. Tu aimerais dire qu'ensuite tu ne te souviens plus très bien. Théo a frotté la bouteille recouverte de latex contre tes fesses, en simulant des cris de jouissance. Il poussait des « Oh ! » et des « Ah ! » ridicules qui faisaient s'esclaffer David. Puis il a appuyé un peu, juste un peu, le goulot dans le sillon glutéal, mais tu as contracté tes muscles fessiers de toutes tes forces pour l'empêcher d'aller plus loin, au cas où il en aurait l'intention.

– Bon, arrête maintenant ! N'exagère pas.

David riait jaune et tirait Théo par l'épaule. Probablement s'imaginait-il à ta place et suait-il rien qu'à l'idée de se retrouver avec une bouteille dans le cul. Tu as cru que Théo allait le rembarrer, mais il s'est relevé aussitôt.

– La clé, a-t-il demandé à David d'un ton sec. C'est bon, descends, on te rejoint en bas.

David ne rigolait plus. Il est sorti de la chambre sans une parole, en traînant le pas.

Tu as ensuite entendu le cliquetis de la clé dans les menottes et Théo t'a aidé à te relever.

10

– Ce n'était pas un fantôme, quand même ! Il y avait bien quelqu'un !

– Je l'ai vu moi aussi, comme je vous vois en ce moment ! s'exclame David. Il était à peu près à cet endroit-là, sur ces rochers.

Ayant laissé les sacs près du cours d'eau, le groupe s'est empressé de parcourir les deux ou trois cents mètres qui le séparaient de l'*apparition*, pour constater qu'il n'y avait personne.

Romuald tourne sur lui-même comme une caméra effectuant un panoramique.

– Vous êtes sûrs que ce n'était pas un isard ? On en croise souvent en altitude.

David s'agace.

– Mais non ! Je sais bien faire la différence entre un chamois et un humain. Je ne l'ai vu qu'à contre-jour, mais c'était un type plutôt grand qui avait l'air de faire de la randonnée comme nous. Il est resté quelques secondes à nous observer avant de disparaître.

– C'est ça, confirme Dorothée. On aurait même dit qu'il nous espionnait.

Théo fait une moue dubitative.

– « Qu'il nous espionnait »… Tu ne crois pas que tu en rajoutes un peu ?

– Je te dis que j'ai vu quelqu'un et qu'il s'est enfui quand je l'ai repéré.

– Très bien. Où est-ce qu'il est passé, alors ?

– Je ne sais pas… Il a peut-être escaladé la paroi.

– Tu rigoles ? On n'a pas mis deux minutes pour arriver ici !

Romuald grimpe sur un rocher.

– Je ne vois qu'une possibilité : qu'il ait décidé de descendre par ce ravin, en contrebas. Si c'est le cas, il a pris un sacré risque.

– Si seulement vous l'aviez vu avant ! regrette Théo. Il aurait pu nous aider.

– On sait parfaitement où on va, le tance Romuald. Ce chemin ne peut conduire qu'au glacier. Quand on commencera à voir de la neige, ce sera gagné.

– Cet homme venait donc du glacier, selon toi ?

– Probablement.

– Seul ?

– Je connais des randonneurs chevronnés qui partent seuls, même si c'est la dernière chose à faire en montagne. Quoi qu'il en soit, si Dorothée et David ont vu quelqu'un, c'est la preuve que ce chemin est praticable et qu'il mène quelque part.

*

12 h 35.

– Regardez-moi ça. C'est autre chose que la caverne où on a passé la nuit !

Théo a gravi un amas de pierres et se tient devant l'excavation que Romuald a repérée quelques minutes plus tôt, depuis le chemin.

Ils ont marché toute la matinée, d'une foulée égale, souple, bien réglée, de celles qui permettent de parcourir des kilomètres sans ressentir de fatigue.

– C'est fou comme l'entrée est régulière !

– Pas étonnant : c'est une grotte artificielle, elle a été creusée par l'homme, explique Romuald.

Dorothée fronce les sourcils.

– À quoi bon s'embêter à creuser des grottes ?

– À la fin du XIXe siècle, on a créé pas mal de cavités dans les Pyrénées. On trouvait à l'époque que les refuges en bois dénaturaient les montagnes. Il devait déjà y avoir un trou, qui a été élargi à la dynamite.

– On entre ? propose Théo. Je suis sûr que c'est une grotte cinq étoiles !

L'intérieur n'est pas vraiment à l'image de ce qu'ils ont pu imaginer. Certes, la grotte est bien plus spacieuse que celle où ils ont dormi – les murs ont été taillés pour transformer la cavité naturelle en habitation troglodyte et un banc a même été creusé dans la roche –, mais au sol ils remarquent que des marcheurs peu scrupuleux ont laissé en témoignage de leur passage des morceaux de couverture de survie, des bouteilles et des papiers gras.

– C'est pas croyable ! s'exclame David. Comment peut-on aimer assez la nature pour marcher des jours entiers et abandonner autant de saloperies derrière soi ?...

Théo ne peut s'empêcher de penser que, s'ils avaient fait de même, leurs sacs pèseraient sans doute moins lourd.

– Vous avez vu tous ces graffitis ? demande Dorothée. Les gens ont laissé des mots doux... « C + R pour la vie », « Sandy, mon amoure » – celui-là ne devait pas être une lumière à l'école… Et là ! Regarde, Théo ! Quelqu'un a gravé ton nom dans la roche !

– Qu'est-ce que tu racontes ?

Il s'approche d'elle et découvre au bout de son doigt, tracées en majuscules, les huit lettres du prénom THÉODORE.

David s'avance à son tour et observe l'inscription avec amusement.

– Ah oui ! C'est pourtant peu courant comme prénom. En fait, je crois que tu es le seul Théodore que je connaisse.

– Arrête ! Tu sais bien que je déteste qu'on m'appelle comme ça !

Un peu vexé, David longe la paroi et poursuit sa visite au fond de la cavité.

– Les gars, faites gaffe où vous mettez les pieds. Il y a un trou ici.

À moitié dans la pénombre, David avance la tête au-dessus d'une anfractuosité assez large pour qu'un homme s'y faufile sans difficulté. Une puissante odeur d'urine en émane et lui fait froncer les narines.

– Mon Dieu, ce que ça pue !

Dorothée et Théo surgissent à ses côtés et reniflent avec dégoût.

Théo sort son portable, le met en mode lampe torche et le braque sur la faille. Le trou n'a pas plus de trois ou quatre mètres de profondeur et s'étrangle rapidement.

– Pratique pour se soulager la nuit quand on n'a pas envie de se geler dehors !

– Oh ! Vous, les mecs ! s'insurge Dorothée. Tous plus dégoûtants les uns que les autres !

– À ne pas utiliser comme garde-manger ! ajoute David.

— En tout cas, si on se paume à nouveau, on pourra toujours revenir passer la nuit ici. C'est rassurant.

À l'autre bout de la grotte, Romuald défait son sac.

— On pourrait déjà commencer par faire une pause et déjeuner ici. Qu'est-ce que vous en dites ?

*

Vers 14 heures, ils croisent les premiers névés.

David se précipite vers les larges plaques immaculées en croyant pouvoir faire des boules de neige, mais il se rend vite compte que la glace est presque aussi dure que les roches qui l'emprisonnent.

— Je vous avais bien dit qu'on finirait par retomber sur nos pattes. On devrait atteindre la partie basse du glacier dans moins d'une demi-heure.

Cette fois, Théo est prêt à laisser à Romuald le bénéfice du doute. Il se sent mal, vraiment trop mal pour le charrier ou remettre en cause son jugement.

Les choses allaient à peu près jusqu'à l'heure du repas, même s'il n'avait guère d'appétit. Mais au moment de repartir il a dû prendre deux aspirines. Son front était brûlant. Et le soleil cuisant au-dessus de leurs têtes n'était pas pour arranger les choses.

Une migraine qui l'élance derrière les yeux.

Des courbatures dans tout le corps et toujours cette soif qui le tenaille.

S'accrocher, tenir le coup… Voilà ce qu'il se répète.

Faire bonne figure devant les autres…

Ils poursuivent sur une sente qui ondule presque horizontalement sur des éboulis. Au loin, les montagnes déchiquetées et maquillées de neiges persistantes offrent un spectacle magique. En une vingtaine de minutes ils parviennent au bout du passage encombré de pierres pulvérisées.

– Le glacier des Oules, annonce Romuald en désignant du doigt, vers l'est, une vaste étendue de neige miroitant sous le soleil, d'où émergent les taches bistre des rochers.

– Tu es sûr de ton coup, cette fois ? croit nécessaire de demander David.

– Certain. La plus grande partie du glacier se trouve sur l'autre versant, qu'on va pouvoir rejoindre en traversant cet amas de neige et de glace. Il y a moins de vingt ans, le glacier était deux fois plus grand. J'ai vu des photos, c'est très impressionnant.

– Et comment on va y accéder, à ton glacier ?

La pente qu'ils ont empruntée s'est transformée en un vallon étroit et raide, parsemé de lambeaux de neige, pris entre des crêtes aiguës et le bas du glacier. Le talus est si redressé qu'il semble impossible d'en entreprendre l'escalade.

Romuald reste un instant indécis.

– Vous voyez ces flancs recouverts de gros débris à la tête du vallon ? Je pense qu'ils devraient être accessibles. En montant la crête, on peut atteindre cette hauteur où le glacier est moins incliné.

– Ça n'a pas l'air d'être de la tarte ! s'inquiète Dorothée.

– Allez, ne fais pas ta chochotte ! blague David. On a vu pire.

Requinqués par l'espoir de toucher enfin au but, ils entreprennent de gravir la pente. Récemment libéré de la neige après les fontes, le sol de roc mis à nu est arrosé par de minces filets d'eau aussi froids que la glace d'où ils se sont échappés. Quelques saxifrages ont poussé sur des restes de terre entre les rochers.

Arrivés en haut du vallon, ils attaquent le morne. Romuald engage ses compagnons à rester sur leurs gardes, les petits névés qui masquent les vides de la montagne les exposant à des chutes. Ils parviennent pourtant sans trop de mal au point saillant de l'arête, où les attend un spectacle inquiétant. De l'étroite corniche, ils se retrouvent suspendus au-dessus d'une étendue de glace criblée de crevasses, totalement impraticable.

– On va prendre à gauche, déclare Romuald, pour rejoindre la partie du glacier qu'on voyait d'en bas. Il nous suffira de franchir d'abord ce dernier grand névé.

Il ôte le sac de son dos et le pose à terre.

– Il va falloir attacher nos crampons. Le terrain devient trop dangereux. Je vais vous montrer comment faire.

Il sort sa paire et tout le monde l'imite. Il prend soin de détailler les étapes avec le maximum de pédagogie, mais à peine ont-ils ajusté les crampons à leurs chaussures que Dorothée s'emmêle avec les lanières.

– Tu n'as pas rabattu correctement le fil arrière, lui fait remarquer Romuald. Recommence. Vos chaussures doivent entrer de force dans les griffes du crampon. Il doit tenir tout seul avant même que vous ajustiez les lanières.

Malgré sa fébrilité, Théo est le seul qui parvienne à adapter sa paire en quelques minutes. Les autres peinent, s'y reprennent à plusieurs fois, si bien que Romuald est obligé de les aider chacun leur tour.

– Faites attention. Les crampons permettent de marcher sur de la neige, même très dure, mais ils peuvent aussi causer des dégâts : vous avez vu comme les pointes sont acérées. Ne vous accrochez pas les mollets dessus. En cas de glissade, évitez de freiner : ils se bloquent brusquement et votre chute risquerait d'être très violente.

– Ce n'est pas très confortable, remarque Dorothée.
– C'est normal, c'est conçu pour marcher sur la glace. Prêts ?

Au début, ils se sentent un peu mal à l'aise et avancent aussi gauchement qu'une fille qui porterait pour la première fois de sa vie des talons aiguilles. Mais les crampons creusent la glace grenue et s'y accrochent parfaitement. Ils perçoivent faiblement l'eau qui gargouille sous la croûte gelée. Par intermittence, ils devinent le ruisseau à travers des anfractuosités. Un monde caché et mystérieux qui ne verra jamais la lumière du jour.

Le névé passé, ils parviennent enfin en bordure du glacier. De près, il est moins immaculé qu'ils ne l'ont cru tout à l'heure, son apparente blancheur n'étant due qu'au miroitement du soleil. Sa surface n'est pas lisse et uniforme mais raboteuse, recouverte à certains endroits d'une infime couche de sable et de gravier. Sous le soleil pernicieux, la glace est devenue glissante.

– Cette pente semble raide, note Romuald, mais au début de l'été les glaciers sont plutôt faciles à gravir.

Dorothée commence à prendre goût à ses crampons. Elle avance lentement mais avec l'impression rassurante d'accrocher parfaitement le sol gelé.

– Comment faisait-on avant, quand il n'y avait pas de crampons ?
– On creusait des marches dans la glace avec des piolets, pour former une sorte d'escalier.
– Non ! Tu plaisantes ?
– Pas du tout. Et les alpinistes arrivaient à faire les mêmes pics qu'aujourd'hui, souvent même plus rapidement que nous.

Les premières fissures qu'ils croisent sont fines et difficiles à distinguer. Puis, soudain, une petite crevasse leur barre le chemin.

– Merde, je n'aime pas ça ! s'affole Dorothée. C'était prévu qu'il y ait des trous comme ça ?

– C'est un glacier. Qui dit glacier dit crevasses. Et encore, celles-là ne sont que menu fretin. Le problème avec les glaciers, c'est qu'ils peuvent évoluer d'une saison à l'autre : les crevasses changent de forme et de place en quelques semaines. Sautez aussi haut que vous pourrez et plantez vos pieds dans la glace. Ensuite, remontez la pente en courant.

Romuald saute en premier pour montrer l'exemple. Théo rassemble ses forces et l'imite avec succès.

C'est au tour de Dorothée. Elle tergiverse un moment puis franchit le pas, Théo l'aidant à se réceptionner.

– À toi, Juliette ! s'écrie la jeune femme. C'est facile, tu vas voir.

Théo se tient prêt à lui prêter main-forte. Au cas où elle leur referait le même coup que la veille.

Mais Juliette s'applique et parvient à sauter l'obstacle avec une facilité qui les laisse tous bouche bée.

– Bravo ! Plus que toi, David.

– C'est bon, c'est bon, y a pas le feu au lac !

David prend un peu d'élan et saute de façon cocasse. Son corps trop lourd décolle à peine et il se retrouve en équilibre sur le bord de la fente, avant de glisser mollement dans le vide.

Heureusement, la crevasse se rétrécit rapidement et il reste coincé un mètre en dessous. Théo et Romuald se précipitent pour le hisser hors du trou en lui tendant la main.

David souffle bruyamment.

– Merci, les gars. Je crois vraiment qu'il va falloir que je le fasse, ce régime !

– Tu dis ça depuis combien d'années ? s'amuse Théo.

– Il n'est jamais trop tard pour prendre de bonnes résolutions !

Ils se remettent en route. Le glacier, dont les flancs paraissent plus inclinés vers les parois où il est encaissé, se resserre nettement, serpentant de façon étrange.

Romuald s'arrête. Devant eux, le terrain est accidenté, barré par une série de crevasses trop imposantes pour qu'on puisse les franchir en sautant. Un couloir de glace, à peine assez large pour y mettre les deux pieds, les traverse de biais.

– Je commence à baliser, s'affole Dorothée.

– Pour le coup, je ne suis pas très rassuré, moi non plus, avoue Théo. Tu es sûr que c'est bien prudent ? Ça n'a pas l'air très solide, tout ça !

Romuald passe une main en arrière dans ses cheveux.

– Ce qui est sûr, c'est qu'on ne passera pas tous les cinq en même temps. Mais ce ne sont pas les crevasses qui m'inquiètent le plus…

– Ah bon !

– Non. Je n'aime pas cette alternance de neige et de glace. Les ponts de neige peuvent dissimuler d'autres failles invisibles.

– Qu'est-ce qu'on fait alors ?

– On va s'attacher avec la corde. Je serai le premier de cordée. Un mec et une fille derrière moi, en deux passages. Dorothée et Théo, vous passez en premier. Ensuite, je reviendrai chercher David et Juliette. Ça vous va ?

Théo écarte les bras.

– C'est toi qui vois.

— Parfait en ce qui me concerne, conclut David. Je crois que j'ai vraiment besoin d'une pause.

Dorothée prend un air soucieux. Elle a fait un peu d'escalade en salle et il lui semble qu'un truc cloche. Elle n'y a pas pensé quand ils ont préparé les sacs l'avant-veille, mais à présent...

— On n'a pas de baudriers ! s'exclame-t-elle soudain. À quoi sert une corde sans baudriers ?

Des regards interrogateurs... tous tournés vers Romuald.

— C'est quoi cette histoire de baudriers ? demande David.

— Les baudriers étaient trop encombrants. Je n'avais pas envie de nous surcharger. On va juste se faire un nœud de huit autour de la taille pour s'assurer, ce sera largement suffisant si chacun fait attention.

Romuald déroule la corde. Il prévoit une réserve de quelques mètres, puis la tend jusqu'à son épaule. Il effectue un huit, torsade le nylon et accomplit quelques gestes rapides jusqu'à se retrouver la taille enserrée dans la corde.

Pendant ce temps, David s'est approché discrètement de Dorothée et lui demande à voix basse :

— Dis, tu as l'air de t'y connaître. On peut vraiment se passer de baudriers ? Les crevasses, là, ça a l'air d'être du sérieux !

— Je trouve ça un peu bizarre, mais si Romuald dit que ce n'est pas indispensable...

— Bon, s'il le dit...

David retourne près de Juliette, l'air peu rassuré.

— On va juste laisser entre nous une distance de cinq ou six mètres. Si la neige recouvrait tout, il faudrait laisser une bonne dizaine de mètres, mais les crevasses me semblent assez apparentes... Dorothée, tu te mettras en deuxième position, tu es la plus légère.

Romuald calcule la distance de corde nécessaire puis l'enroule autour de la taille de la jeune femme, avant de répéter les mêmes gestes sur Théo.

– La progression doit s'effectuer corde tendue, il ne faut surtout pas qu'elle touche le sol. Vous essayez de mettre vos pas dans les miens, d'accord ? Juliette, David, on se retrouve tout à l'heure ?

– Ne t'en fais pas, il y a peu de risques qu'on disparaisse !

Romuald saute avec aisance sur le passage de glace. Il avance d'un pas ferme, un vide de chaque côté. Il parcourt environ cinq mètres, jusqu'à se retrouver sur un pont de neige volumineux dont il a testé la solidité du bout de la chaussure. La corde est désormais entièrement tendue. Il lève le pouce en direction de Dorothée.

La jeune femme se signe intérieurement et tente d'oublier la crevasse. Le même sentiment qu'elle a éprouvé la veille sur la sente aérienne l'étreint. La trouille, tout simplement... Rejoindre le couloir de glace ne semble pourtant pas plus dur que de sauter la crevasse un peu plus tôt. Elle finit par s'élancer et atterrit sans encombre de l'autre côté. Elle progresse ensuite à pas de fourmi, posant un pied devant l'autre avec la précaution d'un soldat qui cherche à éviter une mine.

– J'ai le vertige ! crie-t-elle à mi-chemin.

– Mais non, tu as fait le plus dur. Regarde-moi. Il ne peut rien t'arriver, tu es attachée.

Tu parles ! Sans baudrier, cette corde serait bien capable de me cisailler en cas de chute !

Elle se concentre, imaginant qu'elle marche sur le rebord d'un trottoir, comme font les gosses pour s'amuser.

Plus que quelques pas... La main de Romuald l'agrippe puissamment et elle ne peut s'empêcher de tomber dans ses bras.

Théo, lui, n'attend même pas que Romuald lui donne le signal de départ. Il essaie d'afficher une totale décontraction mais doit faire un effort surhumain pour atteindre la saillie de glace.

Malgré les cachets, son crâne est toujours en ébullition. Il avance, le corps rompu, jusqu'à rejoindre les autres.

De l'autre côté de la crevasse, Juliette les applaudit avant de leur faire un signe amical de la main.

– On va continuer un peu ! leur crie Romuald. Inutile de se détacher maintenant, on perdrait trop de temps.

La suite du parcours est à l'avenant. Quelques trous, des bosses, des crevasses plus ou moins impressionnantes. Puis de la neige, que la chaleur de ce début d'été n'a pas encore fait disparaître et qui a comblé presque toutes les inégalités du terrain.

Romuald s'accroupit et pose une main sur le sol brillant.

– Je n'aime pas ça. Vous voyez par terre, ces traces fraîches d'isards...

– Oui, et alors ?

– Ils ne se sont pas fiés à la solidité de la neige. Ils ont franchi en les sautant les passages qui leur semblaient peu sûrs.

Dorothée lui jette un regard admiratif.

– Tu as l'œil ! Pourquoi est-ce qu'on n'a pas le même instinct que les animaux ?

– Si on devait tous les jours traverser des glaciers, on finirait par l'avoir. Au prix de quelques pertes, évidemment…

La neige, éblouissante, sous le soleil de plus en plus ardent.

Quelques minutes de marche qui les font transpirer malgré le décor glacé qui les entoure.

Ils avancent avec la déplaisante impression d'être pile dans la ligne de mire du soleil, jusqu'à atteindre la fin de l'excroissance du glacier, au pied d'un versant rocheux.

– Quelle aventure ! s'exclame Dorothée en essuyant la sueur sur son front.

– On peut se détacher maintenant.

Théo défait son sac et le coince entre deux pierres en bordure de la glace, tandis que Romuald dénoue la corde autour de la taille de Dorothée.

– Je vais aller chercher les autres.

– Tu ne te reposes pas cinq minutes ?

– Non. Ils vont finir par se demander où on est passés. Profitez-en pour souffler. Je vous laisse mon barda…

Silencieux, ils regardent Romuald s'éloigner lentement dans la neige puis disparaître derrière la paroi. Aveuglée par la réverbération sur la surface du glacier, Dorothée sort ses lunettes de soleil.

– J'ai vraiment eu la pétoche tout à l'heure au-dessus des crevasses !

Théo s'assied sur un rocher et passe une main sur son front brûlant. Il vide le maigre contenu de sa gourde et tire de son sweat son paquet de cigarettes.

– Je crois que Romuald est inconscient.

– On s'en est sortis, non ?

Théo frotte à plusieurs reprises la pierre de son briquet mais n'arrive à en tirer qu'une flamme bleue chétive qui s'éteint rapidement. Plus de butane. De toute façon, il n'a aucune envie de fumer. Trop barbouillé pour ça.

– Ce n'est pas la question ! Je ne dis pas qu'il n'a pas quelques connaissances sur la montagne, mais il n'a pas l'expérience pour entraîner tout un groupe dans ce genre d'expédition. Il a quand même réussi à nous paumer au bout d'une journée !

– Bon, on ne va pas revenir là-dessus !

– Il prend une corde mais, comme tu l'as dit toi-même, il ne prévoit pas de baudriers ! Bizarre pour un spécialiste des cimes... En plus de ça, il s'est démerdé pour oublier la carte. Je ne sais pas à quoi il joue.

Dorothée lève la tête et abaisse ses lunettes sur le bout de son nez pour croiser son regard.

– Comment ça, « à quoi il joue » ?

Théo hésite. Des doutes, de simples doutes qui le turlupinent depuis le matin...

– Je me demande s'il ne s'amuse pas à nous foutre la trouille.

Dorothée repousse une mèche qui lui tombe sur les yeux.

– Qu'est-ce que tu racontes ? Pourquoi il ferait une chose pareille ?

– Il sait pertinemment qu'on n'y connaît rien à la montagne. Avant qu'on parte, il m'a demandé à plusieurs reprises si l'un d'entre nous avait l'habitude des balades en altitude. J'ai trouvé qu'il se montrait insistant.

– Tu délires !

– Qui te dit qu'il ne fait pas semblant de nous égarer pour jouer à l'homme de la situation ? Faire mine de se tromper pour mieux nous sortir de la merde ensuite. Il s'est déjà bien foutu de nous avec son chalet ! Qu'est-ce qui nous prouve qu'il n'a pas menti sur d'autres points ?

Le regard de Dorothée se fait plus sombre. Un air qu'elle prend quand elle est contrariée ou qu'elle gamberge.

– Théo, tu es sûr que tu m'as tout dit au sujet de Romuald ?

– Bien sûr ! Pourquoi ?

– Je ne sais pas, c'est à toi de me le dire. J'ai l'impression qu'il y a quelque chose de pas net entre vous. Une rivalité... Non, ce n'est même pas ça. On dirait que tu lui en veux parce qu'il te rappelle de mauvais souvenirs.

Théo balaie l'air de la main avec nervosité.

– Qu'est-ce que tu vas chercher ?

– Il m'a dit qu'il t'avait connu en classe prépa mais qu'il n'avait pas fini l'année. Qu'est-ce qui s'est passé au juste ?

Théo presse entre ses doigts la cigarette qu'il n'a pas allumée.

– Il n'a pas supporté la pression, c'est tout. Romuald était doué, l'un des plus doués de sa classe, mais c'était un branleur. Et puis il a eu des embrouilles, ce qui n'est pas étonnant vu l'endroit d'où il venait. Son passé l'a rattrapé.

– Quel genre d'embrouilles ?

– Je ne sais pas trop... Des histoires de drogue...

Un souffle de vent descendant de la montagne vient les caresser. Théo sent un frisson lui courir dans le dos. La fièvre ? Ou peut-être simplement l'angoisse de songer au passé. Car il est là le problème, depuis le début... Romuald et lui n'ont pas eu d'explication franche. Du coup, cette balade en montagne a quelque chose de malsain.

Que cherche-t-il vraiment ? Que veut-il leur prouver ?

– Jure-moi que David et toi n'avez rien à vous reprocher ! Que vous n'êtes pour rien dans les histoires qu'il a pu avoir.

– Pour qui tu me prends ? Je te l'ai déjà dit : Romuald avait l'impression de devoir prendre une revanche sur la vie. Il voulait échapper à sa banlieue et n'avait qu'un rêve : devenir un petit bourge comme David et moi l'étions à l'époque. Mais il n'avait pas les moyens de ses ambitions.

– Facile à dire quand on est né avec une cuillère en argent dans la bouche !

– C'est toi qui dis ça, Cosette ?

– Oh, c'est bon !

Dorothée se lève et ôte son sweat et son T-shirt pour ne garder que son soutien-gorge.

– Qu'est-ce que tu fais ?

– Je prends un bain de soleil. M'est avis qu'avec Juliette et David on risque d'en avoir pour un moment.

*

Tandis que Dorothée se dore au soleil, Théo s'isole. Une douleur fulgurante lui traverse le ventre. Plus aiguë et plus brutale que celle de la nuit précédente. Résonnant jusque dans ses oreilles. Il comprend que les massages seront inutiles et que, cette fois, il n'y aura pas de vomissements.

Tout juste a-t-il le temps de défaire son pantalon et de s'accroupir dans un coin. Son corps expulse un liquide brunâtre et nauséabond. En quelques secondes, il a l'impression de se vider les entrailles.

Oui, il est littéralement vidé. Mais la douleur n'a pas disparu pour autant. Plié en deux, le pantalon retroussé sur les chevilles, il s'écroule, incapable de faire le moindre mouvement, comme s'il était en train de vivre ses derniers instants... Jamais de sa vie il n'a autant dégusté.

Au bout de trois minutes, en sueur, tremblant, il réussit à se remettre sur ses pieds. Il s'essuie avec des Kleenex qu'il dissimule à la hâte entre les pierres.

De profondes inspirations...

Reprendre une apparence présentable... Ne pas se montrer faible devant Dorothée, alors qu'il a passé son temps à critiquer les autres lorsqu'ils traînaient la patte.

Quand il se sent suffisamment vaillant, il finit par la rejoindre et escalade quelques rochers.

Le soleil, reflété par la glace et la neige, l'éblouit. D'une main, il se protège les yeux et observe, de sa position légèrement surplombante, le parcours qu'ils ont suivi avec Romuald.

– Ça fait combien de temps qu'il est parti ? demande-t-il, le corps toujours parcouru de tremblements.

– Vingt minutes ?

Dorothée est encore allongée, la tête reposant sur son sac, le corps exposé aux rayons brûlants de l'après-midi.

– Non, j'ai l'impression que ça fait plus longtemps. Qu'est-ce qu'ils fabriquent ?

– Tu ne veux pas me passer la crème solaire ? Je commence à griller.

– Hein ?

– La crème !

Il est malade comme une bête et Dorothée ne se préoccupe que de sa crème !

À contrecœur, il redescend et farfouille dans son sac. Il aurait mieux fait de ranger ses affaires plus méthodiquement le matin… Il cherche impatiemment mais ne trouve rien. Il se souvient alors qu'à la pause déjeuner c'est Romuald qui a rangé la protection solaire dans son sac.

Il ouvre la poche de soufflet latérale. Pas de crème, mais sa main tombe sur des objets qu'il n'arrive pas immédiatement à identifier.

Entre ses doigts, ce qui ressemble à des seringues jaunes en forme de fusée. Des seringues médicales, à l'évidence, prêtes à l'emploi. Aucune inscription dessus, à l'exception de quelques chiffres abscons. Une posologie ?

Puis il extrait de la poche un minuscule flacon au verre opaque équipé d'une pipette.

Complètement vierge, comme la seringue.

Qu'est-ce que Romuald fait avec ça ? S'il s'agit de médicaments de première urgence, pourquoi ne les a-t-il pas rangés dans la trousse de secours ? Théo est presque certain de ne pas les avoir vus la veille quand il a soigné la blessure de Dorothée.

Pourquoi ? Parce que Romuald ne veut pas qu'on les trouve, pardi ! Prend-il un traitement ? Ça semble l'explication la plus logique. Diabète ? C'est la seule chose qui lui vient à l'esprit. À supposer bien sûr que la seringue contienne de l'insuline.

– Tu la trouves ?

La question de Dorothée le tire de ses pensées.

– Oui, ça vient.

À force de tâtonner, il parvient à extraire le tube d'un enchevêtrement d'habits.

Puis un silence absolu s'abat sur la montagne.

Plus de brise, plus un bruit.

Quelques secondes suspendues, comme si la nature, en retenant son souffle, cherchait à lui envoyer un signal.

Théo lève la tête. Au loin, il distingue une silhouette émergeant de derrière la paroi. Romuald.

– Les voilà ! annonce-t-il d'un ton neutre, sans trop savoir s'il s'adresse à Dorothée ou seulement à lui-même.

Romuald semble courir, mais la neige dans laquelle s'enfoncent ses pas ralentit sa course.

Quelque chose ne va pas.

Théo cherche des yeux la corde qui devrait le relier à Juliette et David, mais il ne la voit pas. Quelques secondes encore… Personne n'apparaît à sa suite.

Alors, Théo comprend.

Une de ces intuitions qui vous saisissent parfois de l'intérieur sans vous laisser le moindre doute.

Il comprend que Juliette et David ne surgiront pas derrière Romuald.

Il comprend qu'il est seul et qu'il le restera.

Il comprend que leur cauchemar ne fait que commencer.

DEUXIÈME PARTIE

1

Un hurlement éventre le silence de la montagne.
Un hurlement d'effroi qui n'en finit pas.
Dorothée s'est effondrée. Son cri, expulsé dans un souffle unique, se tarit soudain, avant de se transformer en une plainte déchirante. Aucune parole ne pourrait traduire ce qu'elle ressent à ce moment.

– Non ! rugit Théo. Ce n'est pas possible, dis-moi que ce n'est pas vrai…

Romuald demeure figé devant eux, absent, le visage fermé. Trois mots ont suffi… Trois malheureux mots pour faire vaciller leur univers et les plonger dans l'horreur absolue. Un cauchemar.

Parce que ça ne peut être que ça. Un cauchemar dont ils vont se réveiller.

Juliette, David… Fin du voyage. Impossible !

Théo enfouit son visage au creux de ses mains. Il va à nouveau se sentir mal, mais plus pour les mêmes raisons. Monte en lui une vague d'écœurement qui lui fait totalement oublier ses douleurs abdominales.

– Mon Dieu, mon Dieu, répète-t-il dans un murmure, comme si son incantation pouvait annihiler le réel.

La plainte de Dorothée s'étrangle dans sa gorge. Théo se tourne vers elle. La jeune femme gît au sol, pantelante, vidée de toute force. Il se précipite pour la prendre dans ses bras.

– Non ! vocifère-t-elle dans un nouveau cri strident en se débattant.

– Calme-toi !

Il lui passe une main réconfortante dans les cheveux, mais au fond de lui il pense : *Hurle, hurle autant que tu voudras, je devrais en faire autant.*

Quelques secondes hors du temps pendant lesquelles ils demeurent sidérés, puis Dorothée relève la tête. Son regard noyé de larmes se pare soudain d'une teinte d'acier. Un regard de colère, de haine, dirigé contre Romuald. Dieu sait comment, elle trouve l'énergie de se mettre sur ses deux jambes et fond brutalement sur lui.

– C'est de ta faute ! accuse-t-elle dans un souffle rauque, en lui distribuant des coups à l'aveuglette.

Romuald n'a même pas un mouvement de recul. Il demeure inerte et encaisse l'assaut de Dorothée avec résignation. Elle lui laboure le torse de ses ongles, le griffe au visage, lui assène des coups de poing. Une violence que Théo ne lui a jamais vue. Un nouveau visage que les événements viennent de révéler.

– Tout est de ta faute ! C'est toi le responsable, tu les as tués !

Théo hésite à intervenir. Il avance d'un pas avant de renoncer. Autant la laisser épuiser sa rage et sa douleur sur Romuald. Mieux vaut d'ailleurs que ce soit elle qui frappe, car il se sentirait capable de lui faire bien pire.

Dorothée a raison. Quoi qu'il ait pu se passer, Romuald est responsable. Ce parcours à l'évidence trop périlleux pour des amateurs, cette carte oubliée, l'absence de baudriers… Et cette corde… Pourquoi Juliette et David n'étaient-ils pas attachés à lui ?

Éreintée, Dorothée capitule. Elle titube et s'effondre à terre, submergée par un nouveau flot de larmes.

Théo saisit Romuald par son T-shirt et le secoue de façon menaçante.

– Qu'est-ce qui s'est passé, bordel ?

Romuald secoue la tête.

– Ils sont tombés… Je suis presque sûr qu'ils sont morts. Il n'y a plus rien à faire.

– Quoi, « il n'y a plus rien à faire » ! hurle Théo. On y retourne, putain ! On y retourne immédiatement. Qu'est-ce qui te permet de dire qu'ils sont morts ? Tu as vu leurs corps ?

– Le pont de neige… il a cédé. Il y avait une crevasse gigantesque. Impossible d'en voir le fond. J'ai appelé, appelé… mais personne n'a répondu. On ne peut pas survivre à une chute pareille.

– Tu n'en sais foutre rien ! Ils sont peut-être juste blessés…

La panique. Dévorante. Paralysante.

Théo tourne la tête dans tous les sens, semblant chercher un secours illusoire autour de lui.

Ils sont seuls à présent.

Seuls dans cette nature démesurée, à moitié paumés, à plus d'un jour de marche de la moindre zone habitée, sans moyen de communication. À moins que…

– Les portables ! crie Théo. Sortez vos portables !

– Rien ne passe ici, tu le sais bien !

– On essaie quand même ! Le 112 marche dans certains endroits, même quand il n'y a pas de réseau.

– Il faut une antenne relais…

– Pas forcément. Ça m'est revenu hier quand David parlait des secours. Même quand il n'y a pas de bornes, l'appel peut toucher des balises radio. Ça peut marcher !

Théo se précipite vers son sac et fouille rageusement dans la poche avant.

– Tout le monde essaie ! Magnez-vous !

Dorothée semble fugitivement reprendre pied dans la réalité. Un espoir, peut-être... Elle se relève et chancelle jusqu'à ses affaires. Resté en retrait, Romuald fait de même.

Théo allume son portable et entre frénétiquement son code PIN. Sa batterie est presque à plat. Peu importe.

« Recherche », lit-il en haut de l'écran. Puis, quelques secondes plus tard : « Réseau indisponible ». Normal jusque-là.

Il tape « 112 »... Ses mains sont agitées de tremblements.

Il effleure l'écran tactile pour passer en mode haut-parleur, en priant pour entendre la tonalité.

Une simple tonalité.

Mais rien ne vient. Le numéro disparaît au bout de quelques secondes, comme avalé par le fond d'écran.

« Échec appel. »

Il lève les yeux vers Romuald et Dorothée.

– Vous avez quelque chose ?
– Rien, fait Romuald.
– Et toi ?
– Attends une seconde.

Les yeux encore embués, la jeune femme fixe fébrilement son portable.

– Non, ça ne marche pas.

Dorothée se remet à pleurer, mais Théo sait qu'il n'a plus le temps de la réconforter.

– On y va !

Romuald acquiesce.

– D'accord, mais Dorothée reste là. Elle n'est pas en état, c'est trop risqué.

– Non, ne me laissez pas seule, je ne veux pas rester seule !

Théo la prend par les épaules avec toute la tendresse dont il est capable.

– Écoute-moi attentivement. Je te promets qu'on revient aussi vite que possible. Tu ne risques rien ici. Romuald a raison : tu es trop bouleversée pour nous accompagner. Tu nous retarderais et tu risquerais en plus de te blesser. Tu n'as qu'à en profiter pour réessayer de joindre les secours.

– Non, je viens.

– Dorothée ! Il reste peut-être une infime chance de les sauver. Tu m'entends ? Une infime chance. Mais pour ça, il faut qu'on agisse maintenant. Pense à Juliette, pense à David. Tu me fais confiance, n'est-ce pas ?

*

Ils marchent dans leurs propres traces imprimées sur la neige.

Théo sent son cœur pulser puissamment à ses oreilles. Son esprit baigne dans un marécage opaque. Il n'a jamais ressenti une telle détresse, un tel découragement. Ou peut-être si, une fois, il y a longtemps… Si longtemps que l'épisode semble s'être déroulé dans une autre vie. Et sans cette première fois, ils ne seraient sans doute pas là aujourd'hui.

Ne pas perdre espoir, surtout, ne pas perdre espoir…

Même sans corde, ils pourront peut-être descendre dans la crevasse et leur prodiguer les premiers secours.

Après tout, on en a vu, des randonneurs, se péter une jambe et rester bloqués au fond d'un ravin pendant plusieurs jours. Si Juliette et David n'ont pas répondu aux appels de Romuald, c'est peut-être qu'ils étaient inconscients.

Inconscients mais vivants.

Théo cherche à accélérer le rythme. Que de temps perdu déjà... à chercher à joindre les secours, puis à convaincre Dorothée de ne pas les accompagner. Heureusement, elle a fini par entendre raison.

Théo marche désormais en tête. Il évite de croiser le regard de Romuald.

Trop de colère, de rage...

Trop de suspicion aussi. Plus aucune pensée claire n'habite son esprit. Le choc qu'il n'a pas encore encaissé l'empêche d'analyser ce qui s'est passé de façon rationnelle, mais une chose est sûre : il n'a plus aucune confiance en Romuald.

– Raconte-moi maintenant, dit-il sans même se retourner. Pourquoi vous n'étiez pas encordés ?

– On l'était... au début. J'ai passé la corde autour de leur taille et... on a franchi facilement le couloir de glace.

La voix de Romuald est hésitante.

– Ensuite, je me suis brutalement enfoncé dans la neige... de plus d'un mètre. J'ai senti que le terrain n'était pas stable. J'ai dit à Juliette et à David de ne pas paniquer et j'ai préféré me détacher, pour ne pas les entraîner avec moi si je devais m'enfoncer davantage. Et puis... j'étais aussi plus libre de mes mouvements sans corde...

– Comment tu as pu t'enfoncer ? On était passés sans encombre un quart d'heure avant !

– La neige a dû se fragiliser lors du premier passage.

Théo jette un œil rapide par-dessus son épaule. Romuald marche en fixant le manteau neigeux à ses pieds.

– Continue !

– J'ai réussi à sortir du trou sans trop de difficultés. Et je leur ai demandé de me rejoindre. C'est là que j'ai commis une erreur. J'aurais dû me rattacher... mais je ne l'ai pas fait.

– Bordel !

– Juliette n'était qu'à quelques mètres de moi. David fermait la marche. J'ai soudain entendu un crissement. C'était la couverture neigeuse qui se fissurait. Ils n'ont pas fait trois pas que le sol s'est ouvert et j'ai vu David se faire aspirer. Il a hurlé.

– Épargne-moi les détails !

– Le pont de neige avait cédé. Une crevasse... totalement invisible l'instant d'avant.

Pris d'un nouveau haut-le-cœur, Théo visualise la scène comme s'il y était.

Comment ont-ils pu se laisser embarquer dans cette expédition ? Pourquoi n'ont-ils pas fait demi-tour comme ils en avaient encore la possibilité le matin même ? S'il avait insisté...

– J'ai vu Juliette tomber, puis être violemment tirée en arrière sous le poids de David qui l'entraînait. Elle a disparu à son tour dans la crevasse. Je n'ai rien pu faire !

La voix de Romuald s'étrangle.

Théo ne veut pas en savoir davantage. Il accélère le pas, accrochant rageusement la neige de ses crampons. La rage. C'est tout ce qui lui reste. Dirigée contre tout et rien à la fois. Contre cette montagne qui a peut-être broyé deux vies. Contre Romuald qui les a mis en danger. Contre lui-même aussi. D'avoir été assez stupide pour ne pas réagir face à son inconscience, de s'être laissé mener par le bout du nez.

– Tu vas trop vite ! prévient Romuald. On approche, il faut rester sur nos gardes.

Encore quelques secondes et Théo reconnaît l'endroit où ils se sont arrêtés pour observer les traces d'isards.

Mais au milieu de l'étendue de neige qu'ils ont traversée il découvre un trou béant, irrégulier, d'environ six mètres sur cinq. Une large gueule qui semble vouloir attirer à elle les impudents qui ont osé profaner le glacier. La corde qui a entraîné Juliette a cisaillé la lèvre de la crevasse sur plusieurs mètres. Seul signe tangible du drame.

Théo est saisi d'effroi. Le silence du glacier provoque un grondement inquiétant à ses oreilles. Ils ont marché au-dessus de ce gouffre sans s'en rendre compte. Seuls quelques dizaines de centimètres de neige perfide les protégeaient de l'enfer…

– Attention ! Les bords ne sont pas stables.

Les deux hommes se rapprochent prudemment de la crevasse. Une vision à la fois angoissante et captivante s'offre à eux : des parois d'un bleu céruléen, limpides dans la partie supérieure et s'assombrissant au fur et à mesure qu'elles s'enfoncent dans les entrailles du glacier, des arêtes vives et acérées, un monde pur et figé.

Théo reste pétrifié devant l'abîme. Romuald n'a pas menti. Comment pourrait-on survivre à une telle chute ? D'autant qu'en tombant leurs corps ont dû heurter à plusieurs reprises ces arêtes tranchantes.

– Juliette ! David ! s'époumone-t-il.

Sa voix se répercute dans la caisse de résonance formée par la cavité.

Pas de réponse.

Un silence froid, tout juste troublé par un lointain bruit d'écoulement d'eau souterrain. Théo recommence à crier, toujours plus fort, à s'en briser la voix.

– Je te l'avais dit, on ne peut rien faire, dit Romuald.

– On peut toujours faire quelque chose ! réplique Théo avec une colère mêlée d'irritation.

Mais au fond de lui il sait bien que Romuald dit vrai. À eux seuls, ils ne pourront rien entreprendre. Ils n'ont même plus de corde. Impossible d'envisager une seule seconde de descendre dans cette crevasse qui n'offre aucune prise sûre. Ils se tueraient à la moindre tentative. Quelle peut être la profondeur du trou ? Quinze mètres ? Vingt ? Trente ? Peut-être plus... Comment savoir ?

Des tranches verticales se perdant dans les profondeurs, inaccessibles même pour l'œil.

Deux précipices noyés dans une ombre bleue...

Des eaux millénaires lapidifiées...

Le fond de cette crevasse doit être un vrai congélateur. Rien qu'en se penchant au-dessus, Théo sent la bouche béante exhaler un souffle glacial. Même si Juliette et David ne sont que blessés, le temps d'avertir les secours ils seront probablement morts d'hypothermie.

– Si au moins on avait la corde ! enrage-t-il en tapant la neige de son poing.

– Même avec une corde on ne pourrait remonter personne. Je n'ai pas de poulie autobloquante, pas de mousqueton...

Le soleil est à présent caché par la montagne, qui jette sur eux une ombre ténébreuse. Théo sent son corps transpercé par le froid.

– Toi qui sais tout, combien de temps peut-on tenir au fond d'une crevasse comme celle-là ?

Romuald marque quelques secondes d'hésitation.

– Je ne peux pas te dire. Certains alpinistes ont tenu plusieurs jours. Mais ils n'étaient pas gravement blessés, et ils étaient conscients... et surtout expérimentés. Ils connaissaient des techniques de survie.

– Qu'est-ce qu'on va faire, alors ? On ne peut pas rester là comme des cons à contempler ce gouffre !

Romuald recule de quelques pas et s'assied sur ses talons, désemparé.

– Je ne vois qu'une chose à faire : on se remet en route et on cherche à atteindre la vallée de l'Arralhos le plus vite possible pour utiliser nos portables.

– Encore ta putain de vallée !

– On peut rejoindre l'autre versant de la montagne sans problème, comme on l'avait prévu, et...

Théo le coupe avec rudesse.

– Non, c'est terminé, Romuald ! Je ne te suis plus ! Tu nous as foutus dans la merde. Depuis ce matin tu nous assures qu'on va retrouver notre chemin !

– On y est, cette fois ! On a dépassé le glacier, je connais l'itinéraire...

– Non, c'est fini.

Romuald se remet sur ses jambes et le défie du regard.

– Et qu'est-ce que tu proposes, alors ? On ne peut pas faire demi-tour ! Il nous faudrait deux jours de marche pour revenir au parking !

– Je ne t'ai pas dit qu'on allait faire demi-tour. Le refuge où on devait dormir, est-ce qu'il n'est pas équipé d'une radio ?

– Non, ce n'est pas un refuge gardé. Il y a parfois des téléphones hertziens, mais pas dans celui-là.

Théo fait glisser ses doigts le long des commissures de ses lèvres.

– Et le type qu'on a vu ce matin, s'exclame-t-il en haussant le ton, il a bien pris une autre voie ! Tu as dit toi-même qu'il n'avait pas pu escalader la paroi. Il y a donc un autre moyen de redescendre et de quitter cette montagne !

Debout dans la neige, à quelques mètres de la crevasse, Romuald ferme les yeux, puis se met à se balancer insensiblement. Théo l'observe, médusé. *Qu'est-ce qu'il fout, ma parole ?*

– Romuald !

Romuald rouvre les yeux et fixe Théo d'un regard vide, inquiétant.

Un animal à sang froid.

– D'accord, je veux bien qu'on tente le coup. Le soleil se couche vers 21 heures, ça nous laisse largement le temps de regagner la grotte où on a déjeuné à midi. Il faudra qu'on passe la nuit là-bas.

Théo s'approche de lui en agitant frénétiquement la tête.

– Qu'est-ce que tu racontes ? Tu crois que j'ai envie de passer la nuit bien au chaud dans cette grotte pendant que Juliette et David sont en train d'agoniser au fond de cette crevasse ! On ne s'arrête pas, on continue de marcher tant qu'on ne trouve pas un moyen d'avertir les secours. Qu'il neige, qu'il vente, je m'en fous.

– C'est de la folie ! On ne marche pas la nuit en montagne sur un parcours dangereux qu'on ne connaît même pas. Si j'étais seul, peut-être…

– De la folie ? Plus que de partir avec un guide comme toi qui se plante de chemin dès la première journée et nous entraîne sur un glacier criblé de crevasses ?

Romuald lève les bras en signe de capitulation.

– D'accord, Théo. Tout est de ma faute. Je suis entièrement responsable de ce qui s'est passé. Mais pour le moment ça ne sert à rien de perdre du temps à faire son *mea culpa*. Je te dis que marcher de nuit serait contre-productif. On risque de se perdre, ou, pire, de se blesser. Et puis Dorothée n'est pas en état.

– On partira tous les deux, elle restera dans la grotte.

– Tu sais très bien qu'elle refusera, après ce qui s'est passé. Tu as déjà eu du mal à la convaincre tout à l'heure.

– J'arriverai à lui faire entendre raison.

Romuald penche la tête et se frotte les paupières du pouce et de l'index.

– De toute façon, il n'y a pas que Dorothée…

– Qu'est-ce que tu veux dire ?

– Il faut vraiment que je te fasse un dessin ? Tu as vu ta tête ? Tu es crevé, Théo. Je n'ai rien osé te dire cette après-midi parce que je sentais bien que tu essayais de cacher ton état. Je t'ai vu enchaîner les aspirines depuis midi. Tu fais peur à voir, tu as besoin de te reposer.

Toujours cette même sensation d'être épié par Romuald. Il était pourtant certain que personne n'avait rien remarqué.

– J'ai juste dû choper un sale virus.

– Tu étais déjà mal hier. Tu l'as avoué quand on escaladait le pierrier.

– Merci de t'occuper de ma santé, mais je vais mieux, je tiendrai le coup.

– C'est ce que tu dis !

Romuald consulte sa montre.

– Il faut retourner chercher Dorothée. On prendra une décision quand on arrivera à la grotte, pas avant. Peut-être même que les portables marcheront là-bas.

Il s'éloigne de la crevasse, vers laquelle Théo jette un dernier regard désespéré. Si seulement il avait le pouvoir de remonter le temps. Juste une heure… Changer l'histoire, récrire les événements.

Il revoit le visage souriant de Juliette, à l'autre bout du couloir de glace, leur faisant un dernier signe de la main. Il a été tellement dur avec elle. Tout comme avec David. L'ami fidèle qu'il rabrouait, parfois jusqu'à l'humiliation. Pourquoi faut-il qu'il se montre toujours aussi froid et condescendant avec les autres ?

N'est-ce pas lui qui aurait mérité de se retrouver au fond de ce gouffre ? Pour toutes ses erreurs passées, pour tout le mal qu'il a fait… Quelle naïveté de penser qu'il puisse y avoir une quelconque justice en ce bas monde !

Dans l'esprit de Théo, au-delà de la peur et de la fatigue, se terre la culpabilité. Il sait que, d'une manière ou d'une autre, il a blessé tous ceux qui participaient à cette expédition. Juliette et David ne sont pas les seuls. Dorothée aussi, qu'il n'a cessé de provoquer. Dorothée, avec qui il ne partage quasiment plus que des disputes… Comment leur couple a-t-il pu se détériorer de façon si spectaculaire ? Deux êtres qui ne sont plus l'un pour l'autre qu'une figure du quotidien, banale, sans surprise, à laquelle on ne fait même plus attention… voilà ce qu'ils sont devenus.

Et Romuald… N'a-t-il pas été la première victime de sa cruauté et de son égoïsme autrefois ? Comment a-t-il pu le laisser tomber aussi pitoyablement, le laisser assumer ses propres fautes ?

Le constat est d'une simplicité limpide : il abîme tout ce qu'il touche, il détruit tous ceux qu'il approche.

Je vais me racheter, pense Théo en fixant la crevasse. *Je vais tout faire pour vous sortir de là !*

Romuald, qui a déjà fait quelques pas dans la neige, se retourne vers lui.

– Dépêche-toi, Théo !

– Juste une question, avant. Et réponds-moi honnêtement : est-ce que tu crois qu'il y a une chance que Juliette et David soient encore en vie ?

– Tout est possible. Il y a bien des gens qui ont survécu à une chute du dixième étage... C'est pour ça qu'il ne faut plus perdre de temps.

Théo demeure immobile en regardant la silhouette de Romuald s'éloigner dans la bleuité froide du glacier.

Il y a donc un espoir.

Ils ont pu survivre.

Pourquoi, alors, Romuald prétendait-il le contraire au début ?

2

Fièvre.
Bouche asséchée.
Jambes cisaillées.
Frisson électrique le pétrifiant de froid.

L'état de Théo s'est brutalement dégradé. Désormais, il est à peine capable d'avancer, et tente de se raccrocher à sa seule volonté. Le pouvoir du mental sur le physique...

Voilà près de deux heures qu'ils marchent depuis qu'ils ont rejoint Dorothée. Ils l'ont trouvée prostrée sur un rocher, fantomatique, donnant l'impression de ne pas avoir bougé d'un pouce pendant leur absence. Elle ne pleurait plus mais son visage était inexpressif.

Théo a essayé de lui expliquer qu'ils ne pouvaient pas descendre dans la crevasse, que le seul moyen d'aider Juliette et David était de repartir pour alerter les secours. Puis, pour faire naître en elle un espoir qui lui donnerait la force de continuer, il a soutenu que, même s'ils étaient blessés, ils pouvaient tenir encore quarante-huit heures, peut-être plus.

Un pronostic hasardeux ou exagérément optimiste...

Théo n'a même pas eu le sentiment de proférer un mensonge. Il s'y accrochait aussi, à cet espoir fou qu'ils soient encore en vie. Une lutte intérieure où sa raison lui disait une chose et son instinct le contraire.

Réfugiée dans sa bulle, Dorothée n'a rien répondu. Théo se demandait même si elle comprenait ce qu'il lui expliquait. Elle s'est contentée de se lever et de prendre son sac, puis a commencé à fouler la neige d'un pas machinal, sans plus se préoccuper d'eux.

Un mécanisme de défense, a songé Théo.

C'est à peine si elle a réagi quand ils sont passés près du lieu du drame.

« C'est là ? » a-t-elle seulement demandé d'une voix atone.

Romuald a acquiescé sans mot dire. Pas de cris, pas de larmes. Juste un regard neutre posé sur le caveau de glace.

Théo, déjà mal en point, s'est encore époumoné quelques minutes au-dessus du trou béant avant de renoncer définitivement.

Ils ont mis du temps à contourner la crevasse, accomplissant chaque foulée la peur chevillée au ventre. Romuald les a convaincus que c'était à lui de marcher en tête et de jouer au démineur. Une manière d'essayer de se racheter ?

Alors qu'ils avaient presque franchi la zone la plus périlleuse, Théo a cru percevoir un chuintement, comme si la neige était sur le point de se détacher sous leurs pieds.

Mais elle a tenu bon.

Miraculeusement.

La montagne avait décidé de les épargner, repue du sacrifice piaculaire qu'elle s'était déjà octroyé.

Théo a lancé un ultime regard au glacier avec la sensation, collée à la peau, d'abandonner Juliette et David à leur sort. Ses jambes se sont faites plus flageolantes. Une corde invisible le retenait à ce lieu maudit, comme si une partie de son être était restée définitivement prisonnière du glacier.

Quand ils ont atteint le dernier vallon couvert de névés, Théo a senti que son corps le lâchait. Quelque chose avait basculé en lui. Ce n'étaient plus des douleurs précises, des pointes dans son ventre ou dans son crâne, mais une sorte de mal généralisé qui affectait tout son être.

Des coups de chaud et de froid, un éreintement physique et moral qui s'était diffusé jusqu'au bout de ses ongles. Il avait peine à empêcher ses jambes de se dérober sous son poids.

Même s'il n'a pas émis la moindre plainte, Romuald a dû le soutenir pour l'empêcher de chanceler. Il a accepté une nouvelle dose de paracétamol mais a refusé de faire une pause.

« Il faut qu'on atteigne la grotte, je me reposerai après. »

Le paysage, si majestueux lors de l'aller, semblait avoir revêtu des habits de deuil. Une brise glaciale s'était levée, les gelant jusqu'aux os. Les montagnes, sur lesquelles le soleil déjà bas commençait à projeter des ombres froides, avaient une apparence sinistre. Les dernières neiges avaient pris, elles, des couleurs de plomb.

En arrivant au bas du morne en ruine, ils ont aperçu un troupeau d'isards à moins d'une vingtaine de mètres. Les chamois se sont immobilisés quelques secondes, les fixant comme des intrus, avant de détaler vers les hauteurs et de laisser retomber sur eux le silence de la montagne.

*

Ils rejoignent la grotte peu après 19 heures, alors que le ciel se teinte des feux mordorés du soir.

À peine arrivé, Théo s'effondre au sol. Il ignore où il a pu trouver la force de marcher si longtemps. Ses jambes, qui étaient jusque-là comme mues par des ressorts invisibles, sont maintenant aussi molles que du caoutchouc. Il sait qu'il ne pourra plus faire un pas ni se remettre debout avant plusieurs heures, que son projet de marcher de nuit était utopique.

Dorothée s'assied à ses côtés sur le banc creusé dans la pierre. Elle n'a presque pas prononcé de paroles durant le trajet. Ses yeux flottent toujours dans le vide, sans refléter aucune émotion.

Théo lui pose une main sur les genoux, geste dérisoire destiné à lui faire sentir sa présence, à lui rappeler qu'elle n'est pas seule à vivre ce cauchemar, qu'on est toujours plus fort à deux pour affronter les épreuves... Le genre de conneries qu'il détestait avant mais dont, à présent, il a un besoin impérieux.

Son corps, désormais au repos, se refroidit brusquement. Des points noirs piquettent ses yeux. Des tremblements convulsifs lui gèlent le sang. Il n'éprouve même plus de douleur clairement définie.

La vue de cette grotte le ramène des années en arrière. Il pense à Platon et ne peut s'empêcher de rire intérieurement, avec le peu de forces qui lui restent. Un simple rire pour fuir des pensées trop douloureuses. Il a toujours été nul en philo. L'allégorie de la caverne constituait à peu près la seule référence qu'il ressortait allègrement dans chacune de ses disserts. Il connaissait le texte de Platon pratiquement par cœur. Au bac, il a réussi à décrocher un 19 autour de cette seule référence... Le correcteur a dû s'imaginer avoir affaire à un surdoué.

Si seulement ils n'étaient en ce moment que des prisonniers immobiles, attachés au fond de cette grotte, qui ne voient sur les murs que des ombres projetées. Une illusion du monde réel...

Si seulement tout ce qu'il a vécu aujourd'hui n'était qu'un artifice... Un simulacre qui finira par se dissoudre quand ils auront atteint la lumière du dehors...

Il imagine un autre monde où Juliette et David seraient encore en vie, bien portants, à l'abri des dangers de la montagne. Il les imagine hilares, tout fiers de leur mauvaise plaisanterie...

Si seulement...

Son esprit plane dans un univers nébuleux où des pensées inarticulables s'emmêlent. Il ferme les yeux. Étrangement, cette brume mentale, en faussant sa perception du monde sensible, lui ouvre peu à peu d'autres territoires d'où émergent des questions obsédantes. Des questions que la lucidité et la raison l'empêchaient de formuler clairement.

Trop de détails lui semblent étranges. Les simples soupçons qu'il a nourris sont devenus des doutes lancinants. L'amateurisme apparent de Romuald... Le mauvais chemin qu'ils ont emprunté, cette carte oubliée, l'absence de baudriers... Il s'est laissé aveugler.

Théo est maintenant certain que Romuald les manipule depuis le début. Il repense à cette impression diffuse qu'il a éprouvée dès le premier jour : celle d'être observé, épié en permanence.

Romuald l'impénétrable. Romuald le silencieux.

Jouant un jeu déplacé avec Dorothée. Ses sourires, ses manières trop aimables... L'art d'attiser les tensions sous ses airs raisonnables. Jusqu'où les a-t-il trompés ? Le chalet a-t-il été son unique mensonge ou est-il un simple rouage dans une mécanique plus vaste que Théo ne peut pas encore appréhender ?

Et l'accident... Pourquoi ce terme d'« accident » sonne-t-il faux dans son esprit ? Malgré le maigre recul qu'il a des événements, il voit combien ce drame aurait pu être évité, combien cette traversée du glacier sans équipement approprié avait des allures de suicide.

Pas de témoins.

Une seule version possible : celle du survivant.

Bien sûr, il a vu la crevasse béante, il a vu les traces de corde laissées sur la neige...

Mais comment avoir la certitude que tout s'est passé comme Romuald l'a raconté ?

La voix de Romuald perce la brume de son cerveau :

– Ton état m'inquiète, Théo. Pourquoi tu ne nous as rien dit avant ?

Sa bouche est pâteuse. Sa langue lui fait l'effet d'une grosse larve emprisonnée dans un cocon trop étroit.

– Qu'est-ce que ça aurait changé ?

– Dis-moi précisément quels sont tes symptômes.

Théo a un petit rire nerveux qui provoque une décharge électrique dans son corps.

– Mes symptômes ! Je n'ai jamais été aussi mal de toute ma vie !

– Tu as dit que tu avais mal au ventre hier...

Théo hoche vaguement la tête.

– J'ai vomi hier après-midi. Et puis cette nuit, les douleurs sont revenues. Mais ça n'était rien par rapport à ce que j'ai subi tout à l'heure... quand tu es reparti les chercher. J'ai eu la chiasse. Un truc horrible. J'ai cru que j'allais y rester.

— Bon sang, Théo, tu aurais dû en parler !

Romuald jette un regard à sa montre en soupirant.

— Bon, je t'ai donné un Doliprane il y a moins de deux heures, ça ne sert à rien d'en reprendre un maintenant. Je vais te préparer un Smecta. C'est le seul truc que j'ai qui puisse faire effet. Il faut que tu boives beaucoup, tu risques de te déshydrater.

Romuald se dirige vers son sac et cherche à l'intérieur la trousse de premiers secours.

— Je ne peux pas rester longtemps. Il faut que je retourne à l'endroit où on a vu ce randonneur, pour voir s'il y a un moyen d'emprunter ce ravin. Je n'y crois pas trop, mais maintenant qu'on est là, on n'a plus vraiment le choix.

— Tu en as pour combien de temps ?

— Je serai de retour avant le coucher du soleil. J'en profiterai pour essayer les portables. Passez-moi les vôtres, on ne sait jamais.

— Non, on garde un portable, rétorque Théo d'un ton suspicieux. J'essaierai encore de mon côté. Tu n'as qu'à prendre celui de Dorothée.

— Tu as raison, mieux vaut ne pas mettre tous nos œufs dans le même panier.

Théo ne voit plus Romuald que de dos. Il semble farfouiller dans la trousse et en sort le pansement digestif. Avec sa gourde, il remplit d'eau un gobelet en plastique.

Dehors, le soleil a disparu derrière les cimes qui se teintent de rose tendre. Le ciel est traversé par quelques nuages cendrés. La lumière de la grotte devient blafarde.

Le regard de Théo s'attarde sur Romuald. Dans le brouillard qu'est devenu son esprit, une voix intérieure lui ordonne de ne pas le quitter des yeux. De rester à l'affût de ses moindres gestes.

Tout se passe en un éclair.

La main droite de Romuald plonge dans la poche de soufflet latérale du sac et, discrètement, en extrait le petit flacon opaque. Celui qui se trouvait au côté des seringues.

Théo retient son souffle…

Il ne voit plus les mains de Romuald, mais il les imagine occupées à diluer la potion dans le gobelet.

L'espace d'un instant, Théo espère qu'une parole viendra apporter une explication.

Dissiper un simple malentendu… Oui, ça ne peut être que ça…

Mais Romuald se retourne et se dirige vers lui, le visage impassible. Tenant dans sa main le gobelet, puis le lui tendant.

Théo sait à présent.

Ses maux de ventre, son état qui n'a cessé de se dégrader depuis le début de l'expédition… Il sait.

Et il ne peut s'empêcher de pousser un effroyable cri intérieur.

– Tiens, bois, ça va te faire du bien !

3

Tu as passé l'éponge, bien sûr. Toujours cette faiblesse de caractère qui, comme le chien battu continue de réclamer la caresse de son maître, te poussait à tout accepter.

Tu as essayé de rayer de ton esprit la soirée chez Rachel. Théo lui-même n'est pas revenu dessus. Était-il trop bourré ce soir-là pour se rappeler quoi que ce soit ou trouvait-il que son bizutage n'était qu'une blague amusante, une pitrerie de bon camarade ?

La cristallisation existe-t-elle aussi en amitié ? Le fameux rameau jeté aux mines de Salzbourg ressort-il garni de diamants éblouissants autrement qu'en amour ? Tu avais tendance à le croire. Tu n'arrivais pas à en vouloir à Théo, encore moins à le détester, c'était au-dessus de tes forces. Toute logique semblait échapper au lien qui t'unissait à lui.

Après la soirée chez Rachel, au lieu de prendre tes distances comme tu aurais dû le faire, tu as passé beaucoup de temps en sa compagnie : dans les cafés ou dans son appartement après les cours, chez les disquaires et surtout le soir dans les pubs de la ville qu'il connaissait par cœur et où se produisaient des groupes de jazz qu'il voulait te faire découvrir.

Tu guettais pourtant les mauvais coups, tu ne pourrais pas dire le contraire. Tu étais à l'affût des remarques blessantes ou des humiliations dont il avait le secret… Mais rien n'est venu.

Théo a même traversé une période où il se montrait agréable, gai, attentif à ton égard, et tu en es venu à te demander si les deux affronts qu'il t'avait infligés ne constituaient pas une manière de te tester, une série d'étapes initiatiques nécessaires pour mériter son amitié.

À moins qu'ils n'aient été un gage donné à David. Même si Théo n'en parlait jamais, tu te doutais bien que son *bon copain* ne pouvait pas te blairer et qu'il te considérait comme un intrus capable de parasiter leur relation. Peut-être que ce bizutage était une façon pour Théo de s'amender, de renouer artificiellement leur lien en te prenant pour cible.

Tu repensais aussi parfois aux boîtes de médicaments que tu avais trouvées dans sa chambre. Ses changements d'attitude étaient-ils liés à son traitement ? Son comportement détestable pouvait-il s'expliquer par les troubles dont il souffrait – quels troubles exactement, tu n'en savais rien – ou par les effets indésirables des médocs ?

Surtout – pourquoi te le cacher ? –, tu craignais que couper les ponts avec Théo ne te fasse perdre Claudia. La formulation même de ton hypothèse était ridicule, puisqu'il ne s'était rien passé entre vous et que tu ne serais jamais pour elle que l'ami de Théo.

Ce qui t'attachait à elle dépassait la simple attirance physique. Rien à voir avec le fait de fantasmer sur la copine de son meilleur ami… Ç'aurait été trop simple. Il te semblait que Claudia était capable de chasser cette mélancolie qui t'avait toujours collé à la peau, de combler ce vide que tu ressentais au plus profond de ton être. Vos relations s'étaient pourtant résumées à quelques conversations quelconques, deux ou trois soirées, mais ces considérations rationnelles n'avaient aucun poids face au bien qu'elle te faisait.

Et la présence de Théo ne gâchait en rien ces moments. Tu ne la considérais jamais comme un obstacle ou une gêne. Tu n'étais même pas envieux.

Bizarrement, tu n'avais jamais envisagé que la relation entre Claudia et Théo puisse avoir quelque chose de vraiment sérieux, si tant est qu'à l'époque l'adjectif « sérieux » eût pour toi un quelconque sens lorsqu'il était accolé au mot « relation ». Théo te faisait l'impression de quelqu'un d'à peu près indifférent à tout ce qui l'entourait, comme si les choses de la vie coulaient sur lui sans le toucher, sans l'abîmer, sans l'émouvoir. Rien dans son comportement ne laissait penser qu'il était vraiment amoureux de Claudia.

Pourtant, il lui arrivait d'être jaloux, mais cette jalousie ne reposait pas sur la crainte d'être trompé ou quitté. Théo semblait plutôt incapable de comprendre qu'on puisse trouver agréable une autre compagnie que la sienne. Assez vite, il s'était confié à toi et t'avait raconté plusieurs anecdotes concernant Claudia. Comment un jour, passant devant sa salle pour la voir, il l'avait surprise en conversation avec un type de sa classe qui la faisait rire aux éclats et il avait eu l'impression d'interrompre une « parade amoureuse ». En réalité, il connaissait trop Claudia pour croire un seul instant qu'elle était intéressée par ce type, mais le seul fait qu'elle eût feint en public un intérêt pour lui l'indisposait. S'était ensuivie une scène ridicule où il avait bousculé le garçon en le menaçant de lui casser la gueule. On avait dû intervenir pour les séparer.

Après cet incident, Claudia avait refusé de lui adresser la parole pendant presque une semaine.

Un autre jour, pour décliner une de ses invitations, elle avait prétexté devoir réviser tard le soir – le « prétexté » était évidemment de Théo. À plus de 23 heures, il s'était posté devant l'institut catholique pour constater que les lumières de sa chambre, qui donnait sur la rue, étaient éteintes. N'ayant jamais osé lui en parler, il n'avait pas su le fin mot de l'histoire.

Toutes les anecdotes dont il t'a fait le récit étaient du même acabit, dérisoires, banales. Cette jalousie était d'autant plus déplacée qu'il lui arrivait fréquemment de flirter avec des filles pour lesquelles il n'éprouvait que du mépris et qu'il avait déjà donné de fausses excuses à Claudia pour pouvoir être seul.

Avec toi, c'était un peu le même scénario. S'il te voyait parler avec un élève de ta classe dont la tête ne lui revenait pas, il t'en faisait systématiquement le reproche : « Mais qu'est-ce tu foutais avec ce clown ? », « Qu'il est con celui-là, de quoi vous parliez ? ».

Peu à peu, vous avez pris l'habitude de trop sortir le soir. Évidemment, Théo payait tout : les consommations dans les boîtes et les cafés, les additions au restaurant où il vous incitait, Claudia et toi, à ne vous priver de rien, sans compter tous les cadeaux qu'il vous offrait sans raison particulière. Il se montrait excessivement dépensier, plus qu'aucun des autres élèves, pourtant friqués, du lycée ne pouvait se le permettre.

Tu n'aimais pas te sentir redevable envers qui que ce soit et les largesses qu'il déployait à ton égard auraient dû t'agacer, mais il agissait avec un tel naturel que tu acceptais ses invitations sans rechigner. Théo avait en apparence l'insouciance et l'optimisme de ceux qui sont nés du bon côté de la vie, sans problèmes d'argent ou de perspectives d'avenir. Ce détachement permanent vis-à-vis des choses matérielles, tu avais fini par l'accepter comme un élément irréductible de sa personne.

Un jour, tu t'es retrouvé seul avec Claudia à la terrasse d'un café, pendant que Théo était allé acheter des cigarettes. Tu as réussi à faire tomber la conversation sur son train de vie.

– Il aime dépenser, t'a-t-elle confié. Au début, je croyais que c'était pour frimer, mais il n'a en fait aucune notion de l'argent. Il n'en a jamais manqué, c'est une chose naturelle.

– Et ses parents le laissent faire ?

– Ses parents ? En dehors de cet immense appart dont il fait ce qu'il veut, ils ne lui donnent pas un rond.

– D'où il vient, alors, tout ce fric qu'il dépense ?

– Des différents comptes d'épargne qu'il dilapide à petit feu. C'est sa grand-mère qui lui a laissé de l'argent. Mais à ce rythme-là il ne lui restera bientôt plus grand-chose, c'est clair.

– Tu les as déjà rencontrés, ses parents ?

– J'ai vu sa mère une fois : le genre BCBG, bien fringuée, sûre d'elle, mais qui mise beaucoup trop sur les apparences pour être honnête. Théo dit qu'elle a fait une carrière de pianiste, mais c'est du pipeau, elle a vaguement été prof dans un conservatoire quand elle était plus jeune. D'après lui, elle n'a jamais un centime et elle passe son temps à réclamer de l'argent à son père.

– Tu veux dire qu'ils sont séparés ?

– Séparés, pas vraiment. Ils vivent toujours ensemble, mais leur relation n'est pas au beau fixe.

De temps en temps, sa mère met les voiles après une dispute, avant de revenir. Leur manège dure depuis des années. C'est pour ça que Théo ne veut plus habiter chez eux.

À propos de ses parents, tu n'as rien appris d'autre. Théo pouvait parler pendant des heures d'à peu près n'importe quel sujet, mais celui-ci était entouré d'un mystère.

*

L'automne fut particulièrement pluvieux. Dans ton souvenir, il pleuvait presque tous les jours. La grande salle des première année où régnait encore à la fin de l'été une chaleur infernale était à présent éclairée par la lumière blafarde des néons ; dehors, la pluie détrempait les plates-bandes et collait sous les semelles les feuilles de platane de la cour.

Tu te revois assis à ton bureau de l'internat, laissant traîner un regard indifférent sur tes manuels, que tu finissais par balancer dans un coin de la chambre en attendant que Théo vienne te chercher.

C'est vers cette époque que tu as commencé à lâcher prise. Après tes glorieux débuts avec Moreau, tes notes avaient chuté et tu te sentais dépassé par la masse de travail à accomplir. En fait, tu t'étais rendu compte qu'au long de ta scolarité tu n'avais jamais vraiment travaillé. Tu avais toujours cru que tes facilités te permettraient de sauter les obstacles, de sauver les apparences, mais la réalité avait fini par te rattraper.

Un ou deux soirs par semaine, tu dormais chez Théo lorsque vous rentriez trop tard de vos sorties nocturnes et que l'internat avait déjà fermé ses portes. Tu en profitais pour recopier certains de ses devoirs de l'année passée, quand les profs se montraient trop flemmards pour changer les sujets.

Si ta mère te posait des questions, tu la baratinais en prétendant être le deuxième meilleur élève de la classe. Tu avais inventé un certain Maxence qui, malgré tous tes efforts, arrivait toujours à te coiffer au poteau. Régulièrement, tu lui montrais quelques devoirs de début d'année dont tu avais pris soin de trafiquer la date.

*

Une fin d'après-midi, après les cours, on a frappé à ta porte. Tu t'attendais à voir le visage de Théo dans l'entrebâillement, mais c'était Matthieu, ton voisin de couloir, un garçon malingre à lunettes capable de bosser dix-huit heures par jour sans jamais paraître fatigué et qui avalait la moitié des mots en parlant.

– ...muald, ...phone pour toi... le concierge.

Dans le bâtiment réservé aux garçons, il n'y avait qu'un téléphone, une antiquité installée dans un recoin du couloir à côté des chiottes. Il se trouvait heureusement à ton étage, mais tu ne t'en étais jamais servi car il permettait seulement de recevoir des appels – pour en passer, il fallait utiliser la cabine de la cour.

L'appel a duré moins de dix secondes. Tu as dévalé les marches et traversé le lycée, contrarié.

– Maman, qu'est-ce que tu fais là ?

Elle se tenait devant la loge du gardien, enveloppée dans un manteau de laine avachi qu'avait dû lui donner Mme Moncel ou une de ses patronnes, persuadées d'accomplir un geste magnanime en se débarrassant des vieilleries qui encombraient leurs placards. Elle a fait mine de ne pas avoir remarqué le ton que tu avais employé et t'a adressé un sourire bienveillant.

– J'avais un ménage en ville. Je voulais te dire bonjour… On ne se voit presque plus. Je suis déjà passée plusieurs fois devant ton lycée mais…

– J'ai du boulot, maman, as-tu fait sans t'adoucir. Tu aurais dû me prévenir !

Tu as jeté un coup d'œil méfiant autour de toi. Personne ne vous prêtait attention, mais vous encombriez le passage à vous tenir bras ballants dans l'entrée.

– On ne peut pas rester là.

– Je ne vais pas t'embêter longtemps, s'est-elle excusée.

– Mais non, tu ne m'embêtes pas.

Tu l'as enfin embrassée, comme pour mieux l'amadouer.

– Viens, on va aller dans un café, on sera plus tranquille.

Tu as lu dans son regard que ta remarque ne faisait pas illusion. Qu'est-ce que cela t'aurait coûté de lui faire visiter le lycée, de l'emmener dans ta chambre quelques minutes pour lui montrer où tu vivais ? Une simple petite visite qui aurait sans doute été un rayon de soleil dans sa journée. Elle aurait pu ensuite la raconter à ses voisines, leur décrivant avec fierté les grandes façades blanches des bâtiments, les escaliers interminables, les massifs de glycine qui s'épanouissaient dans la cour. Oui, un peu de fierté dans une vie monotone qui en était dénuée.

Elle a pris un café. Tu savais qu'elle n'en buvait presque jamais, mais sans doute avait-elle choisi ce qu'il y avait de moins cher. Tu as essayé d'être aimable, de l'interroger sur sa journée, même si tu savais qu'il n'y avait rien à en dire.

Tu as passé ton temps à lorgner la pendule au-dessus du comptoir. Et si Théo passait dans ta chambre et ne t'y trouvait pas ?... Finalement, elle a dû comprendre qu'il sa visite n'était pas une si bonne idée.

– Je vais y aller. Tu dois avoir encore plein de travail, et puis je ne veux pas rentrer trop tard.

Tu l'as accompagnée jusqu'à la gare routière pour qu'elle prenne son bus. Elle t'a longuement serré contre elle. Derrière la vitre du véhicule, elle t'a fait un petit signe de la main. Tu l'as vue sourire, d'un sourire triste qui t'a fait culpabiliser. Tu as songé qu'il y avait une certaine cruauté à se montrer aimable et poli à longueur de journée avec de quasi-inconnus et si dur avec ceux qu'on aime.

*

Tu as attendu Noël avec anxiété. Pour ton malheur, l'internat fermait durant les vacances et tu ne te sentais pas le courage de passer quinze jours sinistres dans l'appartement de Bel Azur. Longtemps pourtant, même si avec ta mère vous ne faisiez rien de particulier, tu avais aimé la période des fêtes : tu passais le plus clair de ton temps à te gaver de chocolats bon marché et à regarder des films dans ta chambre pendant qu'elle préparait à manger pour un régiment.

Ton anxiété s'est bientôt transformée en déprime lorsque Théo t'a annoncé qu'il envisageait de passer Noël en Italie avec ses parents. Cette touchante scène de retrouvailles familiales collait mal avec ce que tu avais appris de la bouche de Claudia, mais Théo te l'a présentée comme un projet établi de longue date.

Tu t'étais résigné à ton sort quand, une semaine avant les vacances, il t'a informé simplement que le voyage était annulé et qu'il ne partirait pas.

– Pourquoi tu ne passerais pas quelques jours avec moi dans l'appart ? t'a-t-il demandé quand tu lui as avoué que tu angoissais à l'idée de retourner à Bel Azur.

Après le dernier cours de l'année, Théo t'a donc accompagné jusqu'à ta chambre où tu as préparé à la hâte quelques affaires. Durant l'après-midi, le ciel était devenu fuligineux et la température s'était considérablement rafraîchie.

– Ça sent la neige, a-t-il fait remarquer avec excitation. Ce serait drôle qu'il se mette à neiger pour Noël, non ?

Tu n'as pris aucun livre. Tout juste as-tu eu assez de scrupules pour attraper ton classeur de maths et emporter les DM qu'on vous avait infligés.

Vous avez accompli la courte distance qui vous séparait de l'appartement les mains enfoncées dans les poches et le cou emmitonné dans une écharpe.

– Oh, regarde ! a fait Théo avec une candeur enjouée en arrivant devant le jardin public.

De fins flocons descendaient lentement sur vous.

– Qu'est-ce que je te disais ?

Il riait comme un gamin et a levé les mains vers le ciel.

4

Tandis qu'au-dehors la neige tombait à plein ciel, Théo jouait sur le piano du salon une valse de Chopin, sans vraiment respecter la mesure et en insistant anormalement sur la main gauche.

Il n'y avait pas dans l'appartement la moindre partition, mais Théo connaissait par cœur des pans entiers de littérature pianistique. Pourtant, on ne pouvait pas dire qu'il les interprétait bien. Tu préférais lorsqu'il jouait du jazz. Monk ou Evans convenaient à son jeu. Une manière saccadée de bousculer la mélodie et le rythme. Il t'avait expliqué qu'il en avait bavé étant jeune, que sa mère lui avait imposé des années de solfège et de cours au conservatoire avant que sa mauvaise volonté ne la décourage.

Chaque histoire, individuelle ou collective, a son âge d'or. Les quinze jours que vous avez passés dans l'appartement de Théo constituent sans doute la période la plus heureuse et la plus insouciante de la vôtre.

Théo pianotait ou faisait mine de remettre de l'ordre dans ses cours pendant que tu lisais allongé sur le canapé. Vous écoutiez des disques de Leonard Cohen ou de Bruce Springsteen que vous chantiez à tue-tête. Vous fumiez sur la petite terrasse couverte, emmitouflés dans des pulls épais, et contempliez les toits des immeubles blanchis à la craie.

Vous vous étiez vite habitués à la neige et au froid. Le quartier, ceint d'une lumière intemporelle, ressemblait à un vieux daguerréotype argenté. La neige a tenu plusieurs jours, les trottoirs verglacés rendant toute sortie périlleuse. Dans ce décor de glace où tout semblait suspendu, vous aviez l'impression d'être redevenus des enfants qui s'étonnent d'un rien.

Claudia est restée la première semaine des vacances avant de rejoindre son père, qui avait refait sa vie à Paris. Deux jours avant Noël, elle a apporté à Théo un sapin miniature qu'elle a décoré de guirlandes bariolées et que vous avez installé près de la fenêtre. Théo s'est mis au piano et a entonné « White Christmas » en imitant la version de Sinatra. Dans la cuisine, Claudia a commencé à préparer un glögg, une boisson chaude danoise réservée à la période des fêtes.

– C'est un grog, en fait ! a remarqué Théo, visiblement intrigué par la mixture qu'elle concoctait.

– Non, pas un grog, un glögg.

– Qu'est-ce qu'il y a dedans ?

– Cannelle, épices, clous de girofle, rhum, vin, porto... Il paraît que ça déménage.

– Comment ça, « il paraît » ? Tu n'as jamais goûté ?

– Non, je joue à l'alchimiste. Vous allez être mes cobayes, a-t-elle dit dans un rire cristallin.

Vous avez dégusté le breuvage dans des verres à punch, assis sur le canapé en rotin de la terrasse. Théo a allumé un joint qu'il a fait tourner. Si tu ne pouvais conserver qu'une seule image de cette période, c'est ce moment que tu choisirais, un moment où le bonheur n'était pas un pur concept mais une chose que l'on aurait pu caresser du bout des doigts.

Vous trois. La buée s'échappant de vos verres et de vos bouches, le froid engourdissant vos doigts que vous pressiez contre la tasse brûlante… Le ciel d'ardoise au-dessus de vos têtes, hachuré grossièrement par la pluie mêlée de neige… L'alcool chaud qui vous a rapidement fait tourner la tête…

– Si on faisait une photo ! s'est exclamée Claudia. Tu as toujours ton Polaroid ?

– Il doit traîner dans ma chambre. Attends, je vais le chercher.

Théo s'est levé en se frottant les mains pour se réchauffer.

– Ça existe encore, les Polaroid ? t'es-tu étonné.

– C'est un vieux modèle. Je l'ai trouvé dans une boutique qui vend encore des pellicules à prix d'or.

Tu es resté seul avec Claudia à contempler les toits. Théo est revenu quelques minutes après en arborant son appareil. Il l'a posé sur le bord de la terrasse et a enclenché le retardateur. Vous vous êtes serrés sur le canapé. Le flash de l'appareil anachronique vous a éblouis, avant que ne retentisse le bruit si particulier du déclencheur.

– On va en faire deux autres, comme ça chacun en gardera une.

Vous avez repris la pose. Des deux mains, Claudia a commencé à secouer les photos à la manière d'un éventail. Théo a rigolé.

– Tu sais que ça ne sert à rien ce que tu fais ! Ça ne les fera pas sécher plus rapidement !

– C'est la beauté du geste qui compte, a-t-elle conclu dans une pirouette.

Obligés de passer le soir de Noël en famille, vous avez décidé d'organiser la veille un petit réveillon intime dans l'appartement et ça a été l'une des meilleures soirées que vous avez eues ensemble.

Claudia avait voulu vous apprendre à danser le fox-trot et vous répétiez en boucle les fameux « trois pas » et les « chassés ». Théo se montrait assez doué mais il ne prenait pas au sérieux les indications de Claudia, qui a fini par aller bouder sur la terrasse avec une cigarette. Finalement, dans le salon illuminé de dizaines de bougies, vous avez trinqué avec une cuvée millésimée de dompérignon que Théo gardait pour une occasion spéciale.

Après le repas, Claudia a ressorti les seringues, de son propre chef, sans que Théo ne dise rien. Est-ce ce soir-là que tu as eu la certitude que c'était bien elle la plus accro des deux, que Théo semblait uniquement suivre le mouvement ? Toujours le même rituel, les mêmes gestes appliqués et sûrs d'eux.

Tu les as laissés se shooter, les regardant s'affaler au sol devant le canapé, sur un amoncellement de coussins orientaux. La première expérience ne t'avait pas déplu, mais tu n'avais pas envie ce soir-là de perdre le contrôle de tes émotions. Tu as préféré rester là, à regarder leurs corps vaguement emmêlés, à détailler leurs visages relâchés.

Puis, lorsque tu les as sentis complément partis, tu es allé t'allonger près d'eux, collant ton corps contre celui de Claudia.

*

Le lendemain, tu es retourné à Bel Azur. La simple vue des immeubles a réveillé ta déprime. Il faisait froid. Le quartier semblait désert, comme si un mauvais coup se préparait. Tu as traversé le parvis les mains enfoncées dans ton manteau, les yeux baissés. L'ascenseur était encore HS et tu as dû grimper à pied les six étages.

Ta mère t'a accueilli avec force embrassades, comme si elle ne t'avait pas vu depuis un an. Tu l'as trouvée vieillie, usée. Ce qui aurait dû t'apparaître évident bien avant ne le devenait que par la vertu de la séparation. Elle n'avait pas 45 ans et la vie paraissait pourtant l'avoir lessivée. Tu aurais voulu l'arracher à cette cité, à son boulot de merde, lui offrir tout ce dont, par modestie ou soumission, elle n'aurait jamais osé rêver.

Le seul rêve qu'elle avait parfois la prétention d'évoquer était son retour en Martinique. Elle avait – parmi la ribambelle d'oncles, de tantes, de cousins et de neveux que tu n'avais jamais rencontrés – une cousine qui essayait depuis plusieurs années de monter un restaurant à La Trinité. Ta mère se plaisait à croire qu'un jour elle partirait la rejoindre pour servir aux touristes les recettes locales qu'on se transmettait dans sa famille de génération en génération.

La semaine précédente, chez les bouquinistes et les disquaires, tu avais revendu presque l'intégralité des cadeaux que t'avait faits Théo : deux Pléiade de Dumas – tu lui avais confié que *Monte-Cristo* était ton roman préféré –, quelques concerts de Keith Jarrett et de Bud Powell ainsi qu'un stylo-bille S.T. Dupont que tu avais dû brader au cinquième de sa valeur. Avec l'argent, tu avais acheté pour ta mère une écharpe en soie imprimée et une crème hydratante Chanel. Elle n'a pu s'empêcher de fondre en larmes.

Pour te faire plaisir, elle avait préparé son fameux jambon de Noël, une recette de Martinique dont tu raffolais. Vous avez mangé en silence sur la table stratifiée du salon, avec pour fond sonore la télé qui diffusait son bêtisier de l'année. Ta mère riait aux fous rires ou aux lapsus des présentateurs.

– Tout se passe bien au lycée ? t'a-t-elle demandé pendant la pub.

– Tout va bien. On a un concours blanc à la rentrée, il va falloir que je bosse comme un dingue. C'est pour ça que je vais être obligé de retourner chez Théo. Il m'aide bien, tu sais.

Naturellement, tu avais dû lui parler de Théo. Impossible autrement de justifier ton absence pendant les vacances.

– Pourquoi tu ne me le présentes pas ?

– Bien sûr, à la prochaine occasion...

A-t-elle compris que ces mots signifiaient dans ta bouche « jamais » ?

– Tu n'as pas de problèmes, au moins ?

– Quels problèmes voudrais-tu que j'aie, maman ?

– C'est bien alors, je suis fière de toi.

C'est à peu près le seul échange notable que vous avez eu ce soir-là.

*

À midi, le 25 décembre, tu tapais à la porte de Théo. Il venait à peine de se réveiller et tu l'as trouvé en caleçon, l'air à moitié éteint. Il t'a expliqué que la soirée chez ses parents avait été un fiasco : son père connaissait bien le proviseur de Félix-Faure et il avait eu vent de la baisse de ses résultats. Il y avait eu entre eux une engueulade terrible. Son père l'avait menacé de lui retirer l'appartement et de l'obliger à revenir s'installer à la maison.

Mais sa mère, qui considérait toute critique à l'égard de son fils comme une attaque personnelle sur la façon dont elle l'avait éduqué, avait cherché à prendre sa défense, donnant ainsi le signal à une nouvelle dispute.

– J'espère juste qu'ils me lâcheront la grappe jusqu'à la rentrée, a conclu Théo en s'effondrant sur le canapé.

Vous avez alors renoué avec votre mode de vie détaché de toutes contraintes. Habituellement, vous vous couchiez à des heures impossibles : après avoir regardé un ou deux films sur le vieux poste de Théo, vous parliez jusqu'à une heure avancée de la nuit et buviez plus que de raison. Enfin, surtout Théo. Et ce n'est que pendant ces vacances que tu as compris qu'il avait un véritable problème avec l'alcool. Il ne se déroulait pas une demi-journée sans qu'il ne boive. Tout y passait : vin ou bière aux repas, bloody mary de sa confection que tu trouvais imbuvables, petits verres de tequila qu'il enchaînait comme du jus d'orange, vodka... Tu imaginais aisément quel cocktail explosif l'alcool qu'il ingurgitait devait former avec les médocs qu'il planquait dans son bureau.

Les matins, eux, étaient difficiles et s'écoulaient lentement autour de multiples tasses de café sur la table de la cuisine. Théo vous préparait des œufs brouillés ou des pancakes que tu dévorais goulûment. Lui mangeait peu et accompagnait toujours son café d'une cigarette qu'il fumait à moitié et qui se consumait entre ses doigts. Alors que la journée était passablement avancée, vous traîniez dans les rues ou vous passiez l'après-midi à la cinémathèque du quartier.

Claudia est restée encore trois jours avec vous. Trois jours de bonheur, d'insouciance et de légèreté dont tu avais fini par penser qu'ils ne prendraient jamais fin et qui ne furent obscurcis que par un seul nuage.

Ce fut deux jours avant son départ. Le soir, alors que tu traînais dans le salon devant la télé, tu l'as clairement entendue se disputer avec Théo dans la chambre.

La porte du couloir était ouverte et semblait t'inviter à les épier.

– Tu m'avais dit que tu en aurais ! s'exclamait Claudia.

– Eh bien, je n'en ai pas. Il n'a pas pu passer.

– Tu pourrais en prendre plus la prochaine fois !

– « En prendre plus » ! Tu sais ce que cette merde me coûte ?

Le volume sonore avait gagné en intensité et tu aurais aussi bien pu suivre la conversation depuis ton canapé.

– C'est nouveau, ça. Tu vas me faire croire que c'est une question d'argent ?

– Tu me prends pour qui ? Tony Montana ? Il faudra que tu attendes demain, un point c'est tout.

Silence. Tu imaginais Théo tourner en rond comme un fauve en cage.

– De toute façon, on ne peut plus continuer comme ça. Tu as envie de te griller le cerveau et de finir comme un légume ?

– Oh, par pitié ! Tu ne vas pas me faire la morale. Pas toi ! Tu en profites bien aussi. Et puis tes médocs te bousillent autant la cervelle que la coke. Et pas que la cervelle, d'ailleurs !

– Quoi ?

– Rien. Laisse tomber.

– Non, je ne laisse pas tomber. Sois plus claire, je t'en prie. Tu veux dire que les médocs m'empêchent de bander, c'est ça ?

Nouveau silence.

– Excuse-moi, Théo. Je n'aurais pas dû dire ça. Je n'aurais pas dû, vraiment.

Tu n'as pas eu le temps de battre en retraite que Claudia s'engageait dans le couloir.

– Désolé, Romuald, a-t-elle murmuré en te voyant dans l'ombre, alors que c'était toi qui étais pris en faute.
– Je vais sortir, vous laisser seuls un moment...
– Non, non, c'est moi qui sors, j'ai besoin de prendre l'air.

La porte a claqué. Le calme est retombé sur l'appartement et il a fallu dix bonnes minutes pour que Théo sorte de sa chambre.

– Tu as entendu ?

Inutile de mentir. Tu portais la réponse sur ton visage et il était trop malin pour se laisser baratiner.

Vous vous êtes installés dans la cuisine. Théo a fureté parmi les cadavres de bouteilles qui encombraient le plan de travail.

– Il n'y a plus rien à boire. Regarde dans le casier s'il ne reste pas du vin.

Il restait deux bouteilles. Tu en as pris une au hasard.

– Ça fait longtemps qu'elle se pique ? as-tu fini par demander.

Théo vous a servis dans des verres à bière, les seuls que vous n'aviez pas encore utilisés.

– Elle a commencé avant qu'on se rencontre. Sans doute dans une de ces putain de soirées. Il y a toujours des types qui les infiltrent pour proposer de la dope. À moins que ce ne soit à cause d'une de ses copines : je sais qu'il y a une ou deux filles de sa classe qui fument du crack.

Il a bu son verre d'une traite et s'est resservi aussitôt.

– Au début, elle faisait ça de façon occasionnelle, en mettant un peu de coke dans ses clopes.

Ce mode de consommation était fréquent à Bel Azur. Rapide, peu de préparation, pas de risque d'infection ni de perforation de la cloison nasale.

– Il faut dire qu'elle n'avait pas le fric pour se ravitailler. Et puis merde ! Tout ça c'est de ma faute ! C'est moi qui ai commencé à rapporter de la came ici pour lui faire plaisir. En général, je me shoote aussi pour la déculpabiliser, mais il arrive qu'elle m'en prenne pour faire ça en solo dans sa chambre.

Tu as brièvement imaginé Claudia en train de se piquer dans sa chambre de bonne sœur.

– Qui est-ce qui te fournit ?
– Un pion du lycée connaît un vendeur – je ne sais même pas son nom. Je te rassure, ça n'est pas un type de Bel Azur. Il ne fournit que le carré d'or.
– Combien tu paies ?
– Huit cents balles le gramme.
– Tu rigoles ?
– Je sais qu'il m'arnaque, mais il livre à domicile. Zéro risque de se faire prendre. Si je me faisais attraper, je ne te raconte même pas ce qui se passerait chez moi. Ça serait le drame.

Tu n'as pu t'empêcher de repenser à la scène humiliante qu'avait subie ta mère à l'époque du collège, quand tu t'étais fait prendre pour quelques grammes de shit. Si ç'avait été de l'héro ou de la coke...

– J'ai envie qu'elle décroche. Je ne dis pas que je ne suis pas un peu accro moi aussi, mais je crois que je peux arrêter demain si je veux. Alors qu'elle...
– Tu pourrais déjà arrêter d'en acheter.
– Si c'était si simple ! Claudia chercherait à s'en procurer ailleurs, et je n'ai pas envie qu'elle se laisse entraîner dans des embrouilles. Trop dangereux.

Vous avez attendu Claudia pendant plus d'une heure. Comme elle ne rentrait pas, Théo a mis au four une pizza congelée que vous avez mangée devant *Usual Suspects*. Il connaissait le film par cœur et anticipait les répliques des personnages, ce qui t'a gâché l'histoire.

Vers 21 heures, on a sonné. Claudia avait pourtant les clés... Théo est allé ouvrir et tu as à peine eu le temps d'apercevoir un type de votre âge au regard flippant qui l'a suivi droit dans la chambre. La scène a duré moins d'une minute et l'étrange visiteur est reparti aussi vite qu'il était arrivé.

– À la prochaine.
– C'est ça, à la prochaine, a répondu Théo d'un ton agressif en refermant la porte.
– C'était qui ?
– Cet enculé de ravitailleur, a-t-il fait avec colère en remettant le magnétoscope en route.

Il s'est tu pendant le reste du film, ruminant probablement sa dispute avec Claudia.

*

Le matin du départ de Claudia, il devait être au moins 11 heures, tu es entré machinalement dans la salle de bains pour te passer le visage sous l'eau froide, sans savoir qu'elle était occupée. Claudia était debout devant le miroir du lavabo, en train de se brosser les cheveux, ne portant rien d'autre qu'une culotte blanche.

– Désolé, as-tu dit en faisant demi-tour.
– C'est pas grave, tu peux entrer. On n'est plus des gamins !

Tu es resté indécis, dans l'entrebâillement de la porte, encore à moitié dans les vapes. Elle s'est retournée en souriant sans cacher sa poitrine menue, à peine naissante, qui contrastait avec son corps de femme pleinement développé. Ton regard est descendu jusqu'à sa culotte, pas assez opaque pour dissimuler totalement le petit triangle de sa toison brune. Tu as relevé les yeux trop rapidement et elle continuait de te sourire avec une ingénuité qui t'a mis mal à l'aise.

– Je te laisse finir, as-tu marmonné en quittant la pièce.

Par hasard, Théo passait au même moment dans le couloir. Il a jeté un coup d'œil dans la salle de bains, remarqué ton air confus et t'a rabroué d'une tape sur l'épaule.

– N'en profite quand même pas trop !

Claudia, elle, a éclaté de rire.

*

Vous avez accompagné Claudia à pied jusqu'à la gare. Elle avait tenu à ce que tu viennes.

Le quai était bondé, à cause des départs et des retours de la première semaine de vacances.

Théo ronchonnait.

– Pourquoi tu ne restes pas ? Tu vas te faire chier chez ton père !

– J'aimerais rester avec vous, mais je lui ai promis. Ça ferait trop d'histoires.

Elle vous a serrés tous deux en même temps dans ses bras. Tu as respiré une dernière fois son odeur. Tu as pensé à *Jules et Jim*, de Truffaut, que vous aviez vu la veille. Un choix de Claudia. Théo s'était endormi, il n'aimait pas les films en noir et blanc.

– Vous ne faites pas de bêtises, les garçons !

– Quelles bêtises tu veux qu'on fasse ?

– Pas de filles à l'appartement.

– Call-girls comprises ?

Claudia a tapoté la joue de Théo.

– Prenez soin de vous, je vous appelle dès que j'arrive. Je vous rapporterai un cadeau…

– Ah non, pitié, pas de surprise ! Tu sais que je déteste ça.
– Alors disons que je vous rapporterai le truc le plus moche et le plus inutile que je trouverai.
– J'aime mieux ça.

Le train parti, vous êtes restés un long moment sur le quai, silencieux, à regarder passer les gens.

*

Vous avez eu du mal à retourner au lycée. L'alcool, le shit et les veillées avaient fait de vous des zombies. Heureusement, après le départ de Claudia, vous n'aviez plus touché à la coke.

Tu étais totalement absent. Ton esprit vagabondait, et encore, pas bien loin. Tu te sentais largué en cours, au point de te demander certains matins si tu ne t'étais pas trompé de salle. Les autres élèves t'insupportaient, tout comme l'attitude pontifiante de la plupart de tes profs.

Le concours blanc – sur ce point, tu avais dit la vérité à ta mère, il y avait bien un concours blanc – fut une catastrophe. Tes résultats pouvaient facilement remettre en cause ta bourse et hypothéquer une seconde année à Félix-Faure.

Réagis! Voilà ce qu'une petite voix en toi ne cessait de te répéter. Mais la raison semblait incapable de lutter contre l'engourdissement général qui te saisissait. Tu avais pourtant conscience d'être en train de foutre en l'air ton avenir. Pas de filet de sécurité pour toi, pas de parents qui seraient toujours là pour t'embaucher dans leur entreprise, te pistonner ou te verser une rente qui te permettrait de voir venir. Tu n'appartenais pas à ce monde. Théo pouvait déconner autant qu'il le voulait, il retomberait toujours sur ses pattes.

Cette année était la plus belle chance que la vie t'eût offerte. Tu ne pouvais pas la laisser filer.

Le mois de janvier fut particulièrement froid. Après la neige de décembre, tout le monde s'attendait à ce que la ville soit à nouveau immobilisée, mais on n'eut droit qu'à quelques pétales désordonnés qui se posèrent un matin sur les glycines de la cour.
Vous sortiez moins. Un peu par fatigue et lassitude, surtout parce que Théo commençait à baliser à cause de son père et avait pris la résolution de se remettre au travail. Tu lui avais emboîté le pas, essayant tant bien que mal de rattraper le retard que tu avais accumulé.
Claudia était revenue de Paris déprimée. Son père n'avait pas pu prendre de congés et elle avait dû endurer toute la semaine sa belle-mère, qu'elle ne supportait pas. Pour les cadeaux, elle n'avait pas menti : elle avait rapporté à Théo un béret parisien, à toi une hideuse tour Eiffel en résine que tu avais posée sur ton bureau à côté de la photo que vous aviez prise à Noël.
Les semaines suivantes furent d'une torpeur accablante. Tes journées étaient constituées d'une suite d'activités que tu accomplissais sans en saisir l'utilité. Tu attendais avec impatience les prochaines vacances, en espérant pouvoir t'installer à nouveau chez Théo et revivre le bonheur des précédentes.
Mais les choses devaient prendre une autre tournure.

*

– Je crois que je vais rentrer, t'a annoncé Théo, le visage blême, son regard cireux croisant le tien dans le miroir terni au-dessus du lavabo émaillé.

Il n'était pas 2 heures du matin, vous n'étiez pas dans les chiottes d'un pub, simplement dans celles du lycée. Tu n'avais pas bu une goutte. Quant à Théo… difficile de savoir. Il venait de vomir tripes et boyaux. La pestilentielle odeur de pisse qui régnait ici l'avait sans doute un peu aidé.

Théo s'est abondamment aspergé le visage, mais cela n'a pas suffi à lui rendre une apparence normale. Vous êtes sortis respirer une bouffée d'air frais au-dehors.

– Tu veux que je t'appelle plus tard ?

Il t'a tendu une main fiévreuse.

– C'est ça, tu n'as qu'à m'appeler.

L'après-midi, le cours de Moreau fut un supplice de lenteur. À 17 heures, tu as appelé Théo de la cabine de la cour. Il n'a pas décroché. Tu as réessayé, en vain.

Tu es monté dans ta chambre pour travailler et as passé deux heures à te battre avec des équations différentielles. Tu t'es gavé de chips trop salées et as vidé une bouteille de soda. Tu as fini par t'allonger sur ton lit et dormir un peu. À 21 h 30, tu es redescendu dans l'idée d'appeler Théo. Mais tu t'es ravisé et tu as décidé de te rendre chez lui.

Le ciel était clair, sans nuages. Tu étais trop légèrement vêtu. Tu as marché dans les rues d'un pas nonchalant. Quelques voitures tournaillaient autour du square public. Sous l'effet des lumières vacillantes, les maisons semblaient devenues instables.

Théo n'a pas répondu à tes coups répétés. Tu n'entendais aucun signe de présence derrière la porte et tu as décidé d'utiliser la clé que tu ne lui avais pas rendue.

Dans l'appartement, un froid glacial. Les hautes fenêtres du salon étaient ouvertes et se balançaient mollement sous l'effet du courant d'air qui parcourait la pièce, éclairée seulement par une lampe posée sur un guéridon. Une étrange odeur flottait dans l'air, différente de celle des cigarettes et du shit qu'on y sentait d'habitude. Sur la table basse, tu as vu une soucoupe, une feuille d'aluminium noircie et un briquet.

Tu l'as appelé à nouveau en t'engageant dans le couloir, puis en poussant la porte. Les remugles de la chambre contrastaient violemment avec la fraîcheur du salon. Il y régnait une pénombre assez prononcée à laquelle tes yeux ont mis quelques secondes à s'habituer.

Immobile, allongé sur le lit dans une posture assez étrange, Théo ne portait qu'un caleçon blanc qui formait une tache lumineuse au milieu de la chambre.

Tu l'as appelé, mais il n'a pas bougé d'un centimètre. Quand tu as allumé l'interrupteur, une lumière verdâtre a écrasé la pièce et donné à son buste et à ses jambes une teinte maladive.

Un regard vers la table de nuit, et tu as vu deux boîtes de médicaments ouvertes. L'emballage en aluminium qui avait contenu les pilules était déchiré. Tu t'es penché au-dessus du lit et as secoué Théo, d'abord timidement, puis, comme il ne réagissait pas, de façon plus énergique.

– Théo, réveille-toi ! Qu'est-ce que tu as pris ?

Tu as répété son nom, encore et encore.

Un instant, tu as eu l'impression qu'il émettait un grognement, mais ses membres restaient désespérément apathiques et tu as compris que tu n'arriverais pas à le réveiller.

Cinq minutes plus tard, après de vaines tentatives, tu as appelé le Samu du téléphone du salon.

LUNDI : QUATRIÈME ET DERNIER JOUR

5

Instinct de survie.
Elle ouvre les yeux.
Elle sent une main fermement plaquée contre sa bouche. Une main qui l'oppresse et l'empêche de crier.
Sa respiration se fait haletante, irrégulière. Elle manque d'oxygène. Il lui faut quelques secondes pour comprendre ce qui lui arrive.
Autour d'elle, l'obscurité est totale.
Sa pupille se dilate, son iris se rétrécit, comme l'ouverture d'un appareil photo qui chercherait à s'adapter au manque de luminosité. Elle distingue à peine une silhouette menaçante penchée au-dessus d'elle. Qui n'est pas prête à desserrer son étreinte...
Une peur panique s'empare d'elle.
Elle tente de se débattre, agite devant elle des mains désespérées qui parviennent à peine à effleurer le visage de son agresseur. Qui peut donc lui vouloir du mal?
– Dorothée, n'aie pas peur, c'est moi.
Théo? Des paroles murmurées... Une voix assourdie... Qu'est-ce qui lui prend?
La voix, tout juste audible, continue :
– Écoute-moi. J'enlève ma main, mais tu ne dois faire aucun bruit. Tu as compris?

Ses yeux commencent à s'habituer à l'obscurité ambiante. Des formes émergent. Des contours se dessinent dans le ventre de la grotte. Elle essaie de hocher la tête pour que Théo retire enfin sa main.

Sitôt la peur passée, elle replonge brutalement dans le réel. Le drame de la veille la heurte de plein fouet : la crevasse, l'accident, la disparition de Juliette et de David.

Elle sait qu'elle ne connaîtra désormais plus que des réveils douloureux. Au fond d'elle-même se tapit la certitude qu'il n'y a plus rien à espérer, que ses amis sont morts. Que Romuald et Théo lui ont menti pour l'aider à surmonter le traumatisme.

Elle s'est endormie tard, terrassée par la fatigue. Son sommeil a été peuplé de cauchemars, mais ils étaient encore préférables à cette réalité cruelle qu'elle n'est pas prête à accepter.

– Il va falloir que tu me fasses confiance. Même si tout ça te paraît complètement fou, tu dois faire exactement ce que je vais te dire. D'accord ?

Le ton anxieux de Théo la fait à nouveau paniquer. Elle le connaît assez pour savoir qu'il n'agit pas à la légère, que son comportement étrange doit avoir une explication. Mais laquelle ?

– Oui.

– Très bien. Tu vas te lever. On prend nos affaires… uniquement ce qui est indispensable. On sort ensuite de cette grotte le plus rapidement possible. Je t'expliquerai tout une fois qu'on sera dehors.

Malgré sa promesse, Dorothée secoue la tête en signe d'incompréhension. Elle se sent nauséeuse, groggy, et en vient même à se demander si elle n'est pas encore endormie. Puis elle relève le buste et parcourt la cavité du regard. Dans le coin opposé, elle distingue le corps immobile de leur compagnon de marche.

– Et Romuald ?
– Moins fort. Il reste ici.
– Tu me fais peur, Théo. Explique-moi ce qui se passe.
– Pas maintenant, je t'ai dit. On est en danger ici ! Il ne faut pas qu'il se réveille.

Son esprit est encore trop engourdi pour comprendre. « En danger. » Que veut-il dire ? Pourquoi devraient-ils s'échapper comme des voleurs alors qu'il fait encore nuit noire ?

Elle tente de se remémorer rapidement les événements de la soirée, comme pour chercher une logique à cette situation. Romuald s'est absenté durant plus d'une heure. Même si les portables n'avaient rien donné, il est revenu plutôt confiant : le chemin pris par le randonneur lui avait semblé dangereux mais praticable. Assez en tout cas pour qu'ils tentent leur chance.

Ils se sont couchés tôt. Théo, toujours aussi mal en point, a rapidement sombré. Malgré les calmants, elle-même a mis du temps à s'endormir, hantée par l'accident – images changeantes qui avaient pourtant toujours la même issue tragique.

Qu'a-t-elle loupé ? Que s'est-il passé à son insu ?

Sans faire de bruit, elle se lève puis enfile à la va-vite son pantalon et passe une polaire. Théo est en train de préparer les sacs. Elle constate qu'il les a vidés d'une partie de leur contenu, qui s'étale à même le sol. Elle se tourne vers Romuald. Il ne s'est toujours pas réveillé. Étrange... lui qui est toujours le premier debout, sensible aux moindres mouvements autour de lui. Quelque chose cloche.

– Viens !

Elle enfile prestement ses chaussures de marche et suit Théo à l'extérieur, non sans lancer un regard sur la grotte où, elle en est sûre, ses nuits la ramèneront souvent.

Dehors, un souffle glacial les accueille, gelant leurs corps et leurs oreilles. Dorothée prend conscience qu'elle n'est pas assez couverte. Pas le temps pourtant d'enfiler d'autres vêtements... Elle attendra qu'ils aient un peu avancé.

La nuit, épaisse et profonde, a absorbé la nature dans un grand trou noir. Début juin. Nouvelle lune. Dans le ciel piqueté d'étoiles, pas le moindre croissant pour guider leurs pas.

Théo sort de son sac une lampe de poche. La même que celle que Romuald a utilisée pour sonder la première grotte où ils ont dormi. Le faisceau lumineux – ridicule falot agité au bout de sa main – n'éclaire que quelques mètres devant eux.

– Reste collée à moi. Il ne s'agit pas de se casser une jambe maintenant !

Dorothée grelotte. Elle sent monter en elle une peur primale. Presque privée de la vue, tous ses autres sens sont en éveil. Le moindre craquement sous son pied la fait sursauter. La moindre ombre projetée par le faisceau de la lampe prend des allures de figure fantasmagorique. Le moindre caillou menace de la faire chuter.

Le froid... la peur... Elle marche en s'en remettant exclusivement à Théo, guide rassurant dans cet océan de noirceur. Elle doit lui faire confiance, accepter de lui obéir sans poser de questions. Du moins pour l'instant.

Très vite, elle s'aperçoit qu'elle n'a aucune notion du temps. Pour la randonnée, elle n'a pas cru utile d'emporter sa montre, et Romuald lui a pris son portable. Quelle heure peut-il être ? 4 heures ? 5 heures ? Elle croit se souvenir que, la veille, le soleil s'est levé un peu avant 6 h 30.

Théo ne parle pas. Malgré la purée de pois qui les entoure, il marche d'un pas trop rapide. Dorothée a l'impression d'être un cycliste dans la roue de son coéquipier qui se dispense de tout effort ou initiative.

Le chemin ne lui évoque rien. Le sens de l'orientation n'a jamais été son point fort. Elle tente de se remémorer leur marche, se souvient du ruisseau où ils ont fait une halte, puis des roches rougeâtres près desquelles ils ont aperçu le randonneur. Mais ensuite ? Tout se ressemblait tellement...

– Théo, tu vas mieux ?

Il se retourne à peine, sans s'arrêter.

– Ça va, ne t'inquiète pas pour moi.

– Quand est-ce que tu vas m'expliquer ce... ?

– Il faut encore marcher un peu. On ne s'est pas assez éloignés...

« Éloignés » de quoi ? De qui ? De Romuald ?

Une pâle lueur apparaît sur la montagne. Une lumière qui ne semble pas venir du ciel mais émaner des sommets eux-mêmes. Le jour naissant, auquel elle n'avait jamais prêté attention jusque-là.

Le paysage s'éclaire imperceptiblement. Le ciel à l'horizon est lamé de rose. Dorothée croit enfin reconnaître une grosse masse rocheuse sur sa gauche. Mais elle n'est sûre de rien.

Théo quitte le chemin principal et foule l'herbe humide de rosée. Son pas, apparemment si assuré dans la nuit trompeuse, paraît maintenant chancelant.

– On va s'arrêter un peu et manger quelque chose. Il faut prendre des forces.

Il défait son sac et en sort des barres vitaminées et le reste des tortillas. Dans la lumière du soleil levant, son visage apparaît : émacié comme s'il avait perdu plusieurs kilos en une seule nuit, plus blême qu'un mur de plâtre. Des cernes bleuâtres s'étalent autour de ses yeux et sa bouche est crispée en un rictus étrange.

Un visage d'agonisant.

– Mon Dieu, Théo ! Qu'est-ce qui t'arrive ?

Comme indifférent au mal qui le ronge, il continue d'étaler la nourriture au sol. Son apparence contraste douloureusement avec l'énergie qu'il déploie depuis leur départ précipité.

– Ne t'inquiète pas pour moi. Je tiens le coup !

Elle s'approche de lui et, affolée, pose une main sur son visage.

– Comment veux-tu que je ne m'inquiète pas ? Ton état a empiré depuis hier !

– Je sais… Mais j'ai résisté jusque-là et il n'y a pas de raison que ça change.

Dorothée se laisse tomber à terre. Une immense lassitude l'envahit soudain. Les larmes lui montent aux yeux mais elle fait tout pour les retenir. Elle doit se montrer forte, ne pas être un fardeau de plus pour Théo.

Il s'accroupit pour se mettre à sa hauteur.

– Écoute, Dorothée. Je te dois des explications, mais je ne sais pas bien par où commencer…

Elle plante son regard dans ses yeux éteints.

– Dis-moi simplement ce qu'on fiche ici et pourquoi on a dû partir en pleine nuit !

Théo soupire profondément.

– Tu te souviens de ce que je t'ai dit hier au sujet de Romuald ? Que j'avais l'impression qu'il faisait semblant de nous égarer… qu'il jouait avec nous ?

– Oui, mais...
– Les choses sont plus graves que ça, bien plus graves. Je ne t'ai pas dit toute la vérité.
– Je ne comprends pas...

Théo se remet sur ses jambes en s'aidant d'une main sur le sol, comme si sa position le fatiguait trop.

– J'ai commencé à me sentir mal dès samedi. J'étais en pleine forme jusque-là, tu le sais mieux que personne. En fin de matinée, j'ai ressenti de violentes douleurs au ventre qui n'ont cessé d'empirer. Jusqu'à me mettre dans cet état.
– Quel rapport avec Romuald ?

Théo lève son visage vers le ciel teinté d'une lumière pâle.

– Hier soir, je l'ai vu verser un produit dans mon verre.
– Oui, le médicament.
– Non, pas le médicament. Depuis le début, Romuald cache dans la poche de son sac un petit flacon rempli d'un liquide bizarre. Je ne m'en suis aperçu qu'hier, quand je cherchais la crème solaire. Je crois qu'il m'en administre depuis qu'on est partis. Il a dû en diluer dans ma gourde sans que je le voie.

Dorothée sent un souffle d'air effleurer sa peau. Elle tente de fixer ses pensées sur les paroles de Théo. Elle comprend chacun des mots qu'il prononce mais l'ensemble, lui, semble n'avoir aucun sens.

– Je crois que depuis trois jours Romuald m'empoisonne...

À cette dernière phrase, la peur de Dorothée resurgit. Incontrôlable, irrépressible. Une grosse larme roule le long de sa joue et vient saler sa bouche. Elle voudrait parler, mais les mots restent coincés au fond de sa gorge.

– Je ne sais pas ce qu'il utilise. Les effets ressemblent à ceux d'une intoxication alimentaire, mais je suis certain que c'est du poison.

Sans lui laisser le temps de réagir, Théo continue sur sa lancée.

– Je suis désolé, mais les mauvaises nouvelles ne s'arrêtent pas là. Je ne crois pas que Juliette et David soient tombés dans la crevasse par accident. Romuald est responsable de tout. Là encore, je ne sais pas précisément comment il s'y est pris, mais je suis sûr qu'il connaît ce parcours comme sa poche. Il a dû arpenter ce glacier dans ses moindres recoins. Il devait savoir où se trouvaient les passages dangereux, quels étaient les ponts fragiles. Je pense qu'il s'est débrouillé pour faire céder la neige sous leurs pieds et se détacher d'eux au bon moment…

Théo parle mais Dorothée ne l'entend plus. Un tressaillement agite son corps, tandis qu'elle éclate en sanglots.

Romuald, un assassin ? Ce garçon paisible avec lequel elle a si vite sympathisé… Non. Ça ne tient pas la route.

Et cette histoire de neige qu'il aurait fait céder… Un scénario improbable… Elle a vu la crevasse, le trou gigantesque… Elle a accusé Romuald, mais seulement pour son imprudence. Il n'a pas pris toutes les précautions, mais ça n'était qu'un simple accident. Imprévisible et tragique.

Théo s'est arrêté de parler. Dorothée pose ses yeux sur son visage. Ses joues caves, son teint plombé… Il n'est plus que l'ombre de lui-même. Repartir dans son état a été une folie.

La fièvre lui fait perdre la raison, c'est la seule explication plausible… La méfiance qu'il nourrit depuis le début à l'égard de Romuald a dû se transformer en véritable paranoïa.

Il a besoin de soins, et le plus rapidement possible. Le pire, c'est qu'en fuyant Romuald ils ont perdu leur meilleure chance de trouver des secours. Malgré toutes ses erreurs, il en sait cent fois plus sur la montagne qu'eux deux réunis.

– Qu'est-ce que tu as fait à Romuald ? Pourquoi est-ce qu'il ne s'est pas réveillé ?

Théo s'approche brusquement d'elle d'un air qu'elle juge menaçant.

– Quoi ! Tu t'inquiètes pour lui ? Ça fait trois jours qu'il m'empoisonne et tu t'inquiètes de son sort ! Bon sang, mais tu n'as rien écouté de ce que j'ai dit !

– Réponds-moi ! Qu'est-ce que tu lui as fait ?

Théo baisse la tête et explique d'un ton moins véhément :

– Hier soir… pendant qu'on l'attendait… j'ai réduit plusieurs cachets de Stilnox en poudre…

– Les somnifères ? Tu lui as filé des somnifères ?

– Je les ai mélangés à sa nourriture. C'est pour ça qu'il ne s'est pas réveillé.

– Combien ?

Théo la regarde désormais d'un air craintif tant la colère doit se lire sur son visage.

– Combien de somnifères a-t-il avalés ? insiste-t-elle en haussant brutalement la voix.

– Je ne sais plus ! Une plaquette entière, je crois.

– Une plaquette entière ? Mais tu es dingue, ma parole ! Tu l'as peut-être tué ! Qu'est-ce qui t'a pris ?

– Il respirait. Avant de te réveiller ce matin, j'ai vérifié qu'il respirait. Je suis sûr qu'il a repris conscience à l'heure qu'il est, qu'il s'est déjà lancé à nos trousses…

La lèvre de Théo tremble. Son élocution est devenue moins claire.

– Pourquoi ? crie Dorothée d'une voix éraillée. Pourquoi aurait-il fait une chose pareille ? Tuer David et Juliette, t'empoisonner... Ça n'a pas de sens ! Non, ça n'a pas de sens !

Et pourtant... Les paroles qu'elle a prononcées la veille à l'extrémité du glacier lui reviennent brutalement à l'esprit. « Jure-moi que David et toi n'avez rien à vous reprocher ! Que vous n'êtes pour rien dans les histoires qu'il a pu avoir. »

Elle regarde Théo recouvrir de ses mains la peau rêche et rugueuse de son visage.

– Je t'ai menti, Dorothée. Par omission, mais je t'ai menti. Il y a longtemps, je me suis mal comporté avec Romuald, très mal comporté. Je n'aurais jamais dû accepter cette invitation. Je n'aurais pas dû t'embarquer dans cette galère.

Dorothée se relève. *Lui laisser une possibilité de s'expliquer. Essayer de comprendre, de donner un sens à cette situation absurde.*

– Je ne veux plus de mensonges. Tu dois tout me raconter.

Théo acquiesce sans montrer de résistance.

– Je croyais que la page était tournée, que Romuald était passé à autre chose. En venant ici, je voulais faire la paix, me racheter.

– Te racheter ? Pourquoi ? Raconte-moi, Théo...

Le ciel au-dessus des montagnes est glacé de rose et d'or. Dans leur lutte fratricide, le jour l'emporte sur la nuit.

Dorothée se tait.

Prête à entendre ce qu'elle redoute pourtant.

– Il y a longtemps, quelqu'un est mort par ma faute.

6

Pas d'autre bruit que celui de la brise matinale qui vient effleurer leurs visages.

Le calme qui les entoure semble presque une incongruité en cet instant.

Ils se tiennent toujours immobiles, debout dans l'herbe perlée de rosée. Dorothée secoue la tête, lentement. Elle a écouté l'histoire de Théo dans un silence religieux, sans l'interrompre, sans marquer la moindre désapprobation. Mais la retenue qu'elle s'est imposée se fissure. Théo ne suscite plus en elle aucune pitié. Elle ne ressent plus que colère et incompréhension.

Deux ans… Elle a passé deux ans avec un homme qu'elle connaît à peine et qui se révèle sous son vrai jour, non par honnêteté ou courage, mais contraint par des événements tragiques. Et là se trouve l'origine de l'échec de leur couple. Il n'y a jamais eu entre eux de confiance suffisante. Elle ne connaît pas Théo. C'est aussi simple que cela.

– Comment… comment tu as pu faire une chose pareille ? Te comporter de façon aussi dégueulasse avec lui après ce qui est arrivé à cette fille ?

Théo se refuse à baisser les yeux. Il semble prêt à affronter tous les reproches du monde.

– C'était il y a si longtemps, Dorothée. Je ne suis plus le même aujourd'hui. J'ai fait de terribles erreurs et je les paie.

Elle lui jette un regard cassant.

– Non, tu ne paies rien du tout. Si Romuald essaie vraiment de se venger comme tu le dis, c'est Juliette et David qui ont payé pour toi. Ce sont eux qui sont morts hier, ne l'oublie pas !

Dorothée lève une main en l'air, comme si elle s'apprêtait à frapper Théo de rage, mais son geste reste suspendu.

– Je ne crois pas que tu aies changé. Tu t'es comporté comme un salaud avec Juliette, dès le premier jour. Pareil avec David. Toujours à essayer de le rabaisser.

Elle fait quelques pas pour s'éloigner de Théo. L'oxygène a du mal à emplir ses poumons. Elle se sent oppressée, trahie, trompée.

– « Des embrouilles... des histoires de drogue... » C'est ce genre de bobards que tu m'as sortis hier ! Romuald le dealer qui ne supportait pas que vous ayez du fric... Comment as-tu pu me mentir comme ça ? Et comment as-tu pu me demander de t'accompagner ici sans rien me dire ? Qu'est-ce que tu t'imaginais ? Tu pensais vraiment que Romuald voulait juste passer un week-end tranquille avec toi ?

– Tu me crois, alors ! Tu as laissé tomber la thèse de l'accident...

– Je n'en sais rien, bon Dieu ! La seule chose dont je sois sûre, c'est que je n'ai rien à voir avec tes histoires. Pourquoi est-ce que je devrais payer pour les conneries que tu as pu faire autrefois ?

– Je ne pouvais pas imaginer que les choses dérailleraient à ce point. Je voulais me faire pardonner, tu comprends ? Quand j'ai rencontré Romuald dans ce café, j'ai cru qu'une chance m'était donnée de me racheter. Comment imaginer qu'il péterait les plombs et qu'il se comporterait en véritable psychopathe ?

Théo a haussé le ton, mais cette véhémence passagère ne fait que souligner un peu plus sa position de faiblesse.

– Je suis tellement désolé. Je donnerais tout pour revenir en arrière…

Dorothée pointe vers lui un doigt contempteur.

– Mais je n'en ai rien à foutre de tes regrets ! Juliette et David sont morts par ta faute, parce qu'on ne devrait pas être ici aujourd'hui ! Imaginons que Romuald soit vraiment dingue et qu'il ait tout manigancé… Quand tu as vu qu'on se plantait de chemin, quand tu as appris que ce chalet n'était pas à lui, tu aurais dû t'apercevoir que quelque chose clochait. Et ton état ? Puisque tu n'es jamais malade, il ne t'est pas venu à l'esprit qu'il pouvait y être pour quelque chose ? Quant à cette rencontre dans le café, qui te dit qu'elle était fortuite ? Romuald a peut-être tout combiné depuis le début. Il a pu observer tes habitudes et se pointer au bon moment…

En dépit de la fraîcheur matinale, le front de Théo est déjà couvert de sueur. Il semble définitivement réduit au silence.

Dorothée n'a plus le courage de continuer à parler. Ni la force de continuer à avancer. Combien de temps encore vont-ils marcher à l'aveuglette ? Si ça ne tenait qu'à elle, il y a longtemps qu'elle serait étendue à même le sol, dans les herbes rêches, à attendre son sort, quel qu'il puisse être.

Comment Théo a-t-il pu accepter de partir en montagne avec un type qui avait toutes les raisons de le haïr ?

À présent, Théo lui fait peur. Elle le sent sur le point de perdre pied. Cette histoire de poison... totalement délirante ! Pourquoi n'a-t-il pas emporté avec lui ce flacon qui était la seule preuve tangible de la prétendue machination de Romuald ? Pourquoi, surtout, ne lui en a-t-il pas parlé quand il l'a découvert dans son sac la veille ?

Elle fait un effort pour se souvenir... Elle a vu Romuald préparer le verre de Smecta et elle est certaine qu'il n'a rien ajouté dedans. Mais peut-être n'a-t-elle pas si bien regardé que ça...

– Je suis fatiguée, finit-elle par murmurer dans un soupir. Je ne te demande qu'une chose : ramène-moi chez moi.

Théo s'approche d'elle en esquissant un geste vers son bras.

– Dorothée...

Mais elle le repousse en l'empêchant d'aller plus loin.

– Non, laisse-moi ! Je veux qu'on s'en aille d'ici. Tu entends ? Je veux rentrer chez moi !

*

Elle ne me croit pas. Elle n'a plus confiance en moi.

Deux phrases que Théo n'arrête pas de ressasser depuis qu'ils sont repartis.

La pire des punitions... La personne la plus importante de son existence ne croit pas un traître mot de ce qu'il raconte. Dorothée semble avoir davantage confiance en quelqu'un qu'elle connaît depuis moins de trois jours.

Théo a de plus en plus de mal à respirer et ses jambes se font lourdes comme du plomb. Toujours cette fatigue qui le dévore de l'intérieur... Mais ce n'est rien comparé à la sécheresse qui a élu domicile au fond de sa gorge.

Quoi que Romuald lui ait administré, le poison a fait son œuvre. Peut-être même a-t-il déjà franchi le point de non-retour. À supposer qu'ils arrivent à quitter cette montagne, rien n'assure qu'on pourra le sauver.

Aller simple pour l'enfer ?

S'il ne lui reste que quelques heures à vivre, il doit tout faire pour mettre Dorothée à l'abri, hors de portée de Romuald. Malgré elle, s'il le faut.

Depuis qu'ils ont emprunté le fameux chemin qu'a dû suivre le randonneur, son angoisse ne cesse de grandir. Le terrain, déjà peu engageant, est de plus en plus difficile. Des pentes rapides, où tout n'est que débris et encombrements de roches, sans végétation à laquelle se raccrocher en cas de chute. Des ravins escarpés et profonds qui donnent le vertige et que seuls des alpinistes aguerris doivent emprunter.

Romuald a un double avantage sur eux. Il est celui qui connaît le mieux la montagne et il a pu la veille explorer cette voie. À moins qu'il ne l'ait déjà fait avant l'expédition... Oui, Romuald s'est livré à un simple jeu... Il a toujours donné l'impression de s'adapter aux événements alors qu'il avait tout prévu dans le moindre détail. Le mauvais chemin, la présence fortuite de cette grotte où ils se sont abrités, la piste qui les a conduits sur cette partie dangereuse du glacier.

A-t-il bien fait de choisir cette direction ? N'aurait-il pas mieux valu continuer tout droit et essayer de rejoindre le parking ? Avec un peu de chance, c'est le pari qu'a fait Romuald. Peut-être n'est-il plus sur leurs traces. Un vrai jeu de poker menteur...

– Arrête-toi, j'ai un point de côté.

Théo se retourne. Dorothée appuie fermement sa main droite contre son ventre. Il fait un pas vers elle et la tire rudement par le bras.

– On ne peut pas s'arrêter. On marche depuis moins d'une demi-heure. Et à un rythme qui est beaucoup trop lent.

– Je m'en fous, il faut que je fasse une pause.

Elle s'écarte légèrement de la sente et s'appuie contre un rocher recouvert d'un tapis ras de mousse encore brillant d'humidité.

– Romuald est capable de marcher deux fois plus vite que nous ! Il ne doit plus être loin. Il faut qu'on s'éloigne davantage de lui !

– Avec la dose que tu lui as donnée, rien ne dit qu'il se soit réveillé. Rien ne dit non plus qu'il veuille nous poursuivre.

Il vient à son tour s'appuyer contre la paroi, jusqu'à se retrouver presque nez à nez avec Dorothée.

– Je ne te comprends pas. Comment peux-tu dire une chose pareille ?

Il s'interrompt et place une main sous son menton pour lui faire relever la tête.

– Regarde-moi, Dorothée ! Tu as vu ma gueule ? Tu crois vraiment que ça, c'est une coïncidence ?

Elle le fixe un instant et constate qu'en moins d'une demi-heure les cernes violacés se sont accentués sous ses yeux, contrastant avec son visage exsangue. La teinte de sa peau évoque un mauvais maquillage de cinéma, tellement blême qu'elle paraît factice.

– Je ne sais pas, marmonne-t-elle. Je n'en peux plus, je suis exténuée.

– Il faut que tu fasses un effort. Tu es perturbée, bouleversée par ce qui s'est passé. Mais ton corps, lui, est encore capable d'avancer pendant des kilomètres. C'est une question de volonté.

Dorothée tourne la tête, à l'évidence pour fuir son regard. *Ne pas la brusquer. La laisser retrouver son souffle pour la mettre en confiance.*

– D'accord, mais on ne s'arrête que cinq minutes.

Théo en profite pour défaire son sac et en sortir son smartphone. L'icône en haut à gauche de l'écran indique toujours « Réseau indisponible ». Celui de droite marque « 2 % ». Quasiment plus de batterie.

Il pianote « 112 » sur l'écran tactile.

« Appel en cours. »

Il pose le téléphone au plus près de son oreille.

Pas de tonalité.

Il jette un coup d'œil à l'écran et constate que le portable s'est éteint. Il appuie frénétiquement sur la touche circulaire, mais l'écran demeure désespérément noir.

– Putain de téléphone !

Qu'est-ce qui lui a pris de ne pas le recharger avant de partir ! Heureusement, il lui reste celui de Dorothée, qu'il a eu la présence d'esprit de récupérer.

Un portable de base, qui peut néanmoins leur sauver la vie. Dorothée passe son temps à se railler de tous ces types collés en permanence à leurs smartphone, tablette, iPod... incapables même d'aller pisser sans consulter leurs SMS ou leurs tweets.

Théo renouvelle l'opération, mais le téléphone cherche dans le vide.

« Échec de l'appel. »

Pas d'antenne... Pas de balises à proximité... Ou peut-être sont-ils trop encaissés.

Dorothée s'est assise contre la paroi pour se reposer. Il sort la gourde de son sac. Il l'agite rapidement et, à son grand désespoir, elle n'émet qu'un faible glougloutement. Sa gorge est aussi sèche que le lit d'un ruisselet au plus fort de l'été. Un goût amer émane du fond de sa bouche.

Ils n'ont pas croisé le moindre point d'eau sur leur chemin. Après avoir traversé un petit bois de sapins à la fraîcheur revigorante, le paysage s'est fait plus aride, plus sec. De la caillasse partout.

Aucun point de repère. Pas de cairns.

C'est à croire qu'ils sont les premiers êtres humains à emprunter cette voie.

Théo en vient même à douter de l'existence de ce randonneur. Après tout, Dorothée et David sont les seuls à l'avoir vu. Et David est influençable. Peut-être a-t-il prétendu l'avoir aperçu juste pour se rendre intéressant.

– On n'a presque plus d'eau. Tu veux finir la gourde ?

– Je n'ai pas soif. Tu peux la boire.

– Tu es sûre ?

– Vas-y, tu en as plus besoin que moi.

Il brandit la gourde au-dessus de sa bouche. Le mince filet d'eau qu'il avale ne fait que rendre sa soif plus mordante.

Trouver une source reste sa priorité. Le soleil est déjà haut dans le ciel et ils commencent à cuire pour de bon. Et dire qu'il a été assez stupide pour laisser une gourde à Romuald par peur de le réveiller...

– Il faut qu'on reparte.

Dorothée prend appui sur la roche pour se relever.

– Juste une chose..., poursuit-il. Ça ne te paraît pas étrange qu'en l'espace de trois jours on n'ait croisé personne sur notre route ?

– On a croisé quelqu'un : le randonneur...

– Justement… Est-ce que tu es vraiment sûre de l'avoir vu ?

Le visage de Dorothée se durcit.

– Depuis le début tu penses que je l'ai inventé ! Ce n'était pas une vision ou un truc dans ce genre… Je suis sûre de moi…

– D'accord, très bien. Je te crois mais…

Il s'interrompt et se fige sur place.

– Tu entends ?

Dorothée fronce les sourcils et prête vaguement l'oreille.

– Non.

– Mais si. Écoute bien.

Au loin, perçant le silence, un ronronnement…

Un bruit vague, à peine perceptible, dont il n'arrive pas encore à identifier la provenance.

Ils lèvent au même moment les yeux vers le ciel. Rien d'autre qu'une immense toile immaculée.

Impossible… D'où vient ce bruit ?

Des pales…

– Là ! crie-t-il en pointant un doigt en l'air.

Dorothée essaie de fixer la cible mais le soleil l'aveugle.

– Un hélico ! hurle-t-il en riant. On est sauvés… Bordel, on est sauvés…

7

À l'hôpital, tu as dû répondre à pas mal de questions.

Oui, pour ce que tu en savais, Théo était sous antidépresseurs, il buvait beaucoup et il lui arrivait de prendre de la coke ou de l'héro. De toute façon, les secouristes avaient trouvé la boîte de médocs à moitié vide sur sa table de chevet et la feuille d'alu dans le salon.

On t'a interrogé sur sa famille mais tu as été incapable de donner une adresse, un numéro de téléphone ou la moindre information exploitable.

Théo avait fait une intoxication médicamenteuse, et l'alcool qu'il avait ingurgité n'avait pas arrangé son affaire. Les médecins ont expliqué qu'il était brièvement tombé dans le coma. Ils ont parlé d'« obnubilation » et de « coma vigile », mais tous ces mots te sont passés au-dessus de la tête.

Il a failli mourir, te répétais-tu inlassablement. *Si je n'étais pas venu chez lui...*

Tu as pensé prévenir Claudia, mais tu n'avais pas le numéro des bonnes sœurs. De toute manière, mieux valait attendre pour ne pas l'affoler inutilement.

Mme Delcourt est arrivée à l'hôpital deux heures après votre ambulance. Tu ne t'es même pas demandé comment on avait fini par la contacter. Tu aurais pu la reconnaître entre mille tant sa ressemblance avec Théo était évidente. Elle était encore assez jeune – l'âge de ta mère peut-être –, mais un excès de maquillage, un tailleur trop habillé et une tendance à l'affèterie que la gravité de la situation n'avait pas entièrement gommée lui donnaient une dureté assez rare chez les gens qui ont juste dépassé la quarantaine. Tu retrouvais tout à fait le portrait que Claudia t'avait fait d'elle : bon chic bon genre et visiblement obsédée par les apparences.

Après avoir vu les médecins, elle s'est dirigée droit vers toi dans le couloir des urgences.

– Tu es Romuald ?
– Madame Delcourt ?

Théo lui avait donc parlé de toi – tu en as été un peu surpris. Elle n'avait pas pleuré mais son visage semblait porter les stigmates de la culpabilité. Le genre d'expression qu'on ne trouve que sur le visage de parents conscients d'avoir loupé quelque chose dans l'éducation de leur enfant.

– Ils disent qu'il va s'en sortir, que les choses auraient pu être bien pires si tu n'avais pas immédiatement prévenu le Samu.

Tu as craint qu'elle ne se lance dans des remerciements. Tu n'avais pas envie de jouer au héros. Objectivement, tu n'avais aucune part de responsabilité dans ce qui venait d'arriver, mais tu avais été un spectateur inerte, passif, trop complaisant pour avoir la conscience parfaitement tranquille.

Mme Delcourt a fait un mouvement pour s'asseoir sur une chaise en plastique, mais elle est finalement demeurée debout.

– Je savais que cela finirait par arriver…

Tu n'aurais su dire si elle se parlait à elle-même ou si elle engageait un vrai dialogue avec toi.

– Les médicaments, vous voulez dire ?

Elle a hoché la tête.

– Les médicaments... et le reste.

De quoi parlait-elle exactement ? De l'alcool ? De la drogue ? Des deux à la fois ? Tu doutais pourtant que les parents de Théo aient pu être au courant de son mode de vie. Surtout après la scène que lui avait faite son père simplement pour quelques notes qui avaient baissé.

– Je n'étais pas avec lui ce soir. Il s'est senti mal dans la journée et je suis passé pour voir comment il allait...

– Je sais. Tu n'as rien à te reprocher.

Mme Delcourt commençait à s'agiter et triturait son sac à main Gucci.

– Il faut que j'essaie de joindre son père... Je ne sais pas où il est, mais il faut que je le prévienne.

Il était 11 heures du soir et elle ignorait où était son mari ! Quel genre de couple pouvaient-ils bien former ?

Tu ne sais plus vraiment vers quelle heure vous vous êtes quittés. Mme Delcourt a réussi à te convaincre de rentrer, mais, au lieu de faire le mur pour tenter de rejoindre l'internat, tu as fini la nuit dans l'appartement de Théo, allongé sur le canapé. Les yeux perdus au plafond. Incapable de dormir.

*

La nouvelle de la tentative de suicide de Théo – car, étrangement, c'est cette version qui a supplanté celle de l'intoxication médicamenteuse – s'est répandue comme une traînée de poudre. Après tout, comme le principal intéressé était absent, chacun pouvait raconter ce qui lui passait par la tête pour participer à la construction d'une imaginaire vérité collective.

Le fait qu'il eût frôlé la mort n'a pas provoqué de vague de sympathie à son égard. Ça a même plutôt été le contraire. Sa tentative de suicide n'était-elle pas la preuve qu'il était vraiment tordu ? Durant les jours de convalescence de Théo, tu as entendu tant de choses désagréables et fausses à son sujet que ton esprit les a occultées, comme par nécessité de survie, parce qu'il te semblait que ces médisances te touchaient indirectement.

Théo a passé une semaine chez ses parents. Sa mère ne voulait pas le laisser seul et tu t'es senti bêtement mis à l'écart. Claudia t'avait donné leur numéro mais tu as attendu deux jours avant de l'appeler.

– Salut, mon vieux, comment tu vas ?

Sa voix semblait lointaine, grêle, tellement différente de celle qu'il avait d'ordinaire.

– C'est plutôt à moi de te poser la question.

Un souffle valétudinaire a sifflé dans le combiné.

– J'ai l'impression d'être en prison ici. Ma mère est tout le temps sur mon dos, elle ne me laisse pas respirer... J'ai hâte de pouvoir me barrer et de retourner à l'appartement. Claudia est passée ce matin...

– Je sais, je l'ai croisée à midi. Elle m'a dit que tu avais bonne mine.

– Je vais bien.

– Quand est-ce que tu reviens en cours ?

– Si ça ne tenait qu'à moi, je serais déjà revenu. Mais ça rassure mes parents d'attendre un peu.

Un silence. Tu n'aimais pas le téléphone. Tu ne savais déjà plus quoi dire. Les choses étaient pourtant si simples lorsque vous étiez face à face.

– Romuald...
– Oui ?
– Je voulais te dire... merci pour l'autre soir. Sans toi...

Tu as préféré le couper. Toujours cette gêne quand on abordait la question des sentiments et des sujets trop intimes.

– Je sais, Théo. Ne t'inquiète pas.

Un nouveau silence. Un soupir las.

– D'accord. Parle-moi un peu du lycée. Qu'est-ce que j'ai loupé ?

*

Claudia, elle, traversa une période étrange. L'incident qui avait failli coûter la vie à Théo l'avait ébranlée, bien sûr, mais tu sentais chez elle un détachement déroutant. Sa bonne humeur, son insouciance et sa légèreté s'étaient envolées. Tu la croisais un peu au lycée mais vos conversations tournaient court, se résumant à quelques banalités qui te froissaient. Il y avait dans son regard quelque chose de fuyant, d'instable, qui semblait traduire une volonté d'abréger vos rencontres. Tu avais l'impression que les jours passés avec elle et Théo à Noël n'avaient été qu'un songe et qu'elle redevenait pour toi une étrangère. Mais peut-être que, exagérément attaché à chacun de ses gestes ou de ses paroles, tu surinterprétais des détails d'un état passager.

Le lendemain de ta conversation avec Théo, tu t'es rendu compte que tu avais dû laisser chez lui des livres que tu n'avais pas trouvés dans ta chambre. Après les cours, alors que la nuit était déjà tombée, tu es allé à l'appartement près du square.

Tu n'as pas jugé utile de frapper, persuadé que tu n'y trouverais personne. Aussi as-tu été surpris de constater que la lumière du salon était allumée.
– Romuald ?
Tu ne l'avais pas vue en entrant. Claudia était allongée sur le canapé, dans la même position que toi la dernière fois que tu avais dormi là.
– Désolé... Je venais juste récupérer des bouquins.
Elle s'est rapidement levée, puis est venue te serrer dans ses bras – une familiarité qui contrastait avec la froideur dont elle avait fait preuve à ton égard. Tu as senti dans le rapprochement de vos corps quelque chose d'électrique qui t'a donné des frissons. Tout ton être était irrépressiblement attiré vers Claudia, et pourtant, à cet instant précis, tu éprouvais surtout une sourde colère, l'envie de la repousser, de la punir pour les sentiments qu'elle faisait naître en toi, tout autant que pour l'indifférence qu'elle t'avait jetée à la figure les derniers jours.
– Je suis contente que tu sois là. Je ne voulais pas rester seule ce soir... Je ne sais même pas pourquoi je suis venue ici.
Claudia et toi... réunis dans cet appartement qui avait sur vous l'effet magique d'un aimant, cénotaphe d'un bonheur éphémère et perdu.
– Tu as des nouvelles de Théo ?
– Je l'ai eu au téléphone. Ça va. Il m'a dit qu'il avait l'intention de revenir en cours la semaine prochaine.
Tu as fait quelques pas et t'es appuyé contre l'accoudoir du canapé.
– J'ai vraiment cru qu'il allait mourir l'autre soir.
– Je sais.
– J'étais là, assis sur le lit en attendant les secours. Je ne savais pas quoi faire. J'ai regardé son corps immobile comme... quelque chose d'encombrant...

Claudia s'est approchée et a posé sur toi ses yeux noirs.

– Tout va bien maintenant.

Cette remarque toute faite ne t'a pas plu. Non, tout n'allait pas pour le mieux dans le meilleur des mondes.

– C'est quoi, les médicaments que prend Théo ? Cette merde qui a failli le tuer ?

Elle a froncé les sourcils, étonnée.

– Je croyais qu'il t'en avait parlé…

À nouveau sa remarque t'a agacé.

– Non. Théo ne me raconte presque rien sur lui. Il est très fort pour cuisiner les autres, découvrir leurs secrets, mais pour le reste… Pas un mot sur sa famille, pas un mot sur son traitement… J'ai découvert les médocs le premier soir où j'ai dormi ici. Je crois qu'il sait que je les ai trouvés, et pourtant il ne m'en a jamais rien dit.

Claudia est venue s'asseoir sur un coin de la table basse, où traînaient un cendrier débordant de clopes et des verres que personne n'avait pris la peine de laver. L'appartement était devenu un indicible capharnaüm.

– Il est obligé de les prendre, depuis plusieurs années. Théo souffre d'impulsivité et de dépression.

Elle a fermé les yeux.

– Ça a commencé quand il était gosse. Il avait des troubles de l'attention, quelque chose d'assez fréquent… Mais tout s'est aggravé quand il est entré au lycée. Il prend des stimulants du système nerveux qui permettent de réduire les symptômes. Parfois aussi des antidépresseurs, quand il se sent vraiment mal.

– C'est pour ça qu'il se comporte comme… ?

– Comme quoi ?

– Tu le sais très bien…

Le ton que tu avais employé était dur.

– Il m'a raconté les crises de jalousie qu'il te faisait. Rassure-toi, j'ai droit à la même chose dès que je parle à quelqu'un qui ne lui revient pas...

– Il faut le prendre comme il est, on ne peut pas le changer... Il est malade, Romuald.

Tu t'es levé et, les mains dans les poches, tu as piétiné le parquet avec agitation.

– Ne lui cherche pas trop d'excuses. Il est peut-être dépressif, mais il peut se comporter comme un salaud. Il ne t'a pas raconté ce qu'il m'a fait subir à la fête chez Rachel, celle où tu n'es pas venue ?

– Non...

Son ton semblait sincère. Pourquoi Théo serait-il allé lui raconter un truc pareil ?

– Laisse tomber !

Elle s'est levée à son tour et a fait un pas vers toi.

– Qu'est-ce qui ne va pas, Romuald ? Je te sens en colère, contre Théo, contre moi... On s'entend bien pourtant, on passe de bons moments ensemble, non ? Il s'est passé quelque chose ?

Un klaxon a retenti dans la rue.

Tu n'avais pas prévu cette conversation avec Claudia. Tu t'es senti pris de court, confronté à des sentiments que tu avais jusque-là cherché à étouffer.

– Pourquoi tu es venue ici ce soir ? as-tu demandé avec agressivité.

– Je te l'ai dit...

– Non, je veux la vérité.

Tu as ostensiblement tourné ton regard vers le petit bureau à pente derrière le canapé, celui où Théo planquait sa marchandise.

– C'est pour ça, n'est-ce pas ?

Claudia a détourné la tête.

– Théo a failli mourir et tu ne trouves rien de mieux à faire que de continuer à t'injecter cette saloperie ? Je croyais qu'il n'en achetait plus !

– Si tu es venu pour me faire la morale, tu ferais mieux de te casser...

Tu n'avais pas utilisé les bons mots. Zéro en psychologie... Claudia était accro. Ce n'était pas en l'accablant comme tu le faisais que tu arriverais à la convaincre. Tu as gardé le silence, incapable de continuer à lui faire des reproches. Tu t'en voulais pourtant de capituler, de te montrer si faible avec elle. Tu avais envie de la prendre dans tes bras, de te perdre dans l'odeur de sa chevelure.

Ton mutisme a paru la radoucir.

– On ne va pas se fâcher, ça serait trop bête ! a-t-elle murmuré avec tristesse.

Elle était belle dans la pénombre de la pièce, semblable à un modèle peint en clair-obscur. Tu ne voulais pas passer à côté de ce premier moment de véritable intimité.

Tu t'es approché d'elle, presque inconsciemment, et tu t'es penché pour lui déposer un baiser sur la bouche. Le contact de vos lèvres t'a fait trembler.

Elle ne t'a pas repoussé.

Tu t'es senti fort comme tu ne l'avais jamais été.

Mais ton courage avait ses limites et tu ne t'es pas attardé, soucieux de ne pas la brusquer.

– Pourquoi tu as fait ça ?

Ses yeux s'étaient voilés d'un trouble coupable.

– À ton avis ?

Elle a détourné le regard, puis a posé une main sur ta poitrine – sans vouloir t'attirer ni te repousser pour autant.

– Ne joue pas à ça. Tu vas tout gâcher...

– Tout est déjà gâché de toute façon.

Elle a retiré sa main de façon brusque.

– J'ai une question à te poser, Claudia : est-ce que tu l'aimes vraiment ?

Elle a reculé d'un pas, comme si la distance physique pouvait abolir ce qui venait de se passer.

– Je n'ai pas envie d'avoir ce genre de conversation avec toi. Les choses sont peut-être compliquées dans ma relation avec Théo, mais... je n'ai pas à me justifier. On n'a qu'à tout oublier. Je ne lui parlerai pas de tout ça, c'est promis...

– Peu importe que tu lui en parles, je n'en ai rien à foutre. Je suis amoureux de toi. Tu m'entends ? Je t'aime. Et je crois que tu le sais depuis longtemps.

Un silence lourd est tombé dans la pièce. Ton accès de courage ou d'inconscience se diluait à la vitesse de l'éclair. Tu te sentais bête, honteux. Il te semblait que tu ne faisais plus le poids face à Claudia.

– Tu devrais t'en aller, Romuald.

Elle avait prononcé ces paroles sans colère, d'une voix calme et grave comme une basse de violoncelle. Même dans les moments les plus gênants, elle parvenait à faire preuve de tact.

Tu es sorti de la pièce sans un regard, entraînant son parfum dans ton sillage.

Tu as déposé ta clé sur la console de l'entrée. Tu savais que tu n'en aurais plus besoin. Et, pour la dernière fois de ta vie, tu as franchi la porte de l'appartement de Théo.

8

Un enchaînement de jours pâles et vides. Voilà ce qu'était devenue ta vie.

Les heures s'écoulaient sans rythme, sans saveur, tristes comme un lavis monochrome. Tu avais décroché au-dessus de ton bureau la photo que vous aviez prise à Noël et l'avais rangée dans un tiroir. Quelque chose s'était cassé, que rien ne pourrait venir réparer.

La nuit, alors que tu n'en avais jamais pris, tu avais besoin de somnifères pour trouver le sommeil. Le jour, tu te gavais de vitamines pour tenir le coup et trouver la force d'aller en cours. Tes notes se sont faites de plus en plus mauvaises. Moreau, qui avait placé de grands espoirs en toi en début d'année, a cherché quelquefois à te blesser dans ton amour-propre pour te faire réagir, puis il a fini par t'oublier et son indifférence ne t'a même pas touché.

À l'exception des maths, tu n'avais brillé dans aucune matière. Les autres profs ne te regardaient plus que comme une anomalie, un pauvre hère qui ne finirait probablement pas l'année.

Un matin, tu t'es aperçu qu'après six mois de cours tu ne connaissais pas le nom de la moitié des élèves. Depuis la rentrée, ta vie s'était résumée à ta relation avec Théo. Tu n'avais pas noué d'autres amitiés. On t'ignorait. Personne ne t'adressait vraiment la parole, ou simplement pour te saluer le matin, par pure politesse.

Tu ne croisais plus Claudia. Tu cherchais même à l'éviter. Fortuitement, tu l'as vue une après-midi penchée sur la rambarde du premier étage, emmitouflée dans un élégant duffle-coat qui lui donnait des allures d'étudiante anglaise des années soixante. La voir t'a fait venir les larmes aux yeux. Tu as détourné le regard et poursuivi ton chemin, les poings serrés.

Comme il l'avait annoncé, Théo est revenu au lycée le lundi matin. Tu avais surpris encore quelques conversations le concernant, sans y prêter vraiment d'attention. Il t'attendait devant ta salle et est venu t'embrasser. Il avait affreusement maigri. Son visage était hâve. Ses yeux avaient perdu de leur éclat, mais aussi de leur dureté naturelle.

Tu n'as rien noté d'étrange dans son attitude. Claudia avait dû garder pour elle la scène du baiser et, l'espace d'un instant, tu t'es pris à le regretter. Il ne t'a pas plus parlé de la clé que tu avais laissée chez lui. Mais l'avait-il seulement remarquée ?

Vous avez échangé quelques paroles. Tu ne te sentais plus capable de mener une vraie conversation avec lui et tu n'as pas fait d'effort particulier pour cela. En le revoyant – et ce n'était pas seulement son changement physique, cette maigreur morbide qui étaient responsables de la chose –, tu as compris que la page venait de se tourner avec Théo : l'admiration, l'agacement, l'irritation, l'envie – mais peut-être aussi une forme de jalousie qui n'avait jamais osé dire son nom –, tous les sentiments contradictoires qu'il avait fait naître en toi semblaient avoir laissé place à de l'indifférence.

Pas de lente métamorphose, de glissement imperceptible, de désaccoutumance progressive... Une disparition brutale de désir et de besoin.

– Tu veux qu'on aille prendre un verre tout à l'heure ? a-t-il demandé alors que la sonnerie des cours retentissait.

Tu as dodeliné de la tête.

– Je ne sais pas. J'ai plein de boulot. Je me suis encore fait sacquer en maths.

Il a eu l'air déçu.

– Je comprends. Demain, alors ?
– D'accord.
– Je pourrais demander à Claudia de venir...
– Je préférerais qu'on se retrouve un peu seuls.

*

Durant les jours qui ont suivi, vous avez essayé tous les deux de reprendre votre vie d'avant. Par un étrange effet de vases communicants, Théo recouvrait des forces tandis que tu t'enfonçais dans une déprime poisseuse, une indolence invasive.

Tu trouvais toujours des excuses pour ne pas te rendre dans son appartement, par peur d'y croiser Claudia. Tu mentais mal, mais Théo ne semblait plus aussi attentif que naguère à te démasquer. Le menteur appliqué est aussi peu crédible que le nonchalant – tu n'avais jamais su trouver un juste milieu et, en somme, Théo avait toujours lu clairement en toi.

Il n'a jamais évoqué son overdose médicamenteuse. Tu n'as pas su ce qui, des cachets, de l'alcool ou de la drogue, avait failli lui coûter la vie. Le mélange des trois, sans doute. En fait, vous ne parliez de rien de sérieux, les sujets essentiels étant toujours maintenus artificiellement à distance.

Un vendredi, vous êtes rentrés tard d'une soirée dans un pub. Un moment de pure détente où tu avais presque fini par oublier Claudia et tes dissimulations. La nuit était glaciale. Comme à ton habitude, tu étais trop peu couvert et tu as attrapé froid. Au réveil, tu t'es senti grippé mais tu n'as pas trouvé utile d'aller consulter un médecin. Tu t'es gavé d'aspirine et de vitamines.

Le lendemain, tu n'as pas vu Théo. Tu as imaginé qu'il avait dormi trop tard pour aller en cours. Mais le soir, vers 19 heures, il a frappé à la porte de ta chambre. Théo ne venait qu'à reculons à l'internat. Il exécrait toute forme de vie en communauté et regardait d'un œil distant les traditions qui le régissaient.

Aussitôt entré, il a sorti une cigarette de sa poche.

– On ne peut pas cloper ici, il y a des détecteurs de fumée.

– Merde ! C'est pire que dans la cellule de Claudia !

Tu as craint que la conversation ne dévie sur elle, mais Théo s'est assis sur le lit et a reposé sa tête contre le mur. Tu as toussé bruyamment.

– T'es malade ?

– J'ai attrapé froid hier…

– Tu as vu comment tu étais habillé !

Tu as ouvert le placard de la chambre, où tu stockais boissons et nourriture.

– J'ai du Coca, si tu veux.

– T'as rien de plus corsé ?

– Non.

– Un Coca alors…

Tu lui as tendu une cannette.

– J'ai un service à te demander, Romuald.

Tu as compris au ton de sa voix que ce service n'allait pas te plaire. Théo savait sortir ses manières doucereuses quand il était sur le point de se mettre dans la position, rare chez lui, de débiteur.

– Je voudrais que tu gardes un truc pour moi. Ma mère est passée à l'appartement et elle a piqué une crise quand elle a vu le bordel. Elle veut m'envoyer sa femme de ménage. C'est une maniaque, elle va fourrer son nez dans tous les recoins.

Il a ouvert son sac et en a sorti un sachet transparent rempli de poudre blanche.

– Je n'ai pas envie qu'elle tombe là-dessus.

Cocaïne ou héro ? Ça n'était pas l'essentiel. Tu n'en avais jamais vu autant. Dans le bureau de son appartement, il n'y avait jamais eu que quelques grammes, de quoi se faire quatre ou cinq shoots.

– T'es dingue ! Combien il y en a ?

Il a soupesé le paquet, comme s'il évaluait devant toi la quantité en sa possession.

– Cinquante grammes.

– C'est de la folie, Théo ! Tu avais juré que tu n'en achèterais plus. Tu ne vas pas me dire que vous avez l'intention de consommer ça ?

Il t'a rabroué d'un geste de la main.

– Qu'est-ce que tu crois ? Ça n'est pas pour Claudia ! Ça fait au moins dix jours qu'elle est clean…

Tu étais atterré par sa naïveté. Il ignorait donc qu'elle était allée chez lui pour obtenir sa dose. Cela dit, vu ce qu'il avait traversé, il était peu probable qu'il ait vérifié les maigres quantités de coke et d'héro qu'il avait encore dans son bureau.

– J'ai l'intention de la revendre…

– La revendre ! C'est une blague ? Tu deales maintenant ?

– Tout de suite les grands mots ! C'est un coup unique, une occasion que je ne vais pas manquer. Je peux me faire une montagne de fric avec ça.

Coup unique ou pas, il avait donc bien l'intention de dealer. Tu as repensé à ce que t'avait raconté Claudia sur l'origine de son argent : les différents comptes que lui avait laissés sa grand-mère et qu'il dilapidait mois après mois. Était-il déjà à sec ? Tu l'imaginais mal en tout cas demander à ses parents de le renflouer pour lui permettre de continuer à mener grand train.

– Comment tu te l'es procurée ?

– Je préfère que tu ne saches pas. C'est mieux comme ça.

– Et tu t'imagines que je vais garder la dope dans ma chambre ?

Il a pris un air faussement humble.

– Il n'y a aucun risque pour toi. C'est l'histoire d'une ou deux semaines au plus. Le temps que ma mère me lâche la grappe et que je ne risque plus rien à l'appart…

Tu n'as même pas pris le temps de peser le pour et le contre. Par lassitude et facilité, tu n'avais pas envie de t'opposer à lui.

– Une ou deux semaines, pas plus. Je n'ai pas envie d'avoir de problèmes. Les choses sont déjà assez compliquées pour moi en ce moment.

Il s'est agité sur le lit en riant.

– Je savais que je pouvais compter sur toi ! Rassure-toi, tu auras ta part. On va se faire du fric, je te dis !

*

Le lendemain, il a plu sans interruption.

Un crachin pénétrant avait enveloppé la cour. Les glycines semblaient avoir perdu leur couleur et pendaient en grappes molles le long des treillis, près des bancs décatis.

C'est cette image déprimante du lycée que tu garderais lorsque, la nuit, tes rêves t'emmèneraient dans ce lieu qui avait été le théâtre de tes plus grands bonheurs et de tes plus amères déceptions.

L'état grippal que tu couvais s'est aggravé. Tu te traînais et n'as rien pu avaler de la journée. C'est en proie à une fébrilité intense que tu as regagné ta chambre en fin d'après-midi.

Tu as passé une grande partie de la nuit à délirer, une nuit interminable qui t'est apparue comme l'une des plus pénibles de ton existence. Vers 3 ou 4 heures du matin, totalement déshydraté, tu t'es levé tel un somnambule pour aller boire dans la salle de bains de l'étage. Tu y as croisé un interne dont le nom t'échappait. Il a eu l'air effrayé par la tête que tu affichais. Tu es retourné te coucher en proférant quelques paroles incompréhensibles.

Le lendemain, tu t'es réveillé tard et tu ne sais pas où tu as trouvé la force de te lever. Tu as passé la matinée dans un épais nuage, torpide, effondré sur ta table au fond de la classe.

À midi, sitôt les cours terminés, tu es directement retourné dans ta chambre, où, enveloppé dans une couverture et le chauffage poussé à fond, tu as dormi six heures d'un bloc. Tu aurais pu en dormir vingt d'affilée si on n'avait frappé à ta porte avec insistance.

C'était Matthieu, ton voisin.

– Salut... muald... t'arrive ? a-t-il marmotté en te dévisageant.

Tu devais vraiment avoir une sale tête pour que le type le plus indifférent du monde ait remarqué quelque chose.

– ... pas l'air bien... veux que j'appelle quelqu'un ?

– Qu'est-ce que tu veux ?

Une clope ? Un livre ? De la monnaie pour le distributeur ? Tu ne sais pas. Sa réponse t'a échappé.

– ... vais quand même appeler quelqu'un, a-t-il conclu d'un air décidé.

Après ça, tu ne te souviens plus de grand-chose.

Une heure plus tard, un médecin était à ton chevet.

*

L'état grippal non soigné que tu traînais depuis une semaine avait dégénéré en pneumonie.

Tu es resté trois semaines alité. Le médecin venait tous les deux jours à Bel Azur vérifier ton état qui a empiré durant la deuxième semaine, où le thermomètre n'est presque jamais descendu en dessous des trente-neuf degrés.

De cette période, tu gardes le souvenir de longues journées au contour imprécis et aux repères temporels brouillés. Tu dormais le plus souvent, mais tu passais aussi beaucoup de temps plongé dans une rêverie étrange, pas vraiment désagréable. Bien que malade, tu te sentais désincarné, comme si tu n'étais plus qu'un esprit flottant dans cette chambre de huit mètres carrés. Pendant tes moments de vraie lucidité, tu songeais un peu à Théo et à Claudia, mais ils étaient devenus des êtres lointains qui ne suscitaient plus en toi d'émotions particulières.

Alors que tu étais au plus mal, Théo est passé à Bel Azur. Il n'a pas voulu te réveiller, mais il est resté un long moment avec ta mère, qui lui a offert du thé antillais, breuvage de sa spécialité qui n'avait de thé que le nom puisqu'il s'agissait d'un cocktail à base de jus de pomme et d'alcool. L'alcool, toujours l'alcool.

Même chez toi, en pleine journée, la perfide perfusion continuait de couler dans les veines de Théo.

Il t'a laissé un mot qu'il a écrit sur la table de la cuisine.

Quelques semaines auparavant, tu aurais sans doute eu honte que Théo vienne à l'appartement, mais à présent tu te moquais qu'il voie les rideaux démodés, les meubles sans charme et les bibelots ridicules de ta mère.

> *Mon vieux,*
> *Je suis passé prendre de tes nouvelles. Les rôles sont cette fois inversés... J'aurais peut-être dû téléphoner avant mais j'espérais te faire une surprise. Je ne pensais pas que tu allais si mal.*
> *Claudia demande sans cesse de tes nouvelles. Tu lui manques. Tu me manques aussi. J'ai envie qu'on se retrouve comme avant. Je commence à trouver le temps long sans toi,*
> *Théo*

Tu aurais voulu l'appeler, mais le simple fait de décrocher le combiné t'apparaissait comme une épreuve. Il te semblait que ta profonde léthargie était devenue un état permanent.

Deux jours après sa visite, tu t'es néanmoins promis de lui passer un coup de fil dans la journée.

Tu n'as pas eu à le faire.

Vers 14 heures – ta mère était sortie et tu étais seul dans l'appartement –, la sonnerie du téléphone a brisé le silence. Vous n'aviez pas de répondeur et il aurait pu sonner indéfiniment si tu ne t'étais pas traîné jusqu'au salon.

– Allô...

– Romuald ?

C'était Théo. Il était en pleurs. Une voix étranglée, déchirée.

– Théo, qu'est-ce qui se passe ?

– C'est Claudia…

Durant une fraction de seconde, tu as songé à leurs scènes et à ses crises de jalousie. Oui, ce devait être ça… Une énième dispute, une nouvelle phase de dépression. Théo allait mal et il avait besoin de te parler… Il se tournait vers toi parce que tu l'avais déjà sauvé et que, au fond, tu étais son seul véritable ami, la seule personne en qui il eût confiance.

– C'est Claudia, a repris la voix étouffée. Elle est morte.

Le sens de ses paroles n'a pas franchi la barrière de ton cerveau. Tu étais encore dans le coaltar, vaseux.

Plus tard, tu devrais songer que la mort par téléphone a quelque chose d'irréel – l'éloignement physique, la voix retranscrite par de simples ondes donnent l'impression d'un mauvais canular.

– Quoi ? (Mais tu n'as pas prononcé ce « quoi » avec horreur ou étonnement, il n'était qu'une simple cheville destinée à remplir le silence.) Qu'est-ce qu'il y a, Théo ?

– Elle est morte, je te dis. Claudia est morte.

Il criait désormais, mais son cri était noyé sous les sanglots et il ne te semblait pas que répéter les mêmes mots rendait la chose qu'ils désignaient plus tangible.

Tu as levé les yeux au plafond et, enfin, les mots ont fait sens en toi.

Le sol s'est dérobé sous tes pieds.

9

– Au secours ! On est ici !

Dorothée s'époumone en agitant désespérément les bras. Elle sautille sur place en fixant dans le ciel la tache noire de l'hélicoptère qui, malgré le bruit des pales, n'est à cette distance qu'un point insignifiant.

– Ça ne sert à rien de hurler, fait remarquer Théo, ils ne peuvent pas nous entendre. Ne fais pas de gestes désordonnés comme ça ! Mets tes bras en V. C'est le seul signe qui peut leur faire comprendre qu'on a besoin d'aide.

Vu sa trajectoire, Théo comprend que l'hélico – sans doute le ravitaillement hebdomadaire d'un refuge ou d'un chalet de montagne – ne passera pas au-dessus de leurs têtes. Il vole en direction du glacier, à l'opposé de l'endroit où ils se trouvent.

Une chose est sûre : sa présence n'a rien à voir avec des secours lancés à leur recherche. Personne n'a été informé de leur expédition. Si, Dorothée en a bien touché un mot à ses parents, mais elle n'a même pas précisé le nom du village ni celui de la vallée où ils devaient séjourner.

De toute façon, ils sont partis pour trois jours et ne doivent revenir au chalet que le lundi dans la soirée. Même si quelqu'un les attendait, ce serait trop tôt pour qu'on s'inquiète pour eux. Quant à l'accident de Juliette et de David, personne ne peut être déjà au courant. À supposer qu'aucun d'eux ne rentre vivant, il faudra des jours avant qu'on cherche à les localiser…

– Ils ne nous voient pas ! se lamente Dorothée. Ils continuent leur route comme si de rien n'était…

Poussé par l'adrénaline, Théo se met à escalader quelques rochers en bordure du chemin pour prendre de la hauteur, mais ses limites physiques se rappellent vite à lui et il est obligé de stopper son ascension après quelques mètres. Utilisant une roche comme promontoire, il lève les bras haut vers le ciel et ce simple mouvement lui provoque des douleurs articulaires insupportables. Si pour eux l'hélico n'est qu'un point noir à l'horizon, comment le pilote pourrait-il distinguer leurs silhouettes ?

Une idée, bon sang, une idée !

Pas de stylo lance-fusée… La lampe torche ne servirait à rien en plein jour… Même pas de sifflet… Il n'a pas le moindre matériel approprié.

Être vus. Il doit bien y avoir un moyen pour attirer leur attention.

Un feu ? Même pas la peine d'y penser. Son briquet n'a plus de butane et le temps lui manquerait évidemment.

Il doit trouver mieux. Pas un feu mais un signal lumineux tout de même.

– Dorothée !

Le bruit de l'hélico couvre un peu sa voix. La jeune femme ne lui prête aucune attention et continue ses gestes désespérés.

Il hurle son nom. Elle se retourne enfin, le regardant d'un air interrogateur.

– Ton miroir de poche, tu l'as toujours ?

– Oui…
– Passe-le-moi, vite ! C'est peut-être notre seule chance.

Un peu hébétée, elle farfouille rapidement dans son sac pour en tirer un petit miroir de poche en écaille.

– Donne !

Les mains tremblotantes, Théo ouvre le couvercle, cherche le soleil et tente d'orienter le miroir en direction de l'hélicoptère. Il agite légèrement la glace pour créer un éclat visible de loin.

Quelques secondes d'attente interminables…

Un moment suspendu où l'espoir peut mourir aussitôt né comme les libérer de leur cauchemar…

Il ferme les yeux une fraction de seconde. Il imagine déjà l'appareil survolant leur position. Tournoyant au-dessus de leurs têtes. Dorothée et lui installés dans l'hélicoptère, en sécurité, s'éloignant pour toujours de cette montagne maudite…

– Il change de direction ! crie Dorothée.

Théo ouvre les yeux. Il sent son cœur battre à en rompre sa cage. Une sueur glacée couvre son front. Non plus un symptôme de la maladie, mais la manifestation d'un espoir insensé… *Ça marche, bon sang, ça marche !*

L'hélicoptère amorce lentement un virage dans le ciel.

Mais cette impression ne dure qu'un instant. L'appareil se contente de dévier légèrement pour mieux suivre le vallon étroit et rapide qu'ils ont emprunté la veille pour atteindre le glacier.

Deux heures avant, ils auraient été pile sous son passage.

– Non ! vocifère Dorothée. Ils ne nous ont pas vus !

Encore quelques secondes et l'hélicoptère disparaît définitivement derrière les montagnes tachetées de névés. Le bruit entêtant des pales s'estompe, puis s'évanouit, laissant retomber alentour un silence angoissant.

Théo baisse le miroir, qui lui échappe. La glace se fend net sur une pierre.

Il lève le regard. Dorothée a toujours les mains tendues dans les airs comme s'il demeurait un espoir qu'on les aperçoive. Ses bras finissent par retomber le long de son corps dans un geste d'abattement absolu.

– C'est foutu, gémit-elle d'une voix rauque, on ne s'en sortira jamais !

Machinalement, Théo ramasse le miroir à ses pieds et descend les quelques malheureux rochers qu'il a eu la force de gravir.

On ne s'en sortira jamais.

– Tiens. Désolé, je l'ai cassé.

Dorothée le fixe d'abord d'un regard vide. Puis elle avise le miroir entre ses mains. Elle le saisit d'un geste rapide et, poussant une plainte rageuse, le lance de toutes ses forces contre la roche.

Théo se plante devant elle sans lui laisser le temps de reprendre son souffle. Ne pas la laisser glisser sur la pente du découragement.

– Rien n'est foutu, Dorothée. Si cet hélico ravitaillait un refuge, il est probable qu'il va repasser bientôt... Et même s'il ne revient pas on doit continuer. On marche depuis plus de deux heures. On finira bien par rejoindre une vallée en continuant à descendre. Et plus on se rapproche, plus on aura de chances que le portable fonctionne...

Dorothée se laisse aller à terre et enfouit sa tête entre ses genoux, jusqu'à faire complètement disparaître son visage.

– Je te promets que je vais te tirer de là, tu m'entends ? On va s'en sortir, on va s'en sortir…

*

Ils ne sont plus désormais capables que de marcher au ralenti. Impossible de savoir qui de Dorothée ou de Théo soutient l'autre. Ils ressemblent tous deux à des âmes en peine, égarées au milieu d'un paysage désolé.

Malgré l'espoir de revoir l'hélicoptère, Théo a refusé de faire demi-tour. Ils étaient désormais trop loin et le risque de tomber sur Romuald lui paraissait trop grand.

Pourquoi n'avait-il pas suivi la même route qu'à l'aller ? Un terrain connu, balisé, où ils auraient peut-être fini par croiser des randonneurs. Une route du moins qui conduisait quelque part…

Dorothée maintenant garde le silence. Elle n'a plus émis la moindre objection. Ce qui ne veut pas dire qu'il est parvenu à la convaincre. Elle semble toujours sur la défensive, l'observant avec circonspection.

De l'eau, de l'eau…

C'est à devenir dingue ! Durant leur ascension, il ne s'est pas passé une heure sans qu'ils croisent un torrent, une source ou un simple filet d'eau ruisselant entre les roches. Puis plus rien.

Pas d'arbres. Pas d'ombre.

La réverbération permanente du soleil sur des surfaces arides. Une nature morte et dépouillée.

Théo sent des larmes salées lui embuer les yeux. Sa langue enflée l'empêche d'avaler sa salive. Son corps s'est asséché comme un vulgaire animal en cours d'empaillage.

Le paysage n'est plus qu'une immense étendue jaunâtre et brûlée.

Ils ne font que descendre mais rien ne leur donne l'impression qu'ils s'approchent de leur but. La nature autour d'eux est uniforme, atone.

Une éternelle répétition.

Un supplice de Sisyphe..

Par moments, Théo croit entendre des voix. Des murmures incompréhensibles, semblables à une langue étrangère qui déstabilise lorsque, malgré tous ses efforts, on ne peut en saisir le moindre mot. Au début, il pensait même que Dorothée lui parlait.

La fièvre, sans doute…

Le poison délétère qui faussait sa perception et ses sens…

Méfie-toi d'elle…

La voix. Si réelle. Si proche.

Dorothée. Elle ne croit pas à ton histoire. Elle ne te suivra pas.

Non, elle est de mon côté. Elle sait qu'elle est en sécurité avec moi.

« En sécurité » ! Vous n'avez aucune chance de vous en sortir. Vous allez finir comme Juliette et David, au fond d'un trou.

Assez ! Assez !

De l'eau ! J'ai besoin d'eau !

Le soleil accablant sur son front.

Ses jambes qui vacillent. Son esprit qui dérive…

Ses yeux qui se ferment sous le poids de la fatigue…

Théo, arrête-toi !

La voix à nouveau… La voix lui parle…

– Théo !

Il ouvre les yeux brutalement. Un torrent de lumière inonde ses pupilles. Il lui faut un moment pour réaliser que c'est Dorothée qui s'adresse à lui.

Qu'il n'y a pas de voix.

Qu'il est toujours sur le même chemin écrasé sous le soleil.

– Il faut marcher, répond-il, déboussolé, on ne peut pas encore faire une pause.

Dorothée lui secoue l'épaule.

– Je ne veux pas faire de pause. Regarde là-haut !

Il tente de chasser les points qui voltigent devant ses yeux. La vue lui revient au bout de quelques secondes.

Dorothée désigne derrière eux en amont, en haut des crêtes dentelées entremêlées d'immenses débris, un point minuscule qui se détache d'un rocher.

Une silhouette.

Un homme.

– C'est lui ?

Les jumelles. Il a eu l'intelligence de les embarquer.

– Attends…

Dans un état second, Théo prend la paire de Romuald dans son sac. Il ajuste l'écartement des oculaires et cible les hauteurs. Le paysage grossi l'étourdit et manque de lui faire perdre l'équilibre. D'un doigt, il fait tourner la bague de mise au point des lentilles.

Romuald.

Immobile sur une avancée rocheuse. Dominant la sente qu'ils ont empruntée.

– C'est lui !

Déjà si proche… Malgré la dose de Stilnox qu'il lui a administrée… De quoi assommer un bœuf.

Ce type n'a donc aucune limite physique… Il n'a pas montré le moindre signe de fatigue depuis le début du voyage.

Bien sûr, il a fait le même pari qu'eux et a décidé de suivre le chemin le plus dangereux.

Théo regarde sa montre. Il essaie de calculer le temps qu'ils ont mis pour accomplir la distance qui les sépare de Romuald, mais les aiguilles du cadran lui paraissent langue morte. La fatigue a réduit son cerveau en bouillie. Lui, l'analyste quantitatif, n'arrive même pas à faire un calcul enfantin !

Quelques secondes de concentration encore…

Si, comme il le pense, Romuald peut marcher deux fois plus vite qu'eux, il leur reste désormais moins de vingt minutes d'avance.

TROISIÈME PARTIE

1

– Tu crois qu'il nous a vus ?

Théo ne se sent plus le cœur de jouer la comédie.

– Bien sûr qu'il nous a vus ! Il n'est pas aveugle.

L'apparition de Romuald l'a sorti de sa léthargie. La peur lui donne un coup de fouet.

Dorothée lui arrache la paire de jumelles des mains et cible à son tour la silhouette perdue à l'horizon.

– Ça y est, je le vois ! Pourquoi est-ce qu'il ne bouge pas ?

– Je n'en sais rien. J'imagine que lui aussi a besoin de faire des pauses.

Foutaises... Il sait très bien pourquoi Romuald reste immobile. Il les guette comme un chasseur qui laisse à ses proies une avance illusoire. Il se délecte du pouvoir qu'il a sur eux, de la peur qu'il suscite.

Une ultime pause avant que sonne l'hallali.

Il doit se rendre à l'évidence. Après l'« accident » de Juliette et de David, Romuald aurait pu aisément se débarrasser d'eux. Rien n'aurait été plus simple, vu son délabrement physique, que de les pousser du haut d'une crête périlleuse au retour du glacier.

Non, il prend son temps. Il joue avec leurs nerfs.

Leur fuite matinale a dû être un contretemps fâcheux mais elle a peut-être aussi pimenté son scénario, l'obligeant à s'adapter à une situation imprévue, à imaginer une nouvelle fin pour eux. En s'échappant, ils ont certes gagné une manche, mais la lutte est loin d'être terminée…

– On va abandonner un sac. Ça ne sert plus à rien de trimballer toute cette charge inutile. Gardons juste le strict nécessaire : les gourdes et un peu de nourriture.

Il aide Dorothée à se débarrasser de son sac de randonnée. Il le pose à terre et en vide rapidement le contenu.

Barres vitaminées, nourriture lyophilisée, céréales, lampe, médicaments, pulls, couvertures… Ces provisions lui paraissent à présent dérisoires.

Il fait un tri rapide, abandonnant les objets les plus encombrants et fourrant le reste dans son propre sac.

– Vérifie les poches, qu'on n'oublie rien d'important. Bon sang ! Où est passé ton portable ?

– C'est toi qui l'as gardé.

Théo porte la main à sa cuisse et sent à travers la toile du pantalon le boîtier dur du téléphone.

Étrangement, il a fallu l'apparition de Romuald en haut des roches pour qu'il imagine vraiment leur confrontation. Deux contre un… Ils ont peut-être l'avantage du nombre, mais Dorothée et lui sont dans un état pitoyable, incapables de se défendre.

Et puis, qui dit que l'autre dingue n'a pas planqué une arme depuis le départ ? Théo a bien fouillé son sac la veille en cherchant la crème solaire, mais il a très bien pu dissimuler un flingue dans son pantalon de marche.

Non, le flingue ne colle pas avec son plan… Romuald a besoin de faire croire à un accident de montagne. Pour s'en sortir, il doit se débarrasser d'eux de façon *naturelle*, certainement pas en leur logeant une balle dans le crâne.

Enfin, comble de tout, rien ne les relie à Romuald.

Personne ne les a vus ensemble, à l'exception de ce randonneur fantôme. Seule Juliette s'est rendue au village le vendredi, et elle n'est pas du genre à taper la discute avec des inconnus. Aucune chance qu'elle ait parlé à qui que ce soit de leur balade.

Il y a bien le chalet qu'il a loué, mais il n'est pas assez stupide pour l'avoir fait sous sa véritable identité. S'il a préparé son plan des semaines à l'avance, il a dû penser à tous les détails qui pourraient le compromettre. Leur histoire se résumera à une banale virée en montagne qui a mal tourné.

Théo songe brièvement au couteau suisse qu'il a rangé dans sa poche, à portée de main. Il n'a rien d'autre pour se défendre... Un malheureux couteau suisse.

– Regarde ce que j'ai trouvé. C'est quoi ce téléphone ?

Dorothée tient un petit boîtier en plastique noir au centre duquel brille un étrange voyant vert. Un objet qu'elle a sorti d'une des poches du sac. Un objet qu'ils n'ont jamais vu, ni l'un ni l'autre.

– Fais voir !

S'il en a les dimensions, le boîtier est plus léger qu'un portable. Théo le tourne dans tous les sens comme s'il avait en main un casse-tête chinois. Pas de touches, à l'exception d'un bouton marche/arrêt, pas d'inscription... une coque uniforme qui le laisse perplexe.

Il secoue la tête avec incrédulité. Pas un portable mais...

– Je n'arrive pas à y croire ! C'est... un brouilleur d'ondes.

– Un quoi ?

– Un appareil qui sert à brouiller les signaux, qui coupe les communications entre les cellulaires et les relais ! C'est un modèle autonome, qui marche sur batterie.

Dorothée ouvre des yeux démesurés.

– Tu en es sûr ? Tu en as déjà vu ?

– Non, mais je suis certain d'avoir raison.

Théo agite rageusement l'appareil.

– On trimballe ce boîtier dans ton sac depuis ce matin... sans doute même depuis hier. Romuald savait qu'on essaierait les portables sur le glacier et qu'il y avait une chance que les appels passent. Il est malin, très malin. Il l'a planqué dans nos propres affaires au cas où on se séparerait. Où qu'on aille, on emportait avec nous ce brouilleur. Nos portables ne servaient plus à rien !

– Mais, on s'est parfois éloignés de nos sacs...

– Pas assez ! La portée de ce bidule doit être d'au moins dix ou quinze mètres !

La colère l'envahit comme une vague et balaie sa fatigue. Fou de rage, il pose le boîtier sur un rocher relativement plat en bordure du chemin. Il lève une grosse pierre en l'air et l'écrase d'un geste puissant. Une partie du couvercle en plastique noir vole en éclats, laissant apparaître les composants électroniques. Puis, rassemblant ses forces, il martèle l'appareil en poussant des ahans rageurs jusqu'à ce qu'il soit complètement pulvérisé.

L'enflure !

Sans le brouilleur, les portables auraient sans doute fonctionné près du glacier. Ils auraient pu sauver

Juliette et David ! Dépêcher des secours dans l'heure qui avait suivi l'accident !

– Si ça n'est pas une preuve qu'il a tout prémédité depuis le début ! hurle-t-il en shootant violemment dans les débris de l'appareil.

Il s'aperçoit que Dorothée l'observe avec effarement. Comment pourrait-elle encore mettre sa parole en doute à présent ? Une preuve ! Il l'a enfin, sa preuve !

Incapable de se calmer, il attrape dans sa poche le portable de Dorothée.

« Réseau indisponible. » Toujours la sempiternelle indication.

Normal ! Mais le 112 n'a pas besoin de réseau. Une balise radio, une simple balise…

Pour la énième fois, il compose le numéro des secours.

Et si le brouilleur n'était pour rien dans ses échecs précédents ? S'ils étaient trop paumés pour obtenir une liaison ?

Une tonalité.

Il ne rêve pas… il y a bien une tonalité. Ce n'est plus une hallucination ou un dysfonctionnement de l'appareil.

– Ça marche ?

Il acquiesce fébrilement en posant un doigt sur ses lèvres. Le visage levé vers le ciel cristallin, il colle le portable au plus près de son oreille.

– Centre opérationnel départemental d'incendie et de secours, je vous écoute…

La voix semble effacée et lointaine, mais Théo distingue chacun des mots prononcés. Il ne sait pas par où commencer, comment résumer en quelques phrases une situation aussi tordue que la leur.

– J'ai… on a besoin d'aide. On est perdus en montagne… Deux de nos amis sont tombés dans une crevasse et…

Il bredouille. Sa langue fourche. Le voilà incapable de terminer une phrase.

– Attendez, calmez-vous, …sieur… votre nom…

Des bruits parasites. La communication n'est pas aussi bonne qu'il l'a cru au début.

Il doit faire preuve de sang-froid. Aller à l'essentiel pour qu'on leur envoie un hélico.

– Je m'appelle Théo Delcourt. Mon numéro de portable est…

– …nutile… numéro… fiché… vez-vous me dire… vous trouvez ?

Théo pivote bêtement sur lui-même comme s'il cherchait un panneau indicateur sur le bord du chemin.

– Où je me trouve ? Je n'en sais rien précisément. À quelques heures de marche du glacier des Oules dans les Hautes-Pyrénées… On marche depuis hier soir pour essayer de rejoindre une vallée.

– … accident… dites ?

La voix paraît s'amenuiser à chaque mot.

– Mon groupe a eu un accident sur la face sud du glacier. Deux de nos amis sont tombés dans une crevasse et n'ont plus donné aucun signe de vie… En fait, ce n'était pas un accident… On est en danger !

– … entends très mal, mon… GPS… phone…

Quel GPS ? Le portable de Dorothée est une antiquité. C'est déjà un miracle qu'il permette de passer des coups de fil.

– Je n'ai pas de GPS sur mon téléphone ! Vous ne pouvez pas utiliser la géolocalisation ? On a vu passer un hélicoptère il y a moins d'une heure vers le glacier. Ça peut vous aider, ça ?

– ... avec un CODIS, un service... pas bouger... vous êtes... étiez en difficulté et je vous mets... diatement en relation avec l'unité de secours en monta... patient...

– Non ! Attendez...

Nouvelle tonalité, lointaine et étouffée.

– Ce n'est pas possible ! Ces cons ne m'ont pas laissé finir !

– Ils ont coupé ?

– Je crois qu'ils m'ont basculé vers la gendarmerie de haute montagne.

Théo se déplace de quelques mètres dans l'espoir illusoire de mieux capter le réseau. Les battements de ses artères s'accélèrent.

– Allô ?

Dorothée s'est approchée de lui et le regarde avec anxiété.

– Qu'est-ce qui se passe, Théo ?

– Je n'entends plus rien !

Communication coupée. Le portable n'affiche plus que l'écran d'accueil.

Du pouce, il recompose rapidement le 112.

« Problème de connexion. »

– Est-ce qu'ils ont entendu ce que tu leur disais ?

– Je n'en sais rien... Je crois que oui. Ils ont notre numéro, c'est déjà ça.

– Est-ce qu'ils peuvent nous localiser, au moins ?

– La triangulation permet de repérer un portable, mais en haute montagne, sans relais assez proches, je doute que ce soit possible.

Théo fixe la saillie où se tenait Romuald. Il plisse les yeux mais la réverbération du soleil l'éblouit.

– Passe-moi les jumelles !

Il balaie rapidement l'horizon des lunettes comme un tireur d'élite cherchant sa cible.

– Tu le vois encore ?
– Il n'est plus là. Il a dû se remettre en marche.

L'opératrice lui a demandé de ne pas bouger. Évidemment, plus ils s'éloigneront du glacier, plus les secours auront du mal à les trouver. À supposer d'ailleurs qu'on envoie un hélico à leur recherche. Qu'on n'ait pas cru à une simple blague.

– On a trop perdu de temps, déclare pourtant Théo. Il faut se tirer d'ici ! Et le plus vite possible !

*

Théo avance sans même regarder où il pose les pieds, obnubilé par le portable vissé à son oreille.

– Toujours rien ? lui demande Dorothée, qui ouvre le chemin.

– Non. On a dû quitter la zone couverte par l'antenne relais. Et pour couronner le tout, ta batterie est presque à plat.

Il range le cellulaire dans sa poche avec dépit.

– Et puis merde ! S'ils ont envoyé un hélico, ils ratisseront large. Ils tourneront bien jusqu'à nous apercevoir !

Il a déjà vu à la télé des reportages sur les secours en montagne. Les hélicos peuvent chercher longtemps quand ils n'ont pas de position précise. Mais d'ici qu'on les retrouve, Romuald les aura déjà rejoints.

Devant eux, le paysage n'est plus qu'un désert brûlé.

Des fondrières de granit. Des pentes ravinées.

Des éboulements massifs qui leur barrent fréquemment la route. De plus en plus de caillasse sous leurs pas.

Le chemin semble se faire grignoter insensiblement par la montagne, serpentant de manière improbable entre les obstacles, disparaissant parfois sous des éboulements qui cachent eux-mêmes leurs ruines sous une herbe jaunâtre.

Théo a essayé d'être attentif au fil de la marche et il est certain de ne pas avoir vu le moindre cairn. Cette voie est peut-être un ancien chemin qui ne figure plus sur aucune carte et que n'empruntent guère que quelques promeneurs inconscients.

Chaque minute, il se retourne avec anxiété pour vérifier que Romuald n'est pas en vue.

Ils doivent gagner le maximum de temps. Son but n'est plus de rejoindre des zones habitées mais de conserver un écart suffisant entre Romuald et eux jusqu'à ce que l'hélico les repère.

Tiré brutalement de ses pensées, Théo se fige pour prêter l'oreille. Il entend de façon distincte un écoulement d'eau à une distance rapprochée.

Il ne rêve pas.

Ce n'est pas une hallucination auditive cette fois, il en est sûr.

Le corps soudain léger, sans se préoccuper de Dorothée, il trottine rapidement pour trouver l'origine du bruit qui grandit à chacun de ses pas.

Un bruit qui réveille sa soif dévorante. D'une langue douloureuse, il râpe son palais desséché.

Très vite, sur le bord du chemin, il aperçoit un filet brillant qui sillonne entre deux rochers grisâtres.

Sans perdre une seconde, il se rue dessus et se jette à genoux. Formant de ses mains un récipient de fortune, il recueille le précieux liquide et le porte à ses lèvres avec frénésie, avant de boire directement à la roche en y collant sa bouche.

L'eau glacée ruisselle sur ses lèvres. Réhydratée, sa langue retrouve ses sensations. Une fraîcheur ravigotante l'envahit. Jamais quelques gorgées d'eau ne lui ont fait autant de bien.

Théo s'asperge abondamment le visage, puis frictionne sa nuque brûlante de sa main humide.

Soulagé, il se laisse choir au sol en s'appuyant dos à la roche.

Dorothée, qui l'a rejoint, se jette à son tour sur le point d'eau pour boire tout son saoul.

Théo ferme les yeux et se laisse bercer un instant par le son cristallin de la source, pendant que Dorothée remplit les deux gourdes.

Quelques secondes d'abandon et de soulagement qui, il le sait, ne dureront pas.

*

Un nouvel amas de pierres en pente se profile devant eux.

Un nouvel obstacle qui les oblige à progresser quasi à quatre pattes, les articulations rompues. Ils s'écorchent les mains et les genoux sur les pierres ardentes, grimpent une série de roches pour mieux les redescendre, essayant à chaque instant de distinguer à nouveau la sente, dérisoire fil d'Ariane sur lequel reposent tous leurs espoirs.

Théo n'y voit plus rien. Ses yeux sont voilés de larmes d'épuisement. Ses habits moites lui collent à la peau.

Il repense fugitivement à ce troupeau d'isards qu'ils ont croisé la veille. Avec quelle facilité, sur leurs jarrets puissants, ils sont capables de se jouer de tous les obstacles, de filer à la vitesse de l'éclair sur des parois à pic.

Parvenu au sommet d'un rocher plus imposant que les autres, Théo aperçoit, très loin en contrebas, au pied d'étages en ruine couverts de quelques restes de sapins, l'extrémité d'un lac. Une étendue d'eau noire qui brise la monotonie terne du granit.

Si seulement ils avaient une carte, il ne leur serait guère difficile de le repérer et de connaître la route à suivre.

Dorothée s'arrête brutalement au milieu des éboulis, si bien qu'il se retrouve presque collé contre son dos.

– Qu'est-ce qu'il y a ?

Théo lève les yeux.

Le chemin n'a pas été interrompu, il a purement et simplement disparu.

À perte de vue, des débris détachés de gigantesques abrupts, des saillies pierreuses émergeant de la montagne comme des étraves puis, plus bas, un escarpement bruni qui semble former une immense escarre sur la montagne.

– On ne peut plus continuer ! gémit Dorothée.

Théo jette un coup d'œil furtif à sa montre. Un quart d'heure déjà qu'ils marchent. S'ils tergiversent, ce ne sera plus qu'une question de minutes avant que Romuald ne les rejoigne. Et Dorothée a raison : ils ne peuvent pas espérer escalader la pierraille.

Ni faire marche arrière.

– Il faut prendre un autre chemin.

– Quel autre chemin ? crie Dorothée à bout de nerfs. On ne peut plus aller nulle part !

Théo se retourne et scrute le paysage désert autour de lui.

Ils sont piégés. Ce chemin les a conduits tout droit dans une impasse.

Pourtant, au-delà d'une petite étendue d'herbe jaunie, il distingue un ravin qui descend et se rétrécit à flanc de montagne.

Un couloir escarpé qui descend d'un trait jusqu'au lac.

Une voie impraticable, à se rompre le cou au premier pas.

Une vraie folie.

Et cependant, leur seule chance.

2

Tout ce qui a suivi t'a échappé. Les événements se sont abattus sur toi avec une violence implacable, sans que tu puisses influer sur eux, coulant entre tes doigts telle une substance pulvérulente.

Ce matin-là, Claudia devait partir au lycée à 8 heures avec une fille qui logeait aussi à l'institut catholique. Comme elle tardait, son amie avait frappé à sa porte avant de finir par entrer.

Claudia reposait sur son lit en sous-vêtements, allongée en chien de fusil. Les draps n'avaient pas été défaits. Les volets étaient fermés, baignant la chambre d'une obscurité presque totale. L'arrivée rapide des secours n'avait rien changé. Claudia était morte depuis la veille au soir. Sur la table de nuit, on avait trouvé une seringue et des résidus de cocaïne. L'overdose ne faisait aucun doute.

Aujourd'hui encore, tu l'imagines belle comme le marbre, étendue sur son lit comme dans le tombeau, figée dans sa beauté d'éther.

Il n'avait fallu que quelques heures pour que la nouvelle de sa mort se répande dans le lycée. On avait cru d'abord à une rumeur, jusqu'à ce que le témoignage de plusieurs filles de l'institut, qui avaient vu un brancard emporter le corps, parvienne à convaincre les plus incrédules.

On pouvait voir des élèves en pleurs errer dans les couloirs de l'établissement. Tous les cours des prépas avaient été annulés. Les discussions ne tournaient plus qu'autour de cette nouvelle tragique. Pour anticiper tout reproche, le proviseur avait mis en place une grotesque cellule psychologique, comme si une fusillade venait d'avoir lieu dans les murs du lycée.

Naturellement, tu n'as assisté à aucune de ces scènes. Tu es demeuré prostré dans ta chambre toute la journée, noyé dans une solitude insupportable.

Le coup de fil de Théo t'avait semblé surnaturel et tu en es venu à te demander si tu ne l'avais pas rêvé, si ton état léthargique n'avait pas altéré profondément ta perception de la réalité.

Dans l'après-midi, tu as cherché à le joindre à son appartement, mais il n'a pas répondu. Pas plus qu'il ne t'a répondu dans la soirée ni les jours qui ont suivi.

Le soir, vers 18 heures, malgré ta fatigue, tu as pris le bus jusqu'au centre-ville. Tu t'es pointé à l'appartement de Théo. Il n'y avait apparemment personne, mais tu as néanmoins fait le pied de grue sur le palier avant de te décider à partir.

Tu es passé devant l'institut catholique. Tout était calme. Rien ne laissait imaginer qu'un drame avait pu s'y dérouler quelques heures avant. Tu es rentré à Bel Azur par le dernier bus, bien après le coucher du soleil.

Avec le recul, tu te demanderais comment Théo et toi aviez pu oublier la marchandise que tu gardais à l'internat. Les choses étaient pourtant évidentes. Claudia était morte après un shoot, tout le monde savait que de la drogue circulait dans l'établissement, et tu détenais cinquante grammes de coke dans ta chambre...

Tu ne devais l'apprendre que plus tard mais, le lendemain, les flics ont débarqué à Félix-Faure pour interroger des élèves de prépas et savoir où Claudia s'était procuré la cocaïne. Les plus malins ont gardé le silence. Quelques-uns ont parlé.

Ton nom est revenu à plusieurs reprises. Tu avais fourni en shit au moins une dizaine de personnes à l'internat – toujours gratuitement, mais ce détail ne devait pas vraiment jouer en ta faveur.

Les flics ont facilement obtenu un mandat pour perquisitionner les chambres des internes. Avec leurs chiens renifleurs, ils n'ont pas été longs à mettre la main sur la drogue. Tu supposes que d'autres élèves, moins cons que toi, avaient eu le temps de se débarrasser de toutes les substances illicites qu'ils gardaient dans leurs tiroirs.

Le lendemain, peu après 6 heures du matin, trois agents en uniforme déboulaient à Bel Azur. La présence de leur véhicule dans le quartier pouvait facilement mettre le feu aux poudres – les nouvelles allaient vite là-bas, très vite – et ils avaient choisi de venir dès l'heure légale et de ne pas s'attarder.

Alors que la cité était en proie à un trafic intense qui ne semblait plus gêner les autorités depuis longtemps, il y avait une certaine ironie à ce que ce soit l'appartement de ta mère qui devienne la cible d'une perquisition.

Tu n'en as gardé qu'un souvenir flou – d'ailleurs, tu avais été étonnamment long à comprendre que leur présence était due à la coke retrouvée à l'internat. La seule image que tu conserves est celle, douloureuse, de ta mère enveloppée dans sa vieille robe de chambre, qu'un flic pas trop salaud essayait de réconforter comme il le pouvait.

Cette intrusion policière chez ta mère, tu l'as vécue comme une insupportable injure faite à son honnêteté, car elle faisait partie de ces êtres anonymes qui avaient toujours respecté la loi et les règles sociales avec une naïveté qui confinait à la soumission.

On n'a trouvé dans ta chambre qu'un insignifiant bout de barrette que tu avais oublié dans la poche d'un manteau. Trois fois rien, mais assez néanmoins pour échafauder une hypothétique escalade allant du shit aux drogues dures.

Les flics t'ont embarqué au poste. Dans le véhicule, tu n'as fait que penser à Théo. Comment avait-il pu être assez inconscient pour ne pas t'avertir qu'une perquisition se préparait au bahut ?

Lui ou toi... vous auriez largement eu le temps de déplacer la marchandise. Pourquoi s'était-il muré dans un tel mutisme et n'avait-il pas répondu à tes appels désespérés ? À moins que... ? Mais non. Tu ne pouvais pas imaginer qu'il ait agi volontairement pour te faire porter le chapeau...

Les flics ont essayé de t'intimider par tous les moyens, distillant leurs révélations pour mieux te déstabiliser et te faire craquer. Tu n'étais pas là pour simple usage de stupéfiants mais pour trafic organisé – les quantités retrouvées dans ta chambre ne collaient pas avec une consommation personnelle.

Tu te défendais mal. Non, la drogue n'était pas à toi. Tu n'en avais même pas consommé. Parmi les centaines de dealers qui avaient dû défiler dans ce bureau moche aux standards de l'administration, tu étais sans doute le premier à dire la vérité. Mais à ta propre oreille tes paroles sonnaient faux.

Manque de conviction. Fatigue. Lassitude.

Tu incarnais à toi seul ce poncif qui veut que les innocents se comportent toujours comme des coupables.

Tu aurais dû te retrouver face à un choix terrible : balancer Théo ou assumer les conséquences de ses actes. Mais, en vérité, il ne t'est jamais venu à l'idée de le compromettre, même si cette solution aurait pu te tirer de ce merdier en un coup de baguette magique et rendre un peu de dignité à ta mère.

Les flics ont alors sorti leur carte la plus accablante. Celle qui avait tout déclenché et qui t'avait conduit là.

Claudia.

Tu la connaissais ? Bien sûr. Comment aurais-tu pu nier ? La moitié du lycée vous avait vus fréquemment ensemble. De quel genre étaient vos relations ? Tu te la faisais ? Depuis combien de temps la fournissais-tu en coke ? Quels étaient tes autres clients ?

C'est dans le bureau des flics que tu as appris que Claudia n'avait pas fait une overdose mais que la cocaïne qu'elle avait prise était frelatée, mélangée à de l'atropine. Elle avait fait un arrêt cardiaque dans les minutes qui avaient suivi le shoot.

Tu as compris alors que le coup du siècle de Théo n'était qu'une vaste arnaque. Il s'était fait refourguer une came mortelle, impossible à revendre. Comment un type prêt à payer huit cents francs le gramme de coke aurait-il pu ne pas se faire entuber sur une quantité pareille ?

La cocaïne que tu détenais dans ta chambre était en cours d'analyse mais les flics ne doutaient pas qu'il s'agisse de celle qui avait tué Claudia. Coopérer pouvait jouer en ta faveur et faire bonne impression auprès du juge... Ce genre de conneries devait fonctionner plus qu'on ne pense pour qu'ils continuent de tenter leur chance.

Dans ta cité, la règle absolue était de garder le silence quand on se faisait choper. Tous les trafiquants mineurs – habitués à de simples rappels à la loi, heures de travaux d'intérêt général ou peines qui ne seraient jamais appliquées – savaient que moins on en disait, moins on risquait gros.

Sauf que tu avais presque 18 ans et que la drogue que tu détenais avait entraîné la mort d'une fille.

À l'issue de vingt-quatre heures de garde à vue, tu as été mis en examen pour infraction à la législation sur les stupéfiants. L'avocat commis d'office a été rassuré qu'on n'ait pas retenu contre toi l'homicide involontaire.

Tu as échappé à la détention préventive et as dû rester, dans l'attente de ton procès, confiné chez toi auprès d'une mère qui ne te comprenait plus et que tu n'avais plus la force de consoler.

En accord avec le proviseur, pour éviter un conseil de discipline qui n'aurait rimé à rien, ta mère t'a retiré du lycée et est allée chercher tes maigres affaires à l'internat.

Tu n'as jamais su si, à un quelconque moment de l'enquête, Théo avait été inquiété. Sans doute avait-il été interrogé par la police, mais il était facile pour lui de jouer les ignorants. Avait-il même envisagé de parler, de dire toute la vérité pour te sortir de ce mauvais pas, avant d'être influencé par ses parents ? Tu imaginais la famille Delcourt consultant les meilleurs pavocats, déployant des trésors d'ingéniosité pour convaincre Théo de se taire et de te laisser supporter les conséquences de ses propres actes. Lui, le fils de bonne famille, ne pouvait pas gâcher sa vie pour une erreur aussi stupide.

Tu n'as pas cherché à le contacter.

Qu'aurais-tu pu lui dire ? Par votre silence respectif, vous aviez tous les deux fait un choix. Le meilleur pour lui, le pire pour toi. C'était aussi simple que cela.

*

Devant le tribunal pour mineurs, déguisé en premier communiant, tu as débité les excuses que ton avocat t'avait fait apprendre par cœur – un discours convenu qui sonnait comme une récitation scolaire. Une mascarade… Ta comparution ne fut qu'une mascarade.

Tu n'avais jamais vu de salle de tribunal que dans les films et les séries. Là, on jugeait à la chaîne. Ton cas était noyé dans des dizaines d'autres semblables que le juge paraissait vouloir expédier avec le maximum de célérité.

D'après ton avocat, celui qui devait statuer sur ton cas était connu pour sa clémence. Tu t'attendais à une peine avec sursis, avec heures de travaux d'intérêt général.

Les choses auraient dû se passer ainsi.

Debout près de ton avocat, les mains croisées devant toi, tu as pourtant entendu le juge énoncer :

– Six mois en centre éducatif fermé. Détention possible en centre de jeunes détenus en cas de manquement au règlement.

3

Première règle : ne pas se faire « victimer ». C'est comme ça qu'on disait là-bas.

S'imposer dès le premier regard. Se faire respecter. Ne pas être de ceux qui serviraient de défouloirs.

– Qu'est-ce tu m'regardes, putain ?

Tu ne l'avais pas vu arriver. Il devait sortir cette réplique à tous les nouveaux. Une manière de les tester.

Karim, le caïd du centre. Les tempes rasées, une crête sur le sommet du crâne, les bras et les épaules très développés par rapport au reste de son corps – il devait passer des heures à faire des pompes dans sa chambre ou à se pendre au chambranle des chiottes –, le plus ancien de tous : onze mois et des poussières, un record vu son âge. Il avait déjà fugué une fois. Par bravade, pour faire chier son monde. Fuguer ne servait à rien. Celui qui voulait se tirer pouvait toujours trouver un moyen – ça n'était pas Fleury ni la Santé –, mais il était rattrapé par les flics au bout d'un ou deux jours et se prenait trois mois supplémentaires dans les dents, à moins qu'il n'atterrisse directement dans un CJD. À se demander si ce n'était pas ce qu'il cherchait, Karim, pour prendre du galon. Tu en avais connu, des terreurs dans son genre qui pourrissaient la vie de ton quartier. Des types qui cherchaient à imposer leur loi, à marquer leur territoire, à soumettre les plus faibles qu'eux.

Il t'avait catalogué dès le premier coup d'œil. Un tismé... Là-bas, comme à Bel Azur, c'était parfois pire que d'être blanc. Les groupes se formaient selon la couleur de la peau et la religion. Pas d'entre-deux. Les Arabes, les Noirs, les babtous... Au rang des victimes privilégiées : les Blancs qui se laissaient chier sur les pompes, les Roumains et les Chinois, que personne ne pouvait blairer.

Premier jour. Reconnaissance. Tu étais assis seul sur un banc dans la cour. Karim s'est approché de toi, une cigarette aux lèvres, encadré par deux acolytes.

– Qu'est-ce tu m'regardes, putain ?

Tu as presque immédiatement senti ta lèvre trembler. Une trouille paralysante. Faire celui qui n'a pas entendu. Avec un peu de chance, peut-être qu'il passerait son chemin.

– T'entends ? J'te parle, le nouveau.

Trop tard. Plus le choix. Ne pas laisser passer la première provocation. Ne pas s'aplatir comme un larbin. Six mois, tu allais rester six mois dans cet endroit...

Tu l'as fixé dans les yeux en essayant de camoufler ta peur.

– T'as un problème ?

Ta réponse l'a mis en rogne. D'une pichenette, il a propulsé vers toi son mégot incandescent qui a atterri sur ton jean.

– Tu me parles pas comme ça ! Tu m'as mal parlé, tu vas faire des excuses.

Il ne cherchait que ça, la confrontation. Même si vous deviez en venir aux mains, il fallait que tu lui fasses ravaler son arrogance.

— Va te faire foutre ! C'est tout c'que t'auras comme excuses.

Karim est resté con, habitué à ce que les nouveaux s'écrasent – et à partir de là il avait gagné.

Son visage s'est crispé. Il a passé une main dans sa crête ridicule.

— Comment i'm'parle, lui ! T'es mort, toi. T'entends ?

Tes muscles se sont tendus. Tu t'attendais à ce qu'il se jette sur toi mais il a simplement craché au sol, sans bouger. Les deux autres l'ont regardé, interloqués, et tu as senti qu'il perdait contenance.

Sans réfléchir, tu t'es levé du banc pour lui faire face. Jouer un rôle, comme lui. Tu faisais vingt centimètres de plus et cette simple différence de taille pouvait l'impressionner, même si dans une baston tu n'étais pas du tout sûr d'avoir le dessus.

Un moment de flottement.

Tu l'avais repéré avant même que Karim s'adresse à toi : le surveillant à l'entrée des bâtiments, à une dizaine de mètres du banc. Tu avais parlé fort pour être sûr qu'il vous entende.

— Qu'est-ce qui se passe ? a-t-il crié dans votre direction. Montlouis-Bonheur, tu ne vas pas foutre ta merde dès le premier jour ?

Évidemment, il n'allait pas prendre ton parti. Karim devait foutre les jetons même aux surveillants.

Ils se sont retournés tous les trois en même temps. Tu as levé la main en signe d'apaisement.

— Pas de problèmes, on fait que discuter !

La trouille ne t'avait pas quitté. Tu n'étais là que depuis quelques heures et tu venais déjà de te faire un ennemi. Le pire qui soit. Mais Karim s'était écrasé. En apparence du moins. Car ce que tu ignorais, c'est qu'on ne se battait jamais dans la cour. Trop à découvert, trop de risques de se prendre un conseil de discipline. Les conflits se réglaient en dehors du périmètre des surveillants. Karim ne ferait qu'attendre le bon moment.

Il t'a toisé, a craché de nouveau par terre, puis a discrètement passé le pouce sur sa gorge.

– T'es mort, Montlouis-Machin ! On va s'retrouver, fils de pute !

*

Vingt mineurs. Presque tous multirécidivistes. Certains, auteurs de faits très graves. Rien n'expliquait d'ailleurs qu'ils aient atterri dans un centre fermé plutôt qu'en prison. Une sorte de loterie.

Karim avait planté un type de son quartier de trois coups de tournevis dans le dos. Heureusement pour lui, le type s'en était sorti. Mahfouz, un de ses deux acolytes, avait failli tuer un élève dans son lycée pro à coups d'extincteur dans la tête. Sinon, la plupart étaient là pour de banales histoires de drogue.

« T'es là pour quoi ? » C'était la question inévitable quand on était nouveau. Et là, il fallait faire gaffe à ce qu'on disait.

Yanis te l'a expliqué dès le premier jour. Là-bas, pas d'amitiés. Il fallait se méfier de tout le monde. Moins tu parlais, mieux tu te portais. Ou alors, parler pour ne rien dire, raconter des conneries sans se dévoiler.

– J'parle pas trop avec ceux d'ici. Ils savent pas qui j'suis, j'en ai rien à foutre d'eux.

Yanis, c'est avec lui que tu partageais ta chambre. Un cachetonné, sous traitement psychiatrique. Lui disait être là pour braquage. Il avait cambriolé plusieurs maisons de vieux. Chaque fois, il cherchait des coffres-forts derrière les tableaux, comme dans les films. Enfin, c'est ce qu'il racontait, mais personne ne le croyait, même si ses histoires faisaient bien marrer tout le monde. Karim était persuadé que c'était un pointeur, qu'il avait violé une fille pendant une crise.

Les pointeurs, c'étaient les victimes toutes désignées. Encore que, là aussi, il y avait des règles bizarres. Les types qui s'étaient fait avoir pour des tournantes n'étaient pas considérés comme des violeurs. Ils s'étaient fait piéger par des filles qui avaient le vice, des vraies sheitans…

Fluet, petit, teigneux, Yanis passait son temps à insulter les autres et se faisait systématiquement démonter la tête. Mais ça ne le calmait pas pour autant. Parfois, quand ça le prenait, il se mettait à taper les murs, à jeter ses affaires par la fenêtre et à tout casser autour de lui. Il fallait au moins deux surveillants pour le maîtriser avant de l'assommer de médocs à l'infirmerie.

Toi, Yanis ne t'insultait pas. Il était seul dans sa chambre depuis près de deux mois parce que, avec lui, on craignait les incidents graves. Même s'il se mêlait peu aux autres, la solitude avait fini par lui peser. Alors, avoir enfin une compagnie…

Yanis, tu l'as vite trouvé attachant malgré sa dinguerie. En dehors de ses crises, il te rappelait un peu ton ami Jean-Philippe, du temps du collège. Grâce à lui, il ne t'a pas fallu deux jours pour comprendre comment marchait le centre. Il disait : « Ici, y a un règlement, mais y a pas de règles. »

Le règlement, c'était : lever à 7 heures, douche quotidienne imposée, cours et sport obligatoires, cannabis et alcool interdits… toute une liste de trucs censés vous remettre dans le droit chemin.

Et puis il y avait la réalité. Presque tout le monde fumait du shit. Comme l'alcool, il entrait facilement pendant les visites et les éducateurs fermaient les yeux – on ne se gênait même plus pour se rouler des joints devant eux. Ils avaient pris l'habitude de laisser faire, pour acheter la paix sociale, parce qu'ils n'avaient pas vraiment le choix. Le centre était une vraie Cocotte-Minute. La tension y était permanente. Sept adultes en tout et pour tout quand ils auraient dû être au moins une quinzaine. Avec les rotations, il arrivait même que la nuit il n'y ait qu'un surveillant présent.

C'était un jeu de les faire craquer. Beaucoup, pleins de folles ambitions à leur arrivée, finissaient en arrêt maladie ou se mettaient en dispo au bout de quelques mois.

Celui qu'on craignait le plus s'appelait Ludovic. C'est lui qui t'avait interpellé le premier jour. Il n'avait aucun diplôme d'éducateur et bossait le soir comme videur dans les boîtes de nuit. En fait, il n'en avait pas grand-chose à foutre de son boulot. Du coup, il ne prenait jamais de pincettes et en venait fréquemment aux mains avec les plus récalcitrants.

Les locaux, eux, filaient le cafard. Le centre avait moins de deux ans mais plus rien n'y fonctionnait. Portes coupe-feu pétées, huisseries défoncées, sol brûlé à certains endroits. La moitié des installations sportives avaient été démontées, boulon après boulon, par simple jeu, et personne n'avait eu ni le temps ni le courage de les remettre en état.

Le deuxième matin, tu as croisé un type en train de pisser dans un couloir. Certains au début faisaient ça par défi, ensuite par pur désœuvrement. On tentait de camoufler les odeurs à hautes doses de désinfectant mais il y avait toujours ces effluves d'urine qui flottaient dans l'air.

Les bagarres étaient presque quotidiennes. « Ici, ça part pour un rien », disait Yanis. Refus d'une clope, regard pas net, passe loupée pendant un match de hand-ball. De toute façon, on oubliait vite l'origine des bastons. Juste une manière de se défouler et de créer des rapports de force.

Deux ou trois jeunes avaient déjà fait de la prison, la vraie. Comme Moussa, un grand Black qui tirait ici sa conditionnelle. Pour les types comme lui, le centre ressemblait plutôt à des vacances. Il parlait de lames de rasoir, de fourchettes plantées dans les mains… Tout ça sentait le baratin, mais on ne pouvait pas savoir s'il n'y avait pas quand même une part de vérité.

Ceux qui n'étaient là que depuis trois ou quatre mois pétaient déjà les plombs. Souvent, Yanis chialait la nuit dans son lit. Et il n'était pas le seul. Même les plus endurcis n'abordaient jamais le sujet, parce que tout le monde était passé par là à un moment ou à un autre.

La première semaine, tu as pleuré presque toutes les nuits, la tête enfouie sous les draps pour ne pas qu'on t'entende. Après, comme les autres, tu t'es habitué. Un peu.

Parfois, vers 2 ou 3 heures du matin, tu surprenais Yanis penché au-dessus de ton lit, immobile, marmonnant des trucs incompréhensibles. Au début, il te faisait vraiment peur. Tu craignais qu'il traverse une crise et qu'il s'en prenne à toi pendant ton sommeil. Puis tu t'es habitué à ça aussi et tu t'es contenté de le reconduire jusqu'à son lit.

Très vite, tu as intégré les codes, te mettant à parler comme les autres, c'est-à-dire mal, en faisant des fautes, en utilisant le même argot. Ce n'était pas difficile pour toi vu d'où tu venais.

Les cours que vous deviez suivre étaient tout juste du niveau quatrième. Là aussi tu devais feindre. Ne pas te faire remarquer. Te noyer dans la médiocrité ambiante.

Yanis était le seul à ne pas être dupe. « T'es pas comme les autres, disait-il parfois. Toi, tu caches bien ton jeu. »

Mais tu faisais semblant de ne pas y prêter attention et il n'argumentait jamais davantage.

Le lycée semblait loin derrière toi. Si loin. Ta dernière année n'était déjà plus dans ton esprit qu'une parenthèse brumeuse. Il y avait une dimension ironique à ton parcours. Tu avais accompli une boucle qui te ramenait à ton point de départ : de ta banlieue au lycée bourgeois, du lycée bourgeois au centre où tu retrouvais des quasi-clones des jeunes de ton quartier. Tu avais tout perdu.

*

Pendant deux semaines, Karim ne t'a plus cherché. Comme il avait déjà ses victimes attitrées, tu pensais qu'il s'était fait une raison et qu'il t'avait oublié. Yanis, lui, n'arrêtait pas de te mettre en garde : « Ce type, méfie-toi de lui. Après c'que tu lui as dit, il va chercher à te maraver. »

Le gymnase était un endroit traître. Presque jamais surveillé à cause du manque de personnel. Et quand il y avait par hasard un éducateur, il prenait soin de rester dans le bureau attenant pour ne pas voir ce qui s'y passait.

Le gymnase... la soupape de sécurité du centre. L'endroit idéal pour régler ses comptes.

Les choses, ce jour-là, sont allées très vite.

Tu étais à un rameur lorsque les portes ont claqué brutalement derrière toi. En te retournant, tu as à peine eu le temps d'apercevoir Karim et ses sbires fondre sur toi. Impossible de te lever de la machine... Mahfouz et Ilyes t'immobilisaient déjà.

Le premier coup t'a atteint dans l'abdomen. Karim a frappé sans retenue et ton corps s'est plié en deux sous la douleur.

Les deux types te tenaient fermement mais tes jambes étaient libres. En les ramenant vers ton buste, tu es parvenu à décocher un coup de pied puissant dans les mâchoires de Mahfouz. Il a poussé un cri déchirant qui a résonné dans la salle. Tu as réussi à rouler sur le côté pour te mettre debout, le corps meurtri.

Tu as entendu les hurlements des autres jeunes qui s'entraînaient.

Un encouragement à vous battre.

À offrir un beau spectacle.

Alors les coups sont partis de tous les côtés. Désordonnés, improbables. Tu as foutu un coup de genou à Ilyes, pas assez fort pourtant pour le faire tomber. Karim en a profité pour te balancer un uppercut, mais son poing a virevolté dans l'air en ratant sa cible. Pendant que tu évitais le coup, Mahfouz a réussi à t'immobiliser les mains derrière le dos.

Karim, alors, n'a plus eu qu'à cogner.

Son poing t'a éclaté l'arcade sourcilière gauche. Le sang a giclé comme un geyser. Les étoiles ont valsé autour de toi.

Le second coup, quelques secondes après, t'a atteint en pleine mâchoire et tu as presque immédiatement senti tes dents se briser net dans ta bouche.

Tu es tombé au sol.
Le goût ferreux du sang coulant sur ta langue.
La douleur irradiant le bas de ton visage.
Tu as juste eu le temps de voir les jambes de tes agresseurs s'éloigner avant de perdre connaissance.

4

Tu es resté une journée entière à l'infirmerie. Pour ton œil, trois points de suture ont suffi. La blessure n'était pas assez grave pour qu'on te conduise aux urgences.

Pour les dents – une incisive et une canine –, on ne pouvait rien faire sinon te filer des calmants et attendre la visite du dentiste.

Il y a eu un rapport mais, bien sûr, personne n'avait rien vu. Les témoins de l'altercation craignaient trop Karim et ses copains pour parler et passer ensuite pour des poucaves. Du coup, les surveillants n'ont pas réussi à les mettre en cause.

Après cet épisode, Karim ne t'a plus jamais emmerdé. Tu avais résisté, seul contre trois, et tu avais réussi à mettre une mandale à Mahfouz. Tu ne t'étais pas laissé faire…

Ça a suffi pour t'assurer une bonne réputation. Pour dissuader les autres de te chercher.

Le premier mois, ta mère venait te voir toutes les semaines. Tu lui affirmais que tu allais bien, que la vie au centre n'était pas aussi dure qu'on pouvait le croire. Mais, très vite, tu as appréhendé sa venue, qui ravivait ta culpabilité et te rappelait trop le dehors. Alors tu lui as fait comprendre qu'elle n'était pas obligée de faire le déplacement aussi souvent et ses visites se sont espacées.

Là-bas, perception faussée du temps, les jours semblaient s'écouler deux fois plus lentement qu'à l'extérieur. Chacun avait ses phases. Colère, déprime, révolte, acceptation… Un vrai grand huit des sentiments qui vous usait les nerfs et attisait les tensions.

Les semaines ont passé et l'ambiance s'est progressivement dégradée avec les surveillants. Vol de l'ordinateur portable de service, début d'incendie dans une chambre… des conneries qui par leur répétition finissaient par les mettre à cran.

Et puis il y a eu la fugue de Moussa, le grand Black, qui a provoqué un vrai branle-bas de combat. Les flics ont débarqué au centre et vous ont tous interrogés à tour de rôle pour récolter des informations et savoir si on l'avait aidé.

Moussa avait profité de la sortie d'un camion de livraison pour se tirer. Les fugues alimentaient les conversations et sortaient tout le monde de la routine. On a fait des paris pour savoir combien il faudrait de temps pour le rattraper. Moussa est resté cinq jours dehors. Un record.

– Y'm'fallait des vacances, a-t-il claironné à son retour.

Personne ne savait pourquoi il était là, mais son cas était assez grave pour que cette fugue lui assure un passage par la case prison.

À partir de là, les choses se sont vraiment durcies. Moussa avait servi de détonateur. Les moindres manquements entraînaient rapports et représailles. Les surveillants traquaient les fumeurs de shit, ceux qui volaient et dégradaient le matériel. Pendant trois semaines, tout le monde s'est tenu à carreau par peur d'être envoyé en taule.

Mais les habitudes ont la vie dure et ont peu à peu repris. Karim et ses potes ont réussi à pénétrer dans les bureaux de l'administration pour y voler les dossiers des placés. Des informations strictement confidentielles qui pouvaient facilement mettre le feu aux poudres. Karim cherchait à dénicher les pointeurs et les mythos.

Les dossiers ont circulé durant toute une journée, passant de main en main, avant de finir dans une poubelle.

Dès lors, Yanis a fait l'objet de toutes les surveillances. Parce qu'il était vraiment là pour un viol, et sur sa sœur qui plus est.

Viol et inceste. On ne pouvait pas imaginer pire. Les autres l'ont insulté davantage, ils se sont mis à lui filer des baffes quand ils le croisaient dans les couloirs, à le molester dans les douches, à lui en faire baver du matin jusqu'au soir.

Tu l'as senti à la dérive.

Humilié quotidiennement par les jeunes, il ne supportait plus la moindre autorité de la part des surveillants. Ludovic, le « videur », l'avait pris en grippe et n'arrêtait pas de le chercher, agacé des traitements de faveur que, selon lui, la direction lui accordait.

Un jour, Yanis l'a traité de « connard » et a failli en venir aux mains avec lui. Pour se venger, Ludovic l'a fait manger par terre, à l'entrée du réfectoire.

– Tu boufferas sur le perron, comme un chien.

Le lendemain, Yanis a vraiment pété les plombs et n'a rien trouvé de mieux que d'aller chier sur le seuil de la piaule du chef de service. On n'aurait jamais pu remonter jusqu'à lui si les autres ne l'avaient pas balancé.

Vous étiez tous les deux dans votre chambre quand Ludovic a débarqué, fou de rage.

– Espèce de petit pédé ! a-t-il hurlé en ouvrant la porte.

Une odeur écœurante a envahi la pièce. Du haut de son mètre quatre-vingt-dix, Ludovic s'est précipité sur Yanis et a commencé à badigeonner ses vêtements avec ses propres déjections, qu'il avait emballées dans du papier journal.

Tu as essayé de t'interposer.

– C'est pas vrai ! Vous êtes complètement dingue !

Ludovic t'a fait reculer en te projetant sur ton lit d'un coup de pied. Ta tête a heurté le montant métallique, éraflant ton cuir chevelu.

– Te mêle pas de ça, Montlouis-Bonheur. Il va la nettoyer, sa merde, ça tu peux me croire !

Yanis était trop choqué pour réagir. Il s'est recroquevillé sur son lit en braillant, pendant que le surveillant écrasait le journal sur son corps.

– T'as vraiment intérêt à plus la ramener ! a crié Ludovic en lui balançant le papier au visage. Si vous parlez de ça à quelqu'un, je vous massacre, tous les deux !

Yanis a pleuré comme un gosse toute la soirée. Tu as balancé ses habits dans un sac-poubelle et l'as aidé à se nettoyer.

Vous n'avez pas eu besoin de dénoncer Ludovic. Les autres s'en étaient chargés. Tu leur avais raconté l'histoire en espérant qu'ils prendraient Yanis en pitié et arrêteraient de s'acharner sur lui. Et ça avait marché.

Ludovic ne s'est pas fait virer pour autant. D'après Karim, qui avait ses infos, le centre était dans le collimateur de la chancellerie depuis la fugue de Moussa et le vol des dossiers. Un audit interne était en cours et la direction du CEF faisait tout pour étouffer les affaires.

Yanis a connu un répit. Les autres étaient trop remontés contre les éducateurs et la direction pour penser à lui.

Le centre était prêt à exploser. Les restrictions imposées à la suite de la fugue de Moussa avaient foutu la rage à certains. Personne ne comprenait qu'on ait pu changer les règles en cours de jeu.

Privés de shit, beaucoup devenaient dingues. Habitués à fumer plusieurs joints par jour depuis l'âge de 12 ans, ils étaient en manque et tournaient en cage comme des chimpanzés dans un zoo.

Alors on attendait la goutte d'eau.

Ce fut le portable de Mahfouz. Il était le seul à en avoir un au centre. Son frère s'était spécialisé dans le recel de téléphones – « Le portable, c'est un business d'avenir », disait-il – et il lui en avait passé un en douce lors d'une visite. Il servait à Karim et à ses copains à avoir des nouvelles du dehors et rester en contact avec leur quartier.

Un surveillant l'avait surpris dans un couloir et lui avait confisqué l'appareil – en fait, Mahfouz, on se demandait un peu s'il n'avait pas fait exprès de se faire prendre.

Un prétexte. C'est ce que Karim attendait depuis des semaines.

*

– T'en es ou tu vas encore faire ta fiotte ?

Il n'avait jamais foutu les pieds dans votre chambre. Le tismé et le pointeur… ça lui aurait fait mal.

Karim se tenait debout devant toi, affichant toujours le même air crâneur qui semblait lancer un défi.

Il te piégeait. Tu le savais.

T'embarquer avec lui et les autres dans son dernier coup d'éclat, alors qu'il te restait moins de deux mois à tirer au centre. Te provoquer pour voir si tu aurais les couilles de le suivre.

Tu n'as pas réfléchi.

Tu faisais partie de leur monde désormais. Pas besoin de te voiler la face. Tu étais des leurs. Même Karim n'excitait plus ta haine. Il était, malgré toi, malgré lui, ton compagnon de galère.

La fête était gâchée depuis longtemps. Alors, au point où tu en étais…

– J'en suis.

*

Minuit trente.

Les couloirs barbouillés d'obscurité.

Le linoléum gondolé couinant faiblement sous vos baskets.

Karim avait attendu le week-end parce que les surveillants étaient en sous-effectif. Il connaissait par cœur leurs roulements et les heures des rondes.

Derrière toi, Yanis.

Karim avait d'abord refusé qu'il soit de la partie, mais Yanis avait trop la haine depuis que Ludovic l'avait badigeonné de merde. Alors Karim avait dit oui. Après tout, dingue comme il était, il pouvait offrir un vrai festival.

À l'étage, Karim et Mahfouz ont décroché deux extincteurs et vous ont fait signe d'aller chercher les autres.

Vous vous êtes retrouvés dans le réfectoire plongé dans le noir. Ilyes est resté dans le couloir pour faire le guet. Au cas où…

Yanis a allumé les néons, qui vous ont éblouis.

Que la lumière soit.

Karim se tenait au milieu de la pièce, fier comme un Indien s'apprêtant à en découdre avec les Yankees. D'un geste sec, il a retiré la goupille de sécurité de l'extincteur. Vous l'avez imité.

– Bande d'enculés ! a-t-il beuglé en appuyant sur la poignée.

Aussitôt, un torrent de mousse a jailli du percuteur et vous avez éclaté de rire.

Karim avait ouvert le bal.

Le signal était donné.

Vous avez actionné à votre tour l'extincteur en hurlant. Pendant une dizaine de secondes, des litres de neige ont giclé dans les airs et inondé le réfectoire. C'était comme une soirée mousse. La musique et les filles en moins. Un spectacle magique.

Les extincteurs vidés, vous avez commencé à courir dans tous les sens, saisissant tout ce qui vous tombait sous la main.

Karim a empoigné une chaise métallique et l'a balancée de toutes ses forces contre la verrière, qui a explosé dans un grand fracas de verre brisé. Mahfouz a attaqué les fenêtres avec un extincteur. Le double vitrage n'a pas résisté à ses assauts répétés.

– Allez tous vous faire foutre ! braillait-il en se démenant comme un beau diable.

Vous avez tous repris son insulte avec allégresse. Tu as traversé la pièce en rigolant, renversant toutes les tables qui se trouvaient sur ton passage, défonçant les chaises à coups de talon dans les assises. Yanis, lui, avait entrepris de déloger les portes de leurs gonds et sautait à pieds joints sur les battants renversés au sol.

Quand Karim et Mahfouz en ont eu fini avec les vitres, ils ont commencé à taguer les murs avec des bombes de peinture qu'ils avaient piquées en cours d'arts plastiques. Les insultes s'étalaient en lettres géantes devant vous.

En quelques minutes, vous aviez réussi à mettre le réfectoire à sac.

Un défoulement libérateur.

Une euphorie puérile.

– I's'ramène ! a crié Ilyes depuis le couloir.

Tu n'oublieras jamais la gueule qu'il tirait, Ludovic, dans l'encadrement béant de la porte.

– Qu'est-ce que vous avez foutu, bande de salopards ?

Karim avait dû le faire exprès, de choisir une nuit où ce con était de garde. Tu les as entendus derrière toi rire à s'en pisser dessus.

Ludovic n'en croyait pas ses yeux. Il a poursuivi Yanis à travers la salle en essayant de lui mettre son pied au cul, mais lui bondissait comme un poulain au milieu d'un champ.

À un moment, Ludovic a pris peur. Vraiment peur. Tu l'as vu sur son visage. Enfermé seul avec quatre malades mentaux. Il devait déjà se voir planté de coups de couteau.

– J'appelle les flics, putain, j'appelle les flics, a-t-il répété en s'enfuyant.

Karim lui a fait un bras d'honneur.

– C'est ça, qu'i's'ramènent, on va leur faire leur fête !

Avec le boucan que vous aviez fait, tous les autres s'étaient réveillés dans les chambres. Deux ou trois sont venus vous prêter main-forte pour terminer le travail.

Quant à Ludovic, vous ne l'avez plus revu. Il s'était barricadé à double tour dans le bureau des surveillants et était pendu au téléphone.

Ensuite, vous vous êtes attaqués à la cuisine.

Puis à l'infirmerie…

Puis aux chambres…

Vous avez fini par faire une partie de foot dans les couloirs.

Les flics ont mis plus d'une heure pour réagir.

Quand ils sont arrivés, le centre ne ressemblait plus qu'à un bâtiment désaffecté.

Ils vous ont trouvés sur le toit, hilares, en train de fumer des joints. Du haut de la corniche, vous leur faisiez des doigts d'honneur en hurlant :

– Fuck les feukeus !

5

Le maigre carré d'herbe a disparu derrière eux. Paravent bucolique et trompeur... Quelques dizaines de mètres ont suffi pour que la voie rétrécisse dangereusement et se transforme en véritable casse-cou.

Ils se tiennent désormais à l'entrée du couloir escarpé. À cause de l'inclinaison du chemin, Théo a rapidement taillé deux bâtons pour les aider à garder l'équilibre. Leur troisième jambe.

Sans prendre le temps de jauger le terrain, il s'engage dans le couloir, comme s'il n'avait plus la moindre notion du danger. Dorothée le regarde avec effarement et fait quelques pas avant de stopper net.

Il se retourne et la dévisage.

– Qu'est-ce que tu fais ?
– On ne passera jamais ! C'est trop dangereux.
– Il le faudra bien, pourtant. La roche est solide. Dépêche-toi !

Hésitante, Dorothée se remet en marche.

Les saillies sur lesquelles elle prend appui semblent effectivement sûres. Mais pour combien de temps encore ?

Théo ne l'attend pas. Elle tente d'accélérer le rythme pour ne pas prendre trop de retard sur lui.

Oublier la fatigue et la peur... Dépasser son découragement...

Le chemin se transforme en une vire conduisant tout droit au couloir vertical que la nature a creusé dans la masse des roches.

Elle sent sous ses pieds de menus débris qui se dérobent et tente d'assurer ses pas sur le replat étroit en calant son bâton entre les pierres.

Son esprit n'est plus qu'un maelström qui l'entraîne vers les plus sinistres pensées.

Elle voudrait souffler un instant, juste un instant, mais Théo continue d'avancer. Prendre le temps de réfléchir... De chercher une autre solution... Même si elle n'a pas émis la moindre protestation quand Théo a décidé de rejoindre le lac, son idée lui paraissait totalement suicidaire.

Fuir, toujours fuir...

Risquer sa vie pour échapper à un hypothétique danger...

Aveuglé par son obsession, Théo ne se rend même pas compte qu'ils marchent vers la mort.

Et les doutes reviennent à la charge dans sa tête. De plus en plus troublants.

Quelle assurance a-t-elle que le boîtier déniché dans son sac était bien un brouilleur de portables ? Théo lui-même a avoué qu'il n'en avait jamais vu.

Pourquoi s'est-il empressé de le réduire en miettes alors qu'il suffisait de pousser le bouton « arrêt » pour le mettre hors de fonction ? L'a-t-il fait seulement sous le coup de la colère ?

Pendant qu'il marchait, elle l'a entendu marmonner à plusieurs reprises. Des paroles qui ne lui étaient pas adressées à elle. Comme si... comme s'il dialoguait avec une voix dans sa tête.

Des hallucinations auditives…

Ce ne peut être que ça. Théo est victime d'hallucinations. Ses sens sont faussés.

Est-ce que la fièvre peut, en si peu de temps, rendre une personne folle et paranoïaque à ce point ?

Une voix dans sa tête… Et si… ?

L'appel passé aux secours…

L'idée l'a bien effleurée, mais elle l'a reléguée dans son inconscient sitôt formulée.

Une intuition. Une affreuse intuition.

Dorothée ne peut s'empêcher de glisser une main dans sa poche. Elle s'assure que Théo ne lui prête aucune attention et sort son cellulaire, qu'elle a récupéré, en le dissimulant au creux de sa main.

Du pouce, elle fait glisser le clapet et sélectionne « Journal », puis « Appels passés ».

Mon Dieu, faites que je me trompe !

Sur l'écran s'affiche la liste de ses derniers correspondants.

Appels passés
112
Théo
Maman
Agence
Théo

Elle fait rapidement remonter le curseur jusqu'au 112.
Faites que je me trompe…

Appels passés : 112
10 : 42   échec appel
10 : 30   échec appel
10 : 23   échec appel

Dorothée sent son cœur prêt à crever sa poitrine.

Elle appuie frénétiquement sur la touche du téléphone pour faire défiler les appels. Au cas où une ligne lui aurait échappé.

L'appel passé aux secours a duré au moins une minute.

Et il n'apparaît pas.

Elle n'a entendu que la voix de Théo. Rien d'autre.

« On a besoin d'aide ! On est perdus en montagne… Deux de nos amis sont tombés dans une crevasse et… »

Elle tente de fixer ses pensées mais une seule explication possible s'impose à elle. Si douloureuse soit-elle…

Si l'appel n'apparaît pas, c'est qu'il n'a jamais été passé…

Pourquoi aurait-il simulé cet appel ?

Pour la rassurer ? Pour lui donner une raison de continuer leur marche folle ?

Non ! La voix dans sa tête…

Il n'a rien simulé… Il était persuadé d'avoir un interlocuteur au bout du fil.

Dorothée est prise d'un étourdissement. Ses jambes lui semblent deux frêles morceaux de bois incapables de supporter le poids trop lourd de son corps.

Elle ne veut plus continuer sur cette vire. Elle doit trouver le courage de s'opposer à Théo. De leur duo, elle est la seule qui ait encore l'esprit sain. La seule capable d'évaluer les dangers.

Un élargissement de terrain.

Une extension de roche au beau milieu de la descente.

Théo s'avance jusqu'au bout du promontoire, si près que le moindre mouvement inconsidéré pourrait le faire chuter.

Il demeure immobile un instant en regardant en contrebas.

– Il va falloir descendre par là, on n'a pas le choix.

Dorothée approche prudemment. Mais même la prudence a des allures d'inconscience en ce lieu.

Elle jette un coup d'œil rapide. Un simple coup d'œil.

En dessous d'eux, un couloir d'une effrayante inclinaison. Une cheminée presque à la verticale. Un affreux précipice de plus de cinquante mètres de hauteur, ne présentant çà et là que quelques malheureuses aspérités émoussées.

Le vertige... L'affolement...

La peur enraye son cerveau.

Ce ravin ne sera pas sa tombe. Il est encore temps de rebrousser chemin, d'attendre Romuald et de s'expliquer avec lui. Juliette et David sont morts par accident... Un accident terrible, imprévisible, mais dont il n'est pas responsable.

– Il va falloir faire preuve de sang-froid.

Dorothée cherche une trace de peur sur le visage de Théo, mais ses traits sont figés en un masque de cire. Elle recouvre ses yeux d'une main pour ne plus le voir, pour échapper à ce paysage infernal.

– Je ne te suivrai pas, Théo.

Il la dévisage.

– Qu'est-ce que tu racontes ?

– J'ai dit que je ne te suivrai pas ! On va se tuer en descendant !

– On n'a plus le temps de discuter ! Il faut descendre. Romuald...

– Ne parle plus de Romuald ! crie-t-elle en posant les mains sur ses oreilles. Je ne veux plus t'écouter !

J'ai regardé mon portable : tu n'as pas passé d'appel aux secours.

Théo s'écarte du promontoire pour venir se planter devant elle.

– Bien sûr que j'ai eu les secours ! J'ai donné mon nom, notre position. Ils ont sans doute déjà envoyé un hélico…

– Non. Mon téléphone indique toujours le destinataire et la durée des appels. Mais là, il n'y a rien. Le portable n'a jamais marché…

– Il déconne sans doute. Ou alors mon appel n'est pas passé par une antenne mais simplement par une balise radio… et c'est pour ça qu'il n'apparaît pas !

Dorothée sent des larmes déborder de ses paupières.

– Tu n'es pas bien, Théo. Tu es malade. Je t'ai entendu parler tout seul tout à l'heure.

Théo agite la tête de haut en bas en fronçant le sourcil.

– C'est pour ça que tu ne me crois pas ? Ça ne t'est jamais arrivé de parler toute seule quand tu avais quarante de fièvre ?

Dorothée recule d'un pas et penche légèrement la tête en dehors de la vire, vers le ravin effrayant.

– Tu ne pourras pas descendre. Fais ce que tu veux, Théo. Moi, je fais marche arrière.

– Tu n'es pas sérieuse !

– Si, je le suis. Ne reste pas là, je t'en prie ! Rebroussons chemin, ensemble.

Théo ouvre la bouche. D'étonnement. De stupeur.

Elle constate qu'il ne l'écoute plus, qu'il fixe par-dessus son épaule un point invisible pour elle.

– Dorothée !

Elle se retourne brusquement.

À une quinzaine de mètres, au détour de la vire, il vient de surgir.

Romuald.

Pas l'ombre d'une menace sur son visage.

Leur lançant même un salut de la main.

Elle le savait... Il ne leur veut aucun mal. Ils ont failli se tuer pour échapper à une menace illusoire...

Dorothée tourne définitivement le dos à Théo et se précipite vers Romuald, le cœur soudain plus léger, l'esprit délesté de toutes ses noires pensées.

Théo crie derrière elle. Que dit-il ? De ne pas lui faire confiance ? Ou quelque chose d'approchant... Des paroles qu'elle a déjà trop entendues...

– Oh, Romuald ! Je suis désolée. Qu'est-ce qui nous a pris ?

Dorothée n'a pas le temps d'en dire plus. Elle n'a même pas le temps de voir le visage de l'homme en face d'elle se métamorphoser sous l'effet de la haine et de la colère.

Un seul coup de poing...

Il ne faut qu'un seul coup de poing à Romuald pour lui exploser la tempe et la propulser à terre.

6

Les années ont passé.

Tu as 33 ans maintenant.

Bien sûr, il y aurait tant de choses à raconter sur les événements qui ont façonné l'homme que tu es aujourd'hui. Car tu n'es plus l'adolescent que nous avons laissé sur le toit du centre, assis près de Karim et des autres. Mais, pour le moment, tout cela importe peu.

Seules comptent les deux rencontres que tu vas bientôt faire. Deux rencontres qui, par leur évident dénominateur commun – deux figures anciennes surgies du passé de façon hasardeuse –, semblent être les faces d'une même pièce.

La première a lieu dans une soirée.

Tu ne sais plus comment tu as atterri là. Un copain d'un copain… Il y a longtemps que tu n'acceptes plus ce genre d'invitation. Mais tu as fait une exception. Tu dois y rencontrer quelqu'un qui a du boulot pour toi. Un truc légal, t'a-t-on dit, et bien payé.

Tu te retrouves perdu au milieu du bruit et des nappes de fumée stagnantes. L'esprit embrumé par l'alcool. Tu as beaucoup bu. Il est près de minuit. Tu passes de groupe en groupe, de pièce en pièce. Tu ne connais presque personne. Tant mieux, tu n'as pas particulièrement envie de parler.

Une fille t'entraîne pour danser. Tu t'exécutes. Elle flirte avec toi un moment, mais tu ne fais pas d'efforts de ton côté et elle se décourage vite. Le type que tu dois voir n'arrive toujours pas, alors tu t'apprêtes à partir. Ce n'est pourtant pas que tu aies des choses plus intéressantes à faire.

C'est à ce moment-là que tu la vois. À l'autre bout de la pièce, assise sur un coin de canapé, une cigarette à la main. Pas mal d'hommes autour d'elle. Qui doivent tenter leur chance. Comment as-tu pu ne pas la remarquer avant ? Vient-elle juste d'arriver ?

Aussitôt, tu la revois, allongée nue sur le lit de la minuscule chambre de bonne.

Son corps longiligne strié de bandes d'ombre et de lumière projetées par la minuscule fenêtre de la mansarde.

Quand elle t'aperçoit à son tour, quelques secondes après, il n'y a pas de surprise sur son visage. Peut-être croit-elle au destin. Toi aussi, tu commences à y croire. Tu y croiras encore lorsque aura lieu la seconde rencontre.

Elle murmure quelques mots à l'oreille de sa voisine et traverse la pièce, fendant la masse des corps transpirants.

Après, vous vous parlez. Elle est toujours aussi désirable. Tu ne penses pas « belle » mais bien « désirable ». Tu songes à ces après-midi passées à faire l'amour à l'époque du lycée. Parfois, c'est idiot, tu avais peur que ses cris traversent la cloison et que la patronne de ta mère vous entende.

Tu ne sais pas bien quoi lui raconter, et tu le lui dis.

Elle est contente de te revoir. Elle ne te pose pas de questions. Peut-être sent-elle que tout ce que tu pourrais dire de toi sonnerait comme une défaite.

Alors elle parle d'elle. Dans le désordre. Elle s'est mariée, il y a longtemps. Elle a le même âge que toi mais pour elle c'était « il y a longtemps ». Avec un chirurgien rencontré dans le service de son père. Les choses n'ont pas marché. Ils ont divorcé trois ans plus tard. Elle continue. Elle a commencé des études de médecine après le lycée, à cause de son père – encore lui. Elle a abandonné en fin de deuxième année lorsqu'elle s'est mariée. Après le divorce – pour toi, c'est une bizarrerie que d'être déjà divorcée si jeune – elle a entamé des études d'orthophoniste. Ce qu'elle est aujourd'hui. Dans un cabinet, en centre-ville. Elle a moins de contacts avec sa famille. Son père a tout gâché. Elle ne le dit pas comme ça, mais c'est ce que tu comprends.

C'est à ton tour ensuite. Tu pourrais t'inventer une autre vie, faite de réussite et d'argent. Mais c'est à peine si cette idée te traverse l'esprit. Il te semble que tu portes tes échecs sur ton visage et que mentir serait aussi une manière de ne pas la respecter. Elle a toujours été si franche avec toi. Tu lui dis donc la vérité. Toute la vérité.

Tu es bouleversé de la retrouver. De lui raconter ta vie aussi.

Comme tu pouvais t'en douter, elle n'a rien su de tes ennuis. Elle aurait tant aimé t'aider, venir te voir. Elle regrette que vous ayez coupé les ponts après le lycée.

C'est elle qui te parle de Modigliani. Elle se souvient de la carte postale qu'elle t'avait envoyée lors de ses vacances en Corse. Un nu de 1917, elle connaît même la date. Dans ton esprit, le corps du modèle et le sien se superposent pour n'en faire plus qu'un.

Après, elle veut s'en aller et te demande de l'accompagner. Ça ne lui fait rien d'abandonner ses amis ? Ce ne sont pas des amis, elle les connaît à peine. Elle te donne la main quand vous traversez la foule.

Elle t'embrasse dès que vous êtes dans la rue. Comme s'il était évident que les choses devaient se passer ainsi. Tu lui rends son baiser et vous êtes tous les deux un peu bêtes, debout sur le trottoir éclairé par la lumière morne des lampadaires, à vous bécoter comme des adolescents.

Tu es heureux.

*

Pendant les mois qui suivent, Cassandre et toi ne vous quittez plus.

Depuis quand n'as-tu pas vécu avec une femme autre chose que des relations d'un soir ?

Vous ne vous faites aucune promesse, vous vivez au jour le jour.

Elle ne te juge jamais. Elle se moque que tu n'aies pas de vrai boulot, que ton studio de dix-huit mètres carrés donne sur une arrière-cour moche et terne, que rien dans ta vie ne se soit passé comme tu l'espérais. Cassandre a trop souffert du rôle qu'on voulait lui faire jouer. L'argent, les apparences, la respectabilité… Elle t'accepte comme tu es.

Tu prends rapidement l'habitude de passer la nuit chez elle, dans un bel appartement aux fenêtres ouvrant sur une rue piétonne. Tout y est propre et bien rangé. Cassandre collectionne tout un tas de vieux objets qu'elle achète dans les brocantes. Un phonographe, une machine à écrire, des lampes à pétrole… Elle aime les vieux livres aussi. Des éditions de poètes et de romanciers du XIXe siècle. Tu n'as jamais été un gros lecteur. Alors elle te conseille. Elle te fait lire Jane Austen – dîners à la campagne, promenades à Portsmouth, séjours à Londres –, mais tu trouves toutes ces histoires niaises. Comme tu ne veux pas la contrarier, tu gardes tes jugements pour toi.

Tu te sens bien dans cet appartement. Tu en aimes les odeurs, les lumières, l'animation de la rue qui monte le soir jusqu'au troisième étage.

Tu voudrais fixer pour toujours ces images.

Cassandre arrosant les fleurs de son balcon et les caressant tendrement du bout des doigts.

Elle, toujours en retard le matin, courant quasi nue dans l'appartement à la recherche de ses habits, « Dieu sait où je les ai fourrés ».

Toi expérimentant de nouvelles recettes pour lui préparer le dîner.

Vous deux dans un manège à sensations de la fête foraine, lorsque, la tête en bas, elle enfonçait ses ongles dans ton bras en hurlant.

Elle, enfin, allongée sur le divan et disant : « C'est bête de continuer à payer pour le studio. Pourquoi tu ne t'installerais pas ici ? »

*

Vous vivez ensemble depuis trois mois quand Cassandre t'emmène passer une semaine dans une petite station des Pyrénées où elle avait l'habitude d'aller skier avec sa famille quand elle était ado. Un village niché au cœur de la montagne, auquel on n'accède que par une route tortueuse qui surplombe une rivière colérique.

Mois d'avril. Hors saison.

Il n'y a presque personne dans le village. Vous bataillez même pour trouver un commerce ouvert.

Vous habitez dans une drôle de petite maison qu'elle a louée pour la semaine. Une ancienne ferme à la décoration vieillotte mais au charme fou. Dans la cuisine, il n'y a qu'une vieille cuisinière à bois avec des cercles amovibles pour contrôler la puissance du feu. C'est la première fois que tu en vois. Tu te dis que, étant enfant, tu aurais aimé passer des vacances dans une maison comme celle-là.

Tu ne connais pas la montagne. Ce monde t'est complètement étranger. Cassandre te sert de guide. Le nom des arbres, des fleurs. Se repérer sur les sentiers. Apprendre à observer la nature qui vous entoure.

Près d'anciennes cabanes de bergers, sur des terrains fumés par le bétail, elle cueille d'étranges plantes, du sarrous, qu'elle prépare ensuite comme des épinards. Personne ne les ramasse, dit-elle, ou seulement les gens du coin qui, eux, les connaissent.

Elle t'emmène marcher. Vous partez au petit matin, dans la fraîcheur revigorante de l'aube. Tu prends vite goût à la randonnée, qui te procure des sensations que tu n'as jamais éprouvées. Une discipline qui t'aide à apprivoiser ton corps. L'impression d'être livré à tes seules capacités physiques. Tu apprends à dompter la fatigue, à dépasser les limites de tes muscles par la contemplation du paysage.

Parfois, au détour d'un sentier, sans autre déclencheur qu'un bruit ou une odeur, tu as l'impression fugitive de retrouver l'enfant que tu étais. Celui qui s'émerveillait devant tout et ressentait un lien magique l'unir aux petites choses de ce monde.

Cassandre t'emmène sur un pic rocailleux que vous avez le plus grand mal à gravir. Sur une sente aérienne, vous vous faites des frayeurs. Un rien, il suffirait d'un rien pour chuter dans le vide. Alors, tu penses à la mort. Tu essaies de chasser ces idées noires, mais elles continuent de planer au-dessus de toi. Comme une menace. Comme un pressentiment confus.

Un jour, vous poussez jusqu'à un petit glacier que vous n'osez pas traverser. La neige est omniprésente. Elle n'a pas encore assez fondu. Vous faites demi-tour.

Le soir, vous vous arrêtez dans une grotte creusée par l'homme. Vous y faites l'amour. Trois fois. Comme pour rattraper le temps perdu.

Sur la paroi, Cassandre grave vos initiales : « R + C ». Elle sait que c'est puéril et stupide, mais d'autres l'ont fait avant elle.

Avant de partir, au petit matin, tu profites d'un instant où elle ne te voit pas pour ajouter : « pour la vie ».

*

Mois de novembre.

Ce devait être un week-end parfait.

Trois jours dans une maison d'hôtes dans le sud-ouest de la France. Vous êtes partis tôt, n'emportant que quelques affaires jetées à la va-vite dans un sac de voyage.

Ces dernières années, Cassandre n'a presque pas pris de vacances. Son cabinet l'occupait trop, mais elle a bien l'intention de changer les choses. De prendre du temps pour vous.

Elle commence à faire des projets, sans en parler jamais clairement. Des remarques, çà et là. Une manière de te tester, peut-être. Tu comprends qu'elle a envie d'un enfant. Elle parle innocemment d'horloge biologique de la femme. Elle sait que tu ne te sens pas à égalité avec elle. Ta situation précaire, l'absence de boulot fixe. Elle te rassure, souvent. Elle dit qu'elle gagne assez d'argent pour deux. L'appartement est à elle – ses parents l'ont aidée quand elle l'a acheté. Elle le dit en essayant de ne jamais te froisser. L'argent ne doit pas être une barrière entre vous. Tu sais qu'elle est sincère, qu'elle est détachée des choses matérielles, mais tu te sens pourtant mal à l'aise.

Toi aussi tu as envie d'un enfant. Tu aimerais être un bon père. Faire pour lui tout ce que le tien, par lâcheté ou convenance, n'a pas fait. Être à ses côtés pour le voir grandir. Retrouver sur son visage, chaque fois que tu le regarderas, les traits de la femme que tu aimes.

Mais pour l'instant tu préfères mettre tout cela de côté et ne penser qu'aux trois jours que vous avez devant vous.

C'est une belle journée de fin d'automne.

Sur le bord des routes, les arbres perdent leur parure rousse, feuille à feuille. Les branches filtrent la lumière comme un crible.

Vous roulez depuis près de trois heures. Cassandre n'aime pas conduire. Elle a toujours peur de provoquer un accident. Toi, tu peux rester au volant des heures sans ressentir de fatigue ou de lassitude.

À côté de toi, Cassandre picore, comme un oiseau, un sachet de maïs grillé. Elle aime grignoter et ne prend jamais un gramme. Elle dit que c'est génétique. Que sa mère est comme elle : même à plus de 50 ans, elle a toujours la taille d'une jeune fille.

De temps à autre, tu te tournes pour plonger la main dans le paquet, mais ce n'est pour toi qu'un prétexte pour la regarder. Pour croiser son regard ou jeter un œil à sa jupe désordonnée qui laisse apparaître le haut de sa cuisse.

Ce bonheur avec Cassandre te fait peur.

Maintenant, penses-tu, tu as quelque chose à perdre.

Ton esprit divague un peu, tes yeux glissent sur les lignes de la route convergeant vers l'horizon.

Tu entends vaguement Cassandre chantonner un morceau de pop anglaise, les écouteurs vissés sur les oreilles.

« *We passed upon the stair, we spoke of was and when...* »

Tu l'aimes bien, cette chanson. Tu en as oublié le titre.

« *I thought you died alone, a long long time ago...* »

Tu essaies de comprendre les paroles qu'elle fredonne mais tu n'as jamais été très fort en anglais.

Tu croises une dernière fois son regard.

Puis il arrive sans crier gare. Le flash éblouissant devant toi.

L'explosion lumineuse qui transperce tes pupilles et semble remonter jusqu'à ton cerveau dans une vrille atroce.

Ensuite, plus rien.

Le noir.

Le vide.

Le néant.

7

À l'instant même où tu reprendras conscience à l'hôpital, tu sauras que Cassandre est morte.

Personne n'aura besoin de te le dire.

La première infirmière que tu verras te rassurera. « Tout va bien. Ne vous inquiétez pas. Il faut vous reposer. » Les médecins l'auront briefée pour qu'elle ne parle pas devant toi de la « passagère ». Car, pour la plupart des gens, c'est tout ce qu'elle sera désormais. Une victime de la route parmi d'autres. Une anonyme dans un entrefilet à la rubrique des chiens écrasés. Un nom dans une nécrologie. « Nous avons la douleur de vous faire part... »

Tu repenseras à ce sentiment qui t'étreignait les derniers temps : l'impression d'une urgence, une sombre intuition que ton bonheur n'arrivait pas à débusquer.

Tu sortiras de l'accident presque indemne. Quelques contusions, une légère luxation... À cause de la violence du choc, les médecins eux-mêmes parleront de miracle.

Mais, pour toi, ta survie sera synonyme de punition. Il te faudra supporter le poids de ta responsabilité dans la mort de Cassandre.

« Culpabilité morbide ». C'est le terme que le psychologue qui viendra te voir après ton réveil utilisera pour définir le stress post-traumatique des survivants d'un accident.

Allongé dans cette chambre aseptisée aux fenêtres donnant sur des arbres rachitiques, tu imagineras Cassandre beaucoup plus vieille.

Telle qu'elle aurait pu être. Toujours belle, malgré les ans. Et la vie qu'elle aurait méritée.

Une maison avec un jardin, un peu à l'écart de la ville.

Une balançoire verte.

Des chaises et une table à l'ombre d'un arbre. Deux enfants courant et s'aspergeant avec leurs pistolets à eau.

Et leurs rires, envahissant tout.

*

Le lendemain, les flics viendront t'interroger. La seule vue de leurs uniformes te ramènera des années en arrière. Dans l'appartement de ta mère perquisitionné de fond en comble. Puis dans ce commissariat miteux où vous aviez été conduits après le saccage du centre. Menotté à côté de Karim, Mahfouz, Ilyes et Yanis. Attendant dans une cellule de détention provisoire au sol couvert de pisse.

Ils voudront comprendre. Tenter d'expliquer comment tu as pu perdre le contrôle du véhicule. Les relevés de traces de pneus n'auront montré aucune vitesse excessive. Pas plus que tes analyses de sang l'absorption d'alcool ou de drogue.

Tu te contenteras de leur parler de l'éblouissement. De la douleur fulgurante dans les yeux. Puis de la perte de connaissance.

Bientôt, tu connaîtras la vérité.

*

À partir de ton réveil, ton existence ne sera plus que solitude.

Une solitude écrasante. Qui vous colle à la peau dès la première pensée émise le matin.

Qui se traîne à vos pieds comme un vieux chien pouilleux craignant d'être abandonné.

Qui vous tient compagnie lors de longues soirées sans sommeil.

Qui s'endort à vos côtés et partage votre oreiller.

Plus tard, à ta sortie de l'hôpital, tu erreras dans l'appartement de Cassandre. Une dernière fois avant que ses parents ne viennent trier et ranger ses affaires dans des cartons, tels les dossiers d'une vieille affaire classée qu'on mettrait aux archives.

Tu déambuleras au milieu des objets qui lui étaient chers. Son phonographe Pathé, sa machine à écrire Underwood sur laquelle vous vous laissiez des mots, sa vieille boîte à musique cartel égrenant les notes d'« Une petite musique de nuit »…

Des reliques.

Des parcelles du passé.

Des souvenirs fugaces de ce qu'elle avait été.

Dans sa chambre aux murs peints à l'éponge, tu sortiras tous ses habits de l'armoire. Tu les étaleras sur le lit avant de t'étendre dessus, cherchant à retrouver son odeur, son parfum.

Jamais plus ses baisers doux comme du miel, préludes interminables à vos étreintes.

Jamais plus l'union de vos doigts, le collier de vos bras.

Jamais plus ses rires enchanteurs.

La douceur de son regard posé sur toi comme une aile, plus jamais.

Tu resteras là, immobile, jusqu'à ce que la lumière du jour s'estompe et ne soit plus qu'un lavis d'encre de Chine sale sur les murs.

Bientôt, mon amour, je te rejoindrai…

Les yeux rivés au plafond, tu essaieras de ne pas repenser à ce bureau de l'hôpital, couvert d'affiches de prévention et de reproductions d'art abstrait qui filent le bourdon.

À ce médecin en blouse blanche installé sur son fauteuil à roulettes.

À son bureau en verre blanc où reposent les résultats des examens qu'on t'a fait subir à ton arrivée à l'hôpital. Des examens que personne n'aurait faits sans l'accident. Sans ton évanouissement.

« Nous avons essayé de comprendre ce qui a pu causer votre perte de conscience. »

Il parle lentement, comme s'il voulait être sûr que tu comprends bien ses paroles. Sans jargon, avec un vocabulaire qui n'est pas vraiment celui d'un médecin.

« Nous avons ratissé large pour être sûrs de ne passer à côté de rien d'important. »

Il ne doit pas être loin de la soixantaine. Annoncer de mauvaises nouvelles à ses patients n'est sans doute plus pour lui qu'une routine. Un cancer. Une tumeur. Une rechute. Être confronté chaque jour à des morts en sursis doit vous obliger à vous blinder, à ne plus voir la personne en face de vous que comme un cas. Le soir, en rentrant chez lui, pense-t-il à ces hommes et ces femmes pour qui il a été le messager funèbre ?

Tu l'écoutes mais il te semble déjà savoir ce qu'il va dire.

Tu penses à Cassandre. Où est-elle à présent ? Dans une cellule réfrigérante à la morgue ? Déjà en route vers les pompes funèbres ?

Tu chasses cette pensée. Ce n'est pas l'image que tu as envie de garder d'elle.

« Et nous avons trouvé quelque chose... »

8

Un silence caverneux.

Tout juste éraflé par un lointain goutte-à-goutte.

C'est la première chose qui le frappe lorsqu'il ouvre les yeux.

Il bat des paupières. Tout est flou autour de lui. Tellement flou.

Il fait encore jour, il en est sûr, même si la lumière qui atteint sa rétine semble tamisée, voilée.

Il reconnaît l'odeur. Il sait parfaitement où il se trouve. Il n'aurait jamais cru d'ailleurs qu'une grotte puisse avoir une odeur si spécifique.

Une armée de petits soldats lui martèle le crâne de l'intérieur. Ses neurones essaient malgré tout de se mettre en branle.

Se souvenir... Il cherche à se souvenir, mais une seule image s'impose à lui. Celle de Dorothée, de dos, courant à la rencontre de Romuald. Puis le coup, fulgurant. La projetant à terre.

Rien d'autre.

Combien de temps s'est-il écoulé depuis cette dernière image ? Comment est-il arrivé ici ? La grotte se trouve à plusieurs heures de marche du précipice qui les a bloqués.

Et il n'a pas marché. Ça, il n'aurait pas pu l'oublier.

Il aperçoit une forme falote devant lui qui se détache d'un fond grisâtre.

Un pied… une paire de jambes. Bizarrement placés à l'horizontale.

Non, c'est plutôt lui qui est allongé sur le côté. À même le sol, qui dégage des effluves à la fois boisés et métalliques. Un mélange étrange, assez désagréable.

Il cherche à lever les yeux mais, en pivotant, sa nuque lui envoie une décharge électrique.

Il sent que quelque chose ne va pas.

Ses membres sont totalement engourdis. Ses jambes ne répondent pas à l'appel de son cerveau et ses bras sont flasques. Une asthénie généralisée.

Il gratte le sol rugueux de sa main droite. Il voudrait se relever mais son corps reste une charge trop lourde.

Soudain, la silhouette en face de lui s'agenouille et le saisit par les épaules pour le redresser.

Une ombre. Sans visage.

Par réflexe, il recule la tête.

La brume devant ses yeux se dissipe lentement.

Sur le visage dilué se dessinent les traits de Romuald.

Mais il semble un autre homme depuis la veille. Des traits durs et fatigués. Des cernes sous les yeux.

Théo a l'impression qu'on vient de lui tendre un miroir dans lequel il voit son propre visage émacié.

Il avale sa salive avec difficulté.

Un cri monte en lui du plus profond de ses tripes, mais rien ne sort de sa bouche.

Il voit à peu près clair désormais : la paroi gris-bleu de la grotte, le banc taillé dans la pierre, les détritus qu'ils avaient amoncelés dans un coin pour pouvoir dormir. Théo se trouve au fond de la cavité. Il n'est pas attaché, mais pas libre de ses mouvements pour autant.

Il tourne la tête, autant du moins que sa nuque endolorie le lui permet. Cherchant Dorothée. Désespérément.

– Dorothée… où est-ce qu'elle… ?

Sa bouche est molle, comme après une anesthésie locale chez le dentiste. Impossible d'articuler correctement sa phrase.

Romuald se redresse. Théo est saisi d'effroi devant son regard glauque, imprécis, flottant dans le vide comme s'il n'avait personne en face de lui. Le miroir de l'âme…

Ne rien lui montrer de ta peur, ne rien lui céder.

– Ne t'inquiète pas pour Dorothée, énonce Romuald d'une voix inexpressive.

Théo rêverait de se ruer sur lui et de le passer à tabac. Mais, malgré ses efforts, son corps ne décolle pas d'un pouce. Ses mâchoires se crispent. Ses dents grincent.

– Qu'est-ce que tu lui as fait ?

Dans son cerveau, les mots sont hurlés. Mais ceux qui s'échappent de ses lèvres ne semblent qu'un murmure.

– C'est bien de se retrouver seuls… J'aimerais te raconter une histoire.

– Non, dis-moi…

Romuald le coupe, sans animosité.

– N'épuise pas tes forces inutilement. Si tu veux savoir où elle se trouve, il faut écouter l'histoire. Nous n'avons pas beaucoup de temps.

Théo sait que l'homme en face de lui est devenu fou. Il songe un instant à le supplier d'arrêter son délire, mais Romuald paraît enfermé dans sa bulle. Aucune parole sensée n'aura d'effet sur lui, il en est sûr.

Le laisser parler, alors ? Pour l'instant du moins.

Il doit d'abord chercher à comprendre. Gagner du temps pour se sortir de ce guêpier.

– D'accord. Je t'écoute.

– Bien. Deux couples partent en montagne le temps d'un week-end. Les quatre amis ont de l'argent, beaucoup d'argent : ils ont loué un magnifique chalet et ont décidé de marcher jusqu'à un petit glacier. Une histoire assez banale, en somme…

– Arrête ! À quoi tu joues ?

Théo n'a pas tenu quinze secondes. Il s'était promis de ne pas l'interrompre, mais il ne se sent plus capable de l'écouter débiter de telles conneries sans réagir.

Romuald s'agenouille rapidement devant lui et lui écrase les mâchoires d'une main vigoureuse, le réduisant au silence.

– La ferme ! crie-t-il. Tu vas l'écouter, mon histoire, que tu le veuilles ou non.

Poussée vers l'arrière, la tête de Théo heurte la paroi humide. La douleur repart de plus belle dans sa boîte crânienne.

Son corps est toujours aussi inerte. Cette fois, il est certain de ne plus du tout sentir ses jambes, ni son bassin. Une sorte de picotement lui remonte le long de la colonne vertébrale.

L'effet du poison ? Ou d'une autre drogue que Romuald lui a administrée quand il était inconscient ?

Les seringues jaunes… Il avait pensé à un traitement médical mais ce peut tout aussi bien être un puissant anesthésiant, ce qui expliquerait autant sa paralysie que son amnésie partielle.

Complètement tétanisé, Théo a le regard fixé sur Romuald, qui se relève et poursuit d'un ton plus vif.

– Oui mais voilà, les quatre amis sont des novices en matière de montagne. Dès le premier jour, les choses tournent mal. Ils n'arrêtent pas de se disputer et se plantent de chemin. Lorsqu'un orage éclate, ils sont obligés de se réfugier dans une cavité pour la nuit.

Malgré le fiasco de ce début d'expédition, ils décident de continuer. Ils ont déjà trop galéré pour s'arrêter en si bon chemin. Le lendemain, ils parviennent sans trop d'encombres au glacier. Mais ils sont mal équipés. Ils n'ont qu'une malheureuse corde et même pas de baudriers. Tu te rends compte ! Comment peut-on être assez stupide pour attaquer un glacier sans matériel ?

Théo sent son cœur bondir. Il sait trop ce que Romuald est en train de faire. Le scénario. Il est en train de raconter le putain de scénario qu'il a mis en scène ces trois derniers jours. On dirait d'ailleurs qu'il se contente de réciter un texte appris par cœur, une histoire qu'il s'est déjà rejouée à l'infini dans sa tête.

– Et là, c'est le drame. Un pont de neige cède et l'un des deux couples tombe dans une gigantesque crevasse. Aucun espoir de les sauver. Les deux survivants – appelons-les Dorothée et Théodore – décident d'aller prévenir les secours. Ils ont emporté leurs portables, bien sûr, mais ils sont trop isolés pour avoir du réseau.

Romuald sort de sa poche le smartphone de Théo et le cellulaire de Dorothée qu'il jette au sol devant lui. Théo fixe les deux boîtiers noirs à ses pieds. Romuald les a donc récupérés. Pour vérifier les appels qu'ils ont pu passer ? Ou pour éviter qu'on puisse les repérer par géolocalisation ?

– Depuis le départ, Théodore est malade, salement malade, si tu veux savoir. Il a beau émettre tout un tas d'hypothèses, il ne voit pas ce qui a pu le mettre dans un tel état. Il est si épuisé qu'il n'arrive plus à marcher et doit s'arrêter dans une grotte.

Romuald lève les yeux vers les parois spéculaires au-dessus de sa tête.

– Cette grotte... Alors Dorothée décide de partir seule à la recherche des secours. Mais elle s'égare : au lieu de rejoindre le parking, elle s'engage sur une voie beaucoup trop dangereuse pour elle et se retrouve bloquée en haut d'un précipice. En essayant de le descendre, elle glisse et tombe. Chute mortelle. Ne reste plus que Théodore, coincé dans sa grotte.

Le hurlement resté prisonnier au fond de la gorge de Théo sort enfin. Le cri pathétique se répercute sur les parois de la cavité pour venir vibrer au fond de ses oreilles.

Un cri si puissant qu'il a du mal à croire qu'il est sorti de sa propre bouche.

Ce n'est plus de la peur qu'il ressent. Il a dépassé ce stade.

Un flot de rage et de dégoût déferle en lui. Dorothée morte... Par sa faute. Dorothée, qu'il avait juré de protéger quitte à se sacrifier. Il n'a pas pu foirer à ce point !

Non, Romuald ment. Comme il le fait depuis le début. Il cherche simplement à le provoquer, à le manipuler en le poussant dans ses derniers retranchements.

Et pourtant, son plan est si limpide... Installer le doute en lui. Le torturer mentalement. Et détruire tout ce qui est précieux dans sa vie. Éliminer un à un les membres du groupe jusqu'à se retrouver seul face à lui. Ce fameux face-à-face qui n'a pu avoir lieu tant Romuald a esquivé toute discussion le premier jour, en feignant d'avoir tourné la page.

– Pauvre connard ! Tu ne t'en sortiras jamais, tu entends ? J'ai trouvé ton brouilleur. J'ai prévenu les secours avec mon portable. On a envoyé un hélico à notre recherche. Je leur ai donné ton nom, je leur ai dit que tu avais tué Juliette et David...

– Tu mentais mieux autrefois, Théo. Tu as perdu la main. J'ai trouvé les restes du brouilleur, mais tu n'as prévenu personne. J'ai vérifié les portables. Après tout, ce brouilleur n'était peut-être pas utile. Je crois bien qu'il n'y a pas le moindre foutu réseau dans le coin.

Romuald tourne les talons et s'éloigne vers l'entrée de la grotte. Quelques filandres d'une lumière blafarde traînent sur les parois.

Quelle heure peut-il être ? Il a dû rester inconscient plusieurs heures. Ce qui n'explique pas comment il a pu se retrouver ici. S'il n'a pas marché, c'est qu'on l'a porté. Chose impossible pour un homme. À moins que Romuald n'ait eu un complice. Mais quel complice ? Ils sont restés seuls trois jours durant.

Le randonneur fantôme ? Absurde... La vengeance de Romuald ne peut être qu'une œuvre solitaire. Il n'a besoin de personne.

Théo sait qu'il doit s'accrocher à un espoir s'il ne veut pas perdre la raison. Il n'a pas vu Dorothée chuter. Romuald peut lui raconter ce que bon lui semble. Peut-être l'a-t-il simplement anesthésiée avec un produit. Peut-être est-elle là, attachée au-dehors, à quelques mètres d'eux. Peut-être ce nouveau mensonge fait-il partie de son plan.

– Est-ce que tu as parlé à Dorothée ? J'imagine que tu as dû justifier le fait que vous vous tiriez comme ça en pleine nuit. Votre départ ce matin m'a chagriné, mais, après réflexion, j'ai trouvé que c'était une bonne chose que tu doives te confesser auprès d'elle. Que tu lui montres enfin ton vrai visage.

Ordure ! Tu ne t'en sortiras pas, je te le jure !

– Elle a dû être en colère, n'est-ce pas, très en colère. Quand je vous ai retrouvés, elle n'avait d'ailleurs pas l'air très chaude pour continuer à te suivre. Comme je la comprends...

Romuald se retourne enfin.

— Ça a dû être dur à supporter ce moment où tu as compris qu'elle avait davantage confiance en moi qu'en toi. Pour tout te dire, je crois que j'avais une touche avec elle. J'ai vu dès le premier jour que je lui plaisais.

— Espèce de salaud !

— J'ai une autre histoire à te raconter.

— Va te faire foutre avec tes histoires !

— Une histoire que tu crois connaître mais dont certains éléments t'échappent encore. Il était une fois un garçon qui s'appelait Romuald. Un garçon pas plus mauvais qu'un autre qui vivait avec sa mère dans une banlieue pourrie.

— Qu'est-ce que tu veux encore prouver ? Je sais le mal que je t'ai fait. J'ai déjà eu l'occasion de faire mon examen de conscience. Tu veux que je te supplie, c'est ça ? Que je me traîne à tes pieds comme un chien pour que tu m'épargnes ?

Il ne m'écoute pas. Il est allé trop loin pour faire marche arrière, à présent.

— Romuald ne rêvait que d'une chose : quitter son quartier, changer d'univers. Pas seulement pour lui. Il voulait aussi aider sa mère, la tirer de la vie minable qui était la sienne. Romuald avait bien fait quelques conneries quand il était jeune, mais rien de très méchant… Et puis, un jour, il parvient à intégrer un prestigieux lycée qui lui ouvre les portes d'un nouveau monde. Il en est sûr alors, son existence vient de se transformer. Il s'imagine déjà un avenir radieux : un bon boulot, une belle maison… Parce que, même s'il refuse de se l'avouer, Romuald crève de jalousie devant les types pleins de fric qu'il fréquente.

Théo regarde autour de lui. Pas une seule pierre au sol, pas le moindre objet qui pourrait lui servir à se défendre.

À part... le couteau suisse.

Non, Romuald n'a pas pu être assez négligent pour ne pas le fouiller.

Discrètement, Théo fait glisser sa main engourdie le long de son pantalon et, contre toute attente, il sent la masse dure du couteau dans sa poche.

— Romuald rencontre un jeune de son âge du nom de Théodore : le même que celui de la première histoire. Théo, comme on l'appelle, est un garçon insaisissable. C'est lui qui se rapproche de Romuald, mais, au début, on dirait qu'il ne cherche qu'à le rabaisser et à l'humilier. Joue-t-il avec lui pour passer le temps ? Ou Théo a-t-il un vrai problème relationnel avec les autres et n'est-il capable que de dominer ceux qui l'entourent ? Quoi qu'il en soit, les mois passent et Romuald finit par se persuader qu'ils sont vraiment devenus amis.

— On était amis ! Comment peux-tu en douter ? Rappelle-toi tous ces bons moments qu'on a passés ensemble !

— Mais un jour Théo trahit Romuald. Pour une affaire de drogue dont il était seul responsable. Romuald est arrêté et condamné à passer six mois dans un centre éducatif fermé. Ah, si on avait le temps, j'aimerais te parler de Yanis, de Karim et de Mahfouz...

Le temps. C'est de temps que tu risques de manquer. Tu dois faire durer au maximum sa confession pour sortir ce foutu couteau.

— J'aurais dû t'aider. Si tu savais comme j'ai pu le regretter ! Mes parents étaient au courant de tout. Ce sont eux qui m'ont empêché de parler ! Ma mère menaçait de se foutre en l'air si j'allais voir les flics...

— Comme les autres, Romuald ne supporte pas d'être enfermé. Il a l'impression que sa vie est gâchée, que le pire est désormais devant lui. Et Romuald est influençable. Alors, avec ses nouveaux copains du centre, il fait une connerie. Une grosse connerie qui lui vaut d'être envoyé en taule, pour de bon cette fois. Quatre mois en centre de jeunes détenus. Ça ne paraît pas beaucoup, dit comme ça. On croit qu'il suffit de prendre patience, de se faire une raison. Ce n'est qu'une fois en prison que Romuald comprend que le centre fermé avait tout d'une sinécure, qu'il n'était qu'un avant-goût des malheurs qui l'attendaient.

Théo a extrait le couteau suisse de sa poche. D'une seule main, il essaie de faire sortir la lame, mais ses doigts humides de sueur glissent sur le manche.

– À sa sortie de prison, Romuald décide de tourner la page. À ce moment, il ne lui vient pas à l'esprit de se venger de Théo. Il faut croire que son passage en taule ne l'a pas assez endurci. Peut-être est-il encore trop faible pour imaginer le moindre plan. Romuald déménage et quitte son quartier. Malgré l'amour qu'elle lui porte, il a l'impression que sa mère ne peut plus rien pour lui. Elle a eu le cœur brisé par trop de déceptions et d'humiliations. Elle qui rêvait de si belles choses pour son fils... Il a un casier judiciaire maintenant. Il sait qu'il est inutile de chercher à reprendre ses études. Que ces mois passés d'abord en centre puis en taule lui fermeront toutes les portes à l'avenir. Alors Romuald s'en sort comme il peut. Des petits boulots de merde, du travail au black, parfois quelques activités à la limite de la légalité. Mais il n'est pas assez fou pour franchir la ligne jaune et il n'aura plus jamais de problèmes avec les flics.

L'extrémité du pouce de Théo parvient à se caler dans l'onglet de la grande lame. Il tire dessus en essayant de ne pas laisser paraître ses efforts sur son visage.

La lame résiste un instant, puis se soulève légèrement avant de retomber dans un bruit sec.

Théo ferme les yeux. *Foutu !*

– Est-ce que tu crois au destin, Théo ?

Quand il rouvre les paupières, il constate que Romuald n'a pas perçu le bruit du couteau. Il est toujours devant lui, à trois ou quatre mètres, enfermé dans son monde.

– Non, bien sûr. Je suis certain que tu as toujours pensé être maître de ta vie. Je n'y croyais pas non plus, et puis, tu vois, les événements m'ont convaincu de son existence. Un jour, Romuald est victime d'un très grave accident de la route, après un étourdissement. Il aurait dû mourir mais, pour son plus grand malheur, il s'en sort quasi indemne. La fille qui était à ses côtés n'en réchappe pas, elle. Et sa mort va changer beaucoup de choses. Toutes les filles que Romuald a aimées sont mortes tragiquement. Au point qu'il en vient à penser qu'il porte la poisse, qu'il est peut-être responsable de ce qui arrive aux autres.

« Toutes les filles qu'il a aimées » ? Qui est donc la morte de l'accident ? Comprend-il Claudia dans le lot ? Bien sûr, Romuald aimait Claudia. Ça se voyait comme le nez au milieu de la figure. Il avait bien soupçonné un penchant à l'époque, mais il n'avait jamais imaginé qu'il était amoureux d'elle à ce point.

– Romuald s'en sort, mais à l'hôpital, à l'occasion d'examens, on découvre qu'il est atteint d'un cancer des ganglions lymphatiques. Un cancer qu'on ne lui aurait sans doute jamais diagnostiqué sans l'accident. Aucun donneur potentiel. Aucune greffe de moelle compatible. Romuald n'a plus de famille. Sa mère est morte, quelques années avant. D'un cancer, elle aussi. Romuald sait qu'il a été provoqué par le stress, la fatigue et le chagrin qu'il lui a causé. Les médecins ont eu beau lui dire que les causes psychosomatiques n'ont jamais été prouvées dans les cancers, il est certain d'être responsable. Une fois de plus. Après la première séance de chimio, Romuald refuse de continuer. Il n'ignore pas qu'il est condamné à moyen terme et il a lu dans des brochures et sur Internet la longue liste d'effets secondaires qu'entraîne une chimiothérapie dans ces cas aussi graves. Il n'a pas envie de sacrifier le peu de temps qui lui reste à vivre. On lui propose alors un traitement expérimental qui n'a presque aucune chance de marcher.

Théo n'en croit pas ses oreilles. Romuald délire. Il ne peut pas être atteint d'un cancer aussi avancé. Il n'a jamais montré de signes de fatigue en trois jours de marche, alors que tout le monde était crevé. Il a été capable de les poursuivre sans relâche en dépit de la puissante dose de somnifères qu'il lui a fait avaler.

Même la volonté la plus tenace, même le désir de vengeance le plus farouche ne peuvent avoir un tel pouvoir sur un corps malade.

– J'imagine que tu as trouvé les seringues jaunes dans mon sac : c'est ça mon traitement. Je dois m'en injecter une dose chaque jour. Il y a bien quelques effets secondaires... rien à voir pourtant avec une chimio.

Théo tâtonne pour accrocher à nouveau l'onglet. S'il arrive à ouvrir le couteau suisse, il ne remettra peut-être pas les compteurs à zéro, mais il rééquilibrera la balance entre eux.

– Et pour le flacon, tu as compris ? Bien sûr, sinon pourquoi te serais-tu échappé comme tu l'as fait ? Je n'aurais pas dû le laisser dans le sac, à portée de main. C'est sans doute la seule véritable erreur que j'ai commise.

La lame offre de la résistance. Théo arrive pourtant à la soulever et se montre plus malin que la première fois. Dès qu'il le peut, il glisse son majeur entre le manche et la lame pour empêcher celle-ci de se refermer. En se rabattant sur son doigt, elle lui entaille la peau. Une pression désagréable mais qui a au moins le mérite de lui rendre ses sensations. La douleur, préférable à l'engourdissement qui le gagne peu à peu.

Il exerce ensuite une pression contre la lame, vers le haut du manche. Le sang doit perler à son doigt à présent, mais il n'ose pas jeter à sa main un coup d'œil qui pourrait le trahir.

La lame s'écarte enfin. Coinçant le manche au creux de sa main, il ne lui suffit plus que de la serrer entre son pouce et son index pour la déployer complètement.

Il est prêt. Il n'a plus qu'à attendre que Romuald s'approche de lui pour frapper.

Il n'aura besoin que d'une seule occasion.

Un coup. Dans n'importe quel endroit où sa lame voudra bien se ficher.

Le blesser. Ou même le tuer.

Il pense à Juliette et à David prisonniers de leur tombeau de glace.

Il pense à Dorothée. Aucune chance ne leur sera donnée de tout recommencer. Il ne pourra jamais rattraper ses erreurs.

Théo laisse la colère et la haine monter en lui.

Deux sentiments qu'il n'a jamais éprouvés à un tel degré.

Deux sentiments qui lui donneront la force dont il a besoin.

Car une chose est parfaitement claire dans son esprit : il ne sera pas la dernière victime de Romuald, il ne mourra pas aujourd'hui.

9

Amène-toi, pauvre taré !
Je suis prêt à te faire la peau.

Dos à l'entrée de la grotte, Romuald n'est plus qu'une silhouette à contre-jour. La lumière de limbes de la fin d'après-midi forme un faible halo autour de la masse sombre de son corps.

Geôlier indifférent à son prisonnier, il poursuit son monologue, imperturbable.

– Le lendemain même de sa première et dernière chimio, Romuald revoit Théo. Dans un café, par hasard. À moins que ce ne soit encore le destin qui ait frappé. Théo est au comptoir. Assis à une table, Romuald ne peut pas encore distinguer son visage mais il est certain que c'est lui. On n'explique pas ces choses. Son allure, ses cheveux blond cendré, une façon de se tenir… Au début, il prie pour ne pas se faire repérer. Mais c'est trop tard. Un mouvement de la tête vers l'arrière de la salle et Théo le voit. À ce moment-là, on ne sait pas trop ce qu'il pense. Est-ce qu'il se sent obligé de venir lui parler ou est-il au fond de lui soulagé de le croiser, de pouvoir enfin régler ses dettes ? Il a un peu vieilli, mais il n'a pas changé pour autant. Physiquement, il est toujours aussi beau. Sûr de lui, à l'aise dans n'importe quelle situation. Mais peut-être, derrière son apparence froide et supérieure, Théo éprouve-t-il déjà quelques remords…

Poing serré sur son couteau suisse, Théo repense à cette rencontre. Elle était donc due au hasard. Romuald n'avait rien manigancé. De toute manière, pourquoi se donnerait-il la peine de mentir maintenant ?

Qu'a-t-il vraiment pensé quand il a aperçu Romuald à cette table ? Il y a eu un moment de flottement. Leurs regards se sont croisés et il n'a pas osé le snober ou l'ignorer.

Une bouffée étrange l'a enveloppé et entraîné irrésistiblement : une sorte de nostalgie dont il ne savait pas bien si elle était un regret du passé, un simple état de trouble ou la conscience d'une impuissance.

Un état qui n'a duré que l'espace d'une seconde, mais une seconde durant laquelle il s'est senti démuni, percé jusqu'au plus profond de son âme.

Tous les clients de ce café le fixaient, il en était certain, et étaient capables de lire en lui. Oui, tout le monde pouvait voir quel type pitoyable il avait été et était sans doute toujours. Un être hypocrite et égoïste, indifférent aux autres.

– Ils prennent un café ensemble, comme si de rien n'était. Naturellement, ils n'évoquent pas le passé, ou si peu. Ils font semblant d'avoir tout oublié. Théo parle de son boulot. Romuald l'écoute. Des phrases interminables, comme s'il essayait de combler un vide, d'occuper l'espace pour détourner la conversation. Son ton est amical mais toujours teinté d'une légère condescendance. Un timbre clair, posé, qui ne laisse aucune chance à Romuald.

Théo sent désormais sa main gauche s'engourdir. La paralysie est en train de gagner le haut de son corps.

Ses doigts, qu'il n'arrive plus à bouger que péniblement, se sont ramollis et ne semblent plus être que de petits bouts de viande inutiles.

Mais sa main droite, elle, n'a pas encore perdu ses sensations.

Une question de minutes… S'il doit crever ici, paralysé par un poison, Romuald fera le grand saut avec lui.

– Plus les secondes passent et plus il se sent écrasé par la présence de Théo. Sa bouche s'anime mais Romuald n'entend plus les paroles qui en sortent. Il regarde ses dents blanches, parfaitement alignées. Un sourire qui doit faire des ravages. Lui, il pense à ses deux dents cassées, des chicots noirâtres que pendant plus de deux ans il n'a pas fait soigner. Il pense à la douleur lancinante qui le prenait souvent la nuit et qu'il n'arrivait à calmer qu'avec des surdoses d'aspirine. Un mal perçant, comme une racine à vif qui ne voudrait pas mourir.

La silhouette brune de Romuald se déplace vers la paroi. Théo distingue mieux son visage, toujours aussi hagard.

Deux mètres. Il n'est plus qu'à deux mètres.

Approche-toi encore un peu !

Romuald introduit ses doigts dans sa bouche et se triture les dents, jusqu'à extraire une prothèse dentaire. Sur la mâchoire supérieure, sa bouche laisse désormais deviner deux trous noirs à la place d'une incisive et d'une canine.

Un souvenir de prison ?

– Évidemment, il n'avait pas de quoi se faire poser des implants. Du coup, on lui a mis un bridge qui lui a bousillé les autres dents à côté.

Romuald replace la prothèse dans sa bouche, fait un pas en avant et s'appuie contre un pan de la grotte, à l'endroit exact où Dorothée a découvert le prénom THÉODORE gravé dans la pierre.

Théo n'a plus pensé à cette inscription. Une simple coïncidence, avaient-ils tous cru. David en avait même rigolé. Pourtant, il ne fait plus aucun doute que seul Romuald a pu l'écrire, probablement lorsqu'il est venu en repérage avant l'expédition.

Ils ne sont pas tombés sur cette grotte par hasard. Tout dans son plan les a fait converger vers elle.

Elle était son repère. Un endroit isolé où il ne risquait pas d'être dérangé. Une base d'où il avait pu rayonner pour explorer les environs.

– Mais revenons-en au café. Pour donner le change, Romuald se sent obligé de mentir, d'embellir beaucoup sa situation. Il s'invente une vie et un boulot en or. Sa vie, telle qu'elle aurait dû être s'il n'avait pas rencontré Théo. Est-ce à cet instant que l'idée germe dans son esprit ? Quelque chose naît en tout cas, même s'il ne sait pas encore quoi. Pendant que Théo s'absente aux toilettes, Romuald en profite pour fouiller le portefeuille qu'il a laissé sur la table. Il trouve une belle carte de visite, faite sur papier crème. « Théodore Delcourt. Analyste quantitatif. » Lui n'a pas menti. Il prend sa carte bancaire, une Gold, et en note rapidement les seize chiffres sur une serviette en papier. Il n'a pas une idée très claire de ce qu'il veut en faire. Mais il sait que ça lui sera bientôt utile.

Les références de sa carte… Théo ne prend jamais le temps de vérifier ses relevés de compte. Il n'a rien remarqué.

Ce salaud a dû les utiliser pour louer le chalet à son nom. Ça a dû être un jeu d'enfant que de passer par un site de location et de créer de fausses coordonnées.

Romuald s'éloigne de la paroi et le rejoint vers le fond de la grotte. Enfin.

Il n'est plus qu'à un mètre. S'il était capable de se lever, il faudrait moins de deux secondes à Théo pour fondre sur lui et le poignarder.

Mais il doit se montrer patient.

Ne surtout pas gâcher l'unique chance qui lui sera donnée.

– Tu commences à comprendre maintenant... Je n'ai laissé aucune trace. Mon 4 × 4 n'a pas été loué dans la région. Mon nom n'apparaît pas dans la location du chalet. Personne ne nous a vus ensemble. Je n'existe pas. Vous étiez seuls pendant trois jours.

Des picotements dans la main droite. Théo est obligé de desserrer un peu l'étreinte autour du couteau, qui glisse entre ses doigts.

Un froid glacial remonte le long de son ventre.

Ses abdominaux se raidissent et lui font l'effet d'une masse compacte et douloureuse.

Que se passera-t-il lorsque la paralysie atteindra la poitrine ?

Facile à deviner. Ses muscles respiratoires se figeront. Son cœur cessera de pomper le sang et d'alimenter son corps.

Il s'en ira.

Comme Juliette, David et Dorothée avant lui.

Ses lèvres se mettent à trembler.

Une bouffée de chaleur irradie son visage, contrastant avec la froideur morbide de son corps.

Il ne veut pas mourir.

Pas maintenant. Pas comme ça.

Seul comme un chien dans cet endroit sinistre. Sous le regard d'un homme qui le déteste. Sans être cher à ses côtés.

– Avant de se quitter, ils s'échangent leurs numéros. Romuald n'a rien eu à faire, c'est Théo qui l'a proposé. Comme s'il savait au fond de lui qu'ils ne pouvaient pas en rester là. Comme s'il avait déjà compris que sa dette devrait être payée d'une manière ou d'une autre.

Baisse-toi, putain. Baisse-toi !

– Après, tu connais l'histoire, n'est-ce pas ?

Jouer sur la corde sensible. Tenter une dernière fois de l'amadouer.

– Je t'en prie, Romuald, il n'est pas trop tard. Tu n'es pas obligé de faire ça. On pourrait trouver un arrangement…

Théo entend sa propre voix chevroter. Ses paroles sonnent aussi faux que les couacs d'un chanteur.

– Un « arrangement » ? Tu n'as vraiment rien compris de ce que je t'ai raconté, alors ?

Un étrange sourire déchire les lèvres de Romuald.

– Tu te souviens de *Monte-Cristo* ?

Théo se rencogne contre la paroi. Comment aurait-il pu oublier ? Le roman de la vengeance.

– Ton livre préféré. Je t'en avais offert une édition.

– « Insensé, le jour où j'avais résolu de me venger, de ne pas m'être arraché le cœur ! » Ce sont les paroles prononcées par le comte quand il revoit la femme qu'il a aimée et qu'il comprend que son désir de vengeance s'est émoussé. Contrairement à lui, je n'éprouve pas de remords. Je recommencerais tout de A à Z s'il le fallait. Tu es là, devant moi, et tu ne me fais pas plus d'effet qu'un insecte rampant au sol.

La grotte est désormais plongée dans la pénombre.

Une lumière funèbre, sépulcrale. Tellement à l'image de sa propre situation.

– Je... j'ai une chose à te dire... une chose que je n'ai...

La bouche de Théo se fige comme celle d'un homme à l'agonie.

Seuls sa langue et le voile de son palais lui permettent encore d'articuler des sons tout juste audibles.

Romuald se penche. Il n'a jamais été aussi proche.

Son visage n'a plus rien du masque avenant qu'il a arboré durant ces trois derniers jours. Malgré son sourire, c'est celui d'un homme empli d'une haine implacable.

– Tu n'arrives plus à parler ? Les muscles de ta mâchoire sont en train de se paralyser. Ce ne sera plus très long, rassure-toi.

– Il... il faut que...

Sa voix n'est plus qu'un murmure, un mince filet sonore coulant entre ses lèvres.

Romuald fronce les sourcils et prend un air grave. Il s'agenouille devant lui et avance son visage près du sien, jusqu'à ce que son oreille colle presque à sa bouche.

Théo perçoit son souffle à la base de son cou. Il sent aussi la transpiration de son corps. Une odeur puissante, malsaine.

– Qu'est-ce que tu veux me dire ? Je t'écoute.

Théo sourit.

Je t'ai eu, salopard !

Serrant le couteau de toutes ses forces, il frappe Romuald.

Son coup puissant fend l'air comme une flèche et l'atteint en plein flanc, quelque part en dessous des côtes, dans les muscles abdominaux.

Théo sent que le couteau s'est introduit profondément dans la chair, jusqu'à la garde.

Romuald se cambre de douleur. Par réflexe, dans un geste de défense, il projette Théo contre la paroi avant de s'effondrer à ses côtés.

Sous la violence du choc, Théo est obligé de lâcher le couteau, quoiqu'il eût aimé frapper, encore et encore. Sa tête fait un bruit d'os brisés en heurtant la roche. Un bouquet d'artifice explose dans son crâne, avant qu'un tourbillon ne l'entraîne vers des abîmes de noirceur.

Il lui suffirait de se laisser aller. De lâcher prise.

Et tout serait fini...

Mais, poussé par un instinct de survie, il trouve le courage de lutter contre cette spirale irrésistible. Chaque pulsation de ses artères est amplifiée sous des salves de sang.

Un rappel à la vie. Un électrochoc salvateur.

Théo secoue la tête. Une myriade d'insectes noirs volettent devant ses yeux. Son œil gauche, à moitié obstrué par sa paupière qui palpite, semble incapable de s'ouvrir correctement.

Dans la grotte salie par l'obscurité vespérale, il distingue néanmoins Romuald, allongé sur le dos, le couteau toujours fiché dans sa chair.

Il perçoit un faible gémissement.

À l'évidence, il l'a salement touché. Pas assez cependant pour le mettre hors d'état de nuire.

L'ennemi est à terre, mais toujours vivant.

Rassemblant ses dernières forces, Théo tente de ramper en s'aidant de son bras droit, son dernier membre encore valide, son dernier recours.

Le corps de Romuald s'agite dans la pénombre sous l'effet d'un soubresaut. Théo le voit tâtonner pour atteindre le couteau suisse planté dans son flanc. D'un coup sec, sans le moindre signe d'hésitation, il l'extrait en lâchant un cri de douleur qui déchire le silence.

Théo se traîne, le crâne en ébullition. Son corps n'est qu'une masse paresseuse qui l'encombre et l'empêche d'avancer.

Son avant-bras s'écorche sur le sol rugueux et s'engourdit à chaque centimètre gagné.

Mais Romuald a commis l'erreur de lâcher le couteau.

L'arme est à moins de cinquante centimètres. Sa lame en inox couverte de sang brille légèrement dans l'ombre, attirant à elle les dernières lueurs du jour.

Théo s'aplatit, face à terre, et déploie son bras droit au maximum. Ses doigts effleurent le manche mais il ne parvient pas à l'agripper.

Le corps de Romuald, tordu de souffrance, chavire sur le côté.

Théo lève la tête. Leurs regards se rencontrent, l'espace d'un éclair.

Dans un dernier mouvement désespéré, il utilise son coude comme levier pour mouvoir son corps de quelques centimètres.

Il n'a plus que le couteau en ligne de mire.

Quelques centimètres seulement…

Sa main retombe lourdement sur le manche, qu'il saisit avec rage. Ses doigts sont agités de tremblements. Une larme de soulagement embue son œil valide.

Mais ce sentiment de libération ne dure qu'une fraction de seconde, car le pied de Romuald s'écrase sur son poignet et lui fait lâcher prise. Os, chair et muscles écrasés sous sa semelle.

Théo pousse un hurlement. Il n'a pas eu le temps de voir son adversaire se remettre debout.

Le pied de Romuald revient à la charge et lui percute le visage comme si celui-ci n'était qu'un vulgaire ballon de foot. Projetée sur le côté, sa tête semble dévier de l'axe anatomique de son corps.

Théo entend distinctement un craquement dans son cou.

Une vertèbre brisée ?

Étrangement, il n'a pas mal. La douleur n'est déjà plus qu'un concept lointain dénué de sens. Son corps est une masse inanimée, déconnectée de son cerveau.

Il ne sent plus rien.

Est-il définitivement paralysé ? Réduit à l'état de légume ?

Il se retrouve sur le dos. Seule une vague sensation de roulis berce encore ses membres. Ses yeux n'ont plus pour horizon que le plafond turquin de la grotte qui ondoie dans la pénombre. Les stries en surface semblent des vaguelettes mouvantes qui le font dériver.

Il est bel et bien vaincu.

À la merci de Romuald.

Il essaie d'ouvrir la bouche, mais aucune parole n'est plus capable de franchir le seuil de ses lèvres. Pas de feinte, cette fois. Son corps meurtri l'a réduit au mutisme.

La silhouette de Romuald surgit au-dessus de lui. Il souffle bruyamment. Est-il mortellement touché ? Il se tient le flanc d'une main. Une large auréole de sang macule son T-shirt clair.

Ensuite, Théo a l'impression de se regarder de loin, comme à travers les yeux d'un autre.

Il voit son corps étendu, les membres relâchés, l'obscurité l'enveloppant comme une encre qui bavoche. Malgré sa blessure, Romuald le saisit sous les aisselles et le tire en titubant.

Si son corps n'est plus qu'une carcasse inutile, son esprit n'a jamais été aussi clair. Il est tout à fait conscient de ce qui lui arrive.

Il aimerait sombrer dans les ténèbres, s'abandonner à un sommeil libérateur pour ne plus entendre le râle rauque de Romuald, pour ne plus voir son visage renversé au-dessus de sa tête.

Mais son cerveau, comme dopé par la peur, fonctionne à cent à l'heure.

Ses sens sont amplifiés. Le raclement de ses membres sur le sol résonne à ses oreilles. L'odeur de transpiration rance de son propre corps et de celui de Romuald envahit ses narines.

Le trou. Au fond de la cavité.

Il se souvient soudain de l'anfractuosité aux puissants relents d'urine.

C'est là que son bourreau le traîne.

Ce trou sera son tombeau.

Pris de panique, Théo écarquille les yeux. La clarté blafarde du jour perce une dernière fois sa pupille, avant que l'ombre tapissant le fond de la grotte ne les aspire tous les deux dans un silence brisé seulement par le gémissement précipité de Romuald.

Théo prie pour que son cauchemar finisse.

Mais mettre un terme à son supplice ne semble pas dans les projets de Romuald, qui se contente de le lâcher et de le laisser s'écraser dans un bruit sourd.

Son corps roule. Il se retrouve le visage contre terre. Dans sa bouche, un goût de sang mêlé de poussière.

Théo ne ressent rien. Il comprend néanmoins que ses jambes pendent dans le vide au-dessus du trou. Qu'il n'est plus qu'à deux doigts de basculer.

Sa gorge se resserre sous l'effet de l'affolement. Des images affluent et encombrent son cerveau.

Sans logique, sans ordre.

Dorothée sur la place Navone, en robe claire, panama sur la tête.

Sa mère, il y a longtemps, allongée sur le solarium d'un yacht à moteur. Au loin, la baie de Loctudy.

Céline. Son premier baiser. Onze ans.

Une chute de toboggan dans un jardin public.

Le glacier. Le bleu céruléen des parois de la crevasse où ont chuté David et Juliette.

Romuald le pousse en râlant.

Son corps chavire dans le trou puant l'urine, tandis que son esprit s'enfonce dans les entrailles de glace et glisse entre les arêtes acérées.

Un monde pur et bleu, hypnotique, qui succède à la noirceur de la grotte. Un tunnel lumineux où le temps n'existe plus.

Un bref sentiment d'euphorie l'envahit.

Une simple illusion due à la libération d'endorphine dans son cerveau. Qui ne dure pas.

Le retour à la réalité est brutal.

Il tombe. Ses jambes, ses bras et sa tête heurtent les parois du trou. Puis il se retrouve bloqué au fond, dans une position improbable.

Il ne sait plus où se trouvent le haut et le bas.

Le noir autour de lui est total. Terriblement angoissant.

Il ne perçoit plus que sa propre respiration qui s'emballe. Un souffle précipité qui lui prouve qu'il est encore vivant. Mais pour combien de temps ?

Puis une douleur intolérable irradie sa cage thoracique, comme si ses poumons étaient en train de s'embraser et de le carboniser de l'intérieur.

Le manque d'air l'oppresse.

Une effroyable panique s'empare de son esprit. La peur. La vraie. Telle qu'il ne l'a jamais connue et telle qu'il ne la connaîtra plus jamais.

Il suffoque. Il étouffe.

Mais il ne mourra pas tout de suite.

Son agonie sera lente.

Très lente.

Comme celle d'un enterré vivant qui, s'entêtant à labourer de ses ongles le cercueil au-dessus de sa tête, a parfaitement conscience qu'il est arrivé au bout du voyage. Que l'heure a sonné pour lui.

SEUL

10

Un sifflement aigu brise le silence.

Tu lèves les yeux, tiré un bref instant de la brume qui s'est emparée de ton esprit.

Un vautour fauve passe au-dessus de toi dans le ciel pommelé, dardant son œil jaune sur le paysage escarpé en contrebas. Les sifflements redoublent d'intensité et se répercutent dans la vallée.

Un appel à ses congénères ? Une charogne qu'il a repérée ? Un isard, peut-être. Si bas ? Ou un mouton égaré qui aura fait une chute.

Peu importe.

Tu marches. Cela fait longtemps que tu ne vois plus la nature autour de toi. Les conifères recouvrant le flanc des collines d'une toison sombre ne sont qu'un décor nébuleux.

Tu marches en t'accrochant uniquement aux cris du charognard qui percent tes tympans. Chaque foulée résonne dans ton corps dolent.

Déjà, la nature sauvage s'efface devant le monde des hommes. Les zones de pacage, le chemin pédestre foulé par les touristes, le pont qui mène au parking grouillant de voitures en été.

Tu n'es plus loin.

La fin de ton périple. Ou peut-être simplement le début.

Le temps est venu d'affronter les autres, de jouer une comédie.

Tu te sentirais mieux au milieu de nulle part, encore là-haut, parmi les roches brûlées par le soleil, les parois abruptes et l'horizon des pics éclaboussés de lumière.

Là-haut, oui.

Ne plus avoir à penser. Le vide intérieur. Le grand vide et la grande solitude.

Seul, tu marches.

L'unique survivant.

*

Tu récupères le 4 × 4 BMW sur le parking aussi désert qu'il y a trois jours. Pas le moindre promeneur. Pas la moindre voiture.

Un vent âpre traverse la vallée et balaie tes cheveux par à-coups.

Tu t'enfermes dans l'habitacle insonorisé. C'est à peine si tu perçois encore le grondement impétueux du gave en contrebas du terrain en terre battue.

Tu as d'abord besoin de reprendre des forces. Ton corps éreinté s'enfonce dans le siège pour ne faire plus qu'un avec lui.

Tu portes la main à ton flanc gauche. Les compresses sur ta blessure sont déjà imbibées de sang. Tu les as pourtant changées il y a moins d'une demi-heure. Mais la douleur est supportable. On peut supporter tellement de choses avec un peu de volonté.

Tu restes immobile un long moment, l'esprit encore là-haut. L'habitacle sent le cuir et le neuf. Une odeur forte qui t'incommode.

Dès que tu en es capable, tu te décides à allumer le contact. Le bercement du moteur t'apaise.

Les sapins qui défilent au bord de la route forment une barrière ténébreuse. La brume légère montant des berges escarpées se fend comme un voile au passage du véhicule.

En moins de dix minutes, tu rejoins le chalet.

Tout est calme à l'entour. Quelques oiseaux criaillent dans les arbres à ton arrivée – comme pour te reprocher ta présence –, avant de se lasser de leur propre tapage.

Ce n'est plus le silence sauvage et aride des hauteurs, ce silence qui peut habiter tout votre être et amplifier aussi bien vos forces que vos faiblesses.

Tu déposes ton sac dans l'entrée. Le chalet est plongé dans l'obscurité mais tu ne trouves pas utile d'ouvrir les volets. Une odeur de renfermé flotte dans l'air.

Tu jettes un coup d'œil à ta montre. Quelques heures encore…

Tu montes à l'étage et entres dans la salle de bains. Tu te déshabilles, laissant tes habits crasseux et moites traîner à même le carrelage, en un tas informe.

Dans la glace, tu observes tes membres déjà terriblement affaiblis par la maladie. Tu ne t'es pas vu depuis trois jours et tu en aurais presque oublié la métamorphose qu'a subie ton corps. En quelques mois, tes muscles ont fondu. Tes os commencent à saillir sous la peau et leur vue te dégoûte. Ton visage semble être celui d'un inconnu.

Tu enlèves délicatement le pansement de ton ventre. La plaie est vilaine et saigne toujours, mais moins abondamment. Tu prends un antiseptique dans l'armoire et en badigeonnes ta blessure. Ton visage se crispe sous l'effet du picotement. Ta plaie nécessiterait sans doute les soins d'un professionnel, mais tu sais que tu n'iras pas à l'hôpital.

Tu pénètres dans la cabine de douche et fais couler une eau trop chaude qui te brûle la peau. Tu as besoin de cette sensation pour te sentir vivant plus que jamais.

Une buée épaisse envahit la salle de bains et aveugle les parois de la cabine.

Tu fermes les yeux.

Tu revois la grotte.

Crypte aux parois gouttant une eau lustrale et lénifiante.

Ventre creux maternel où il fait bon dormir.

Tout te ramène à elle. Tu repenses à Cassandre, qui te l'a fait découvrir.

À cette nuit où vous aviez fait l'amour, vos corps emmêlés dans le sac de couchage.

Tu repenses à vos initiales gravées dans la pierre.

R + C

pour la vie

11

Trois jours plus tôt.

Tu as du mal à retrouver la grotte. À l'approche du glacier, tu te trompes de chemin et dois faire marche arrière. Alors que tu commences à te décourager, tu en aperçois l'entrée qui émerge brièvement entre deux saillies au sommet d'un escarpement.

Rien n'a changé à l'intérieur, si ce n'est les détritus laissés au sol par des randonneurs – une souillure dans un sanctuaire.

Une lumière froide teinte les parois de reflets turquoise.

Tout près de l'inscription laissée par Cassandre, à l'aide de la pointe de ton couteau de poche, tu graves dès ton arrivée le prénom THÉODORE.

Ta cible.

Ta proie.

La partie peut enfin commencer.

Tu fixes longuement les lettres, les considérant comme des éléments d'un problème mathématique. Les séparant. Les mélangeant, les agençant dans ton esprit comme les pièces d'un jeu.

T-H-É-O-D-O-R-E.

Puis, à partir de ces huit mêmes lettres, tu crées le prénom D-O-R-O-T-H-É-E.

*

Tu passes les trois jours dans la grotte.

Trois jours de solitude absolue, à imaginer des pions que tu peux déplacer à ta guise sur l'immense échiquier qu'est devenue la montagne.

Tu n'as pas à te presser. Le chalet est loué pour quinze jours. Théo et David ne doivent arriver qu'à la fin de la semaine. Tu as largement le temps d'être de retour vendredi dans la matinée pour les accueillir l'après-midi.

Tu dors beaucoup. Douze heures par nuit, parfois plus. Recroquevillé dans un duvet, dans le recoin le plus éloigné de l'entrée.

Tu dois te faire une injection quotidienne à l'aide d'une seringue médicale. Un traitement expérimental qu'on t'a proposé pour pallier l'absence de chimio. Un produit qui s'insinue dans ton corps tel un poison. Qui, comme les médecins te l'ont indiqué, provoque des nausées. Des nausées et des hallucinations.

Le premier jour, tu cherches tes repères. Tu explores les alentours, essayant de te fondre dans le paysage, de ne faire plus qu'un avec les éléments.

Sur un raidillon, à quelques centaines de mètres de la cavité, tu aperçois un isard qui disparaît en un éclair hors de ta vue. Sa tête resurgit un peu plus tard au sommet d'une butte. Le corps caché, l'œil au guet.

Tu l'entends racler le sol pour avertir les autres d'un hypothétique danger. Un éclaireur. Soudain, tu es pris d'un sentiment d'humilité absolue devant cette organisation animale, symbole de la perfection d'un monde dont tu ne peux pas faire partie.

En fin de journée, un orage terrible fond sur la montagne. En moins d'une heure, la masse nuageuse s'étend, grandissant à vue d'œil, obscurcissant entièrement le ciel.

Installé à l'entrée de la grotte, tu écoutes le vent souffler avec furie sur les pentes rocheuses, le tonnerre répété par l'écho. Les éclairs fendent la nue et éclairent la nuit comme des flambeaux.

Leurs voix…

Leurs murmures au fond de l'antre…

Tu te retournes et, dans l'obscurité, tu distingues quatre silhouettes inquiètes tournées vers toi.

Quatre pauvres marionnettes apeurées.

Qui n'existent que dans ton esprit.

Le deuxième jour, à ton réveil, un brouillard épais stagne comme un voile funèbre devant la grotte avant de se déchirer et de se dissoudre sous les rayons du soleil. L'orage de la veille semble n'avoir laissé aucune trace.

Tu ne te diriges pas immédiatement vers le glacier mais décides de longer la falaise émoussée et de revenir sur tes pas.

Tu es obligé de faire des pauses et de t'allonger dans l'herbe pour reprendre des forces. Tu es fréquemment pris de nausées et vomis le peu de nourriture que tu as pu ingurgiter.

Pourtant, dans ta rêverie, quand ton esprit divague, tu te sens invincible, plus fort que tu ne l'as jamais été, capable d'arpenter l'immensité rocheuse sans ressentir de fatigue.

Près d'un cours d'eau où tu remplis ta gourde, tu les aperçois, à moins de deux cents mètres de toi.

Debout sur un rocher, tu les épies.

Ils n'ont pas peur. Ils sont détendus. Ignorant encore ce qui va leur arriver.

Ils semblent si réels que tu crains presque de te faire repérer. Dorothée tourne la tête vers toi. Elle place une main au-dessus de ses yeux et, te voyant, pointe un doigt dans ta direction.

Tu détales du rocher et poursuis ta route.

Mystérieux randonneur égaré dans ces solitudes démesurées.

Les autres ne sont pas capables de te suivre. Ils ne sont que des fantoches entre tes doigts.

L'après-midi, tu explores le glacier. Très vite, les escarpements et les ressauts te trompent. Tu te retrouves piégé sur un talus de glace vive et dois faire demi-tour.

Ayant regagné la brèche, tu accèdes à une plate-forme brillante qui se sépare en deux branches, dont l'une conduit à la partie basse du glacier.

Tu avances prudemment sur des ponts de neige. Tu repères des traces d'isards. Tu sais qu'il suffirait de faire un pas de plus pour que la couche neigeuse cède et t'entraîne au fond d'une crevasse.

Ils sont toujours derrière toi. Tes compagnons imaginaires...

Ils ne te quittent plus désormais.

Théodore, Dorothée, David, Juliette...

Plus tu avances et plus le sol se crible de crevasses. Tu slalomes entre les trous. Plus loin, la couche de neige se fait plus mince et adhère si mal à la glace que tu as du mal à garder l'équilibre.

Tu n'as pris ni corde ni piolet. Seuls tes crampons te permettent de progresser sur la surface humide.

L'inquiétude les gagne. La peur peut-être.

Théo doit commencer à avoir des soupçons. Dans ton délire, il te regarde bizarrement.

Le pont de neige devant toi ne résistera pas à deux passages, tu le sais.

Tu vas devoir agir. Vite.

Commencer à les éliminer. Un par un.

*

Sur le chemin du retour, pris de fatigue, tu relâches ton attention et trébuches en longeant la crête. Tu dévales la pente sur plusieurs mètres et ne dois ton salut qu'à un arbuste que tu attrapes au passage.

Mais, dans ta chute, ton corps a heurté de plein fouet un rocher acéré. La pierre t'a entaillé le flanc gauche. Le sang coule abondamment et s'épanouit sur ton T-shirt en une fleur rouge. Heureusement, tu as avec toi une trousse de premiers secours. Tu te confectionnes un bandage rudimentaire et mets près de deux heures pour regagner ton antre, à la tombée du jour.

Tu passes une nuit difficile. Ta blessure te lance et t'empêche de trouver le sommeil.

Le troisième jour, tu ne quittes presque pas la grotte. Les marches de ces dernières quarante-huit heures t'ont trop éreinté. Avec les seringues, tu te fais une double injection qui a pour effet de finir de te désorienter et d'intensifier tes hallucinations.

Ton esprit dérive lentement, telle une barque détachée de son ponton.

Ils ne sont plus que deux. Dorothée et Théo.

Ils savent tout à présent. Ils ont fui durant la nuit.

Tu t'es réveillé seul dans la grotte. Mais tu ne le resteras pas longtemps.

Des décors se succèdent dans ta tête comme les images d'un film.

Tu les suis à bonne distance, attendant qu'ils s'épuisent, que la panique les paralyse.

Ils peuvent continuer à marcher autant qu'ils le voudront, leur marche sera sans issue. Tu ne les laisseras pas t'échapper.

Pour la première fois de ta vie, les choses se déroulent exactement selon ta volonté.

Tu décides de tout.

De leurs gestes. De leurs paroles. De leurs pensées.

Ils sont tes personnages, destinés à disparaître les uns après les autres.

Une répétition parfaite.

Un plan sans faille.

Bientôt, il sera temps pour toi de revenir parmi les hommes et d'accomplir enfin ta vengeance.

VENDREDI : PREMIER JOUR

12

> « La véritable histoire d'un être n'est pas dans ce qu'il a fait, mais dans ce qu'il a voulu faire. »
>
> Thomas Hardy, *Tess d'Urberville*

Le bruit d'une voiture devant le chalet.

Assis sur le canapé du salon, tu poses la carte de l'IGN sur la table basse à côté des guides de montagne que tu as lus jusqu'à les connaître par cœur.

Tu te lèves et viens te poster à l'une des fenêtres du rez-de-chaussée. Tu te dissimules derrière le rideau.

Le soleil est déjà bas dans le ciel, caché derrière la rangée de sapins. Il ne doit pas être loin de 17 heures.

Le 4 × 4 s'est garé en bordure de l'allée de gravier. La portière avant s'ouvre. Tu distingues la silhouette de Théo. Malgré l'absence de soleil, il porte une paire de lunettes qu'il ne retire pas.

Tu sors sur le palier. Il t'aperçoit et te fait un signe de la main.

En approchant, tu lui trouves un air abattu. Il semble moins en forme que lors de votre dernière rencontre dans le café. Sans doute pense-t-il la même chose de toi.

– Salut, Romuald.

Il retire enfin ses lunettes et plisse ses yeux fatigués. Vous vous serrez la main.

– Tu n'as pas eu trop de mal à trouver ?

Théo désigne de la main son 4 × 4.

– Avec le GPS, on n'a plus grand-chose à faire aujourd'hui…

Tu remarques qu'il lorgne la BMW garée près de la remise.

– C'est à toi la bagnole ?

Tu hoches la tête.

– Belle caisse, dit-il d'un ton peu enjoué. David n'est pas encore arrivé, à ce que je vois.

– Pas encore, non.

Théo fait une moue légèrement dédaigneuse.

– Il est pourtant parti deux heures avant moi. Le connaissant, ça ne m'étonnerait pas qu'il ait réussi à se paumer !

Tu ne réponds rien, préférant le laisser parler. Au bout de quelques secondes de silence, il jette un coup d'œil envieux vers le chalet.

– C'est vraiment chouette ici. Parfait pour se vider l'esprit. Je ne pensais pas que ta baraque était aussi grande. On peut loger à combien ?

– Il y a quatre chambres. C'est plutôt spacieux. Tu es venu seul ?

Théo baisse les yeux.

– Écoute, je suis désolé mais… Aurélia ne viendra pas.

Aurélia… Il ne t'avait jamais donné son prénom. Tu préférais Dorothée, vraiment.

– Elle a eu un empêchement ?

– En fait, pour être honnête, on s'est séparés la semaine dernière. Ça ne marchait plus entre nous.

Tu fronces les sourcils. Vous deviez être cinq. C'est ce qui était prévu. Tu n'aimes pas ce contretemps.

Théo se détend.

– Tu en fais une tête ! Ne t'inquiète pas pour moi, je survivrai. On était ensemble depuis à peine cinq mois. Pour tout te dire, je n'étais vraiment pas près de lui passer la bague au doigt.

Théo range sa paire de lunettes dans la poche avant de sa chemise, puis lève les bras en l'air, un peu embarrassé.

– J'aurais dû t'appeler pour te prévenir. Ça aurait été plus correct. Je t'avais assuré qu'elle viendrait... J'espère au moins que ça ne change rien à nos plans ?

Tu souris.

Rassure-toi, Théo, ça ne change rien à mon plan.

RÉALISATION : IGS-CP À L'ISLE-D'ESPAGNAC
IMPRESSION : CPI FRANCE
DÉPÔT LÉGAL : JANVIER 2015. N° 122503-13 (3045100)
IMPRIMÉ EN FRANCE